光文社文庫

ヒカリ

花村萬月

光　文　社

目次

ヒカリ　5

解説　細谷正充《ほそやまさみつ》　446

ヒカリ

私はすこしだけ不幸です――と、仲村《なかむら》ヒカリは控えめに笑う。

01

母が私を妊娠したのを知ったとたんに父はアメリカに帰ってしまいました。勝手な想像ですけれど、母は棄《す》てられたってことです。そんな気がしてならないんです。

軍人で、白人だと思います。認識票っていうんですか、二枚とも千切れて読めない海兵隊のドッグタグを残して私の前から消えてしまったので、ほんとうのところはわかりませんけれど。情報ゼロ、です。

私の眼、色が薄いじゃないですか。光の加減で青く見えますからね。髪の毛も高校に通うようになって最初のうちは、毛染めはいかん！　て叱られてました。

居心地が悪くて通学しなくなって、夏休みの前に高校はやめました。高校一年の一学期しか行ってません。なんのいい思い出もないですよ、高校。やめて強《こわ》ばりがほどけたというのかな、肩から力が抜けました。

あ、履歴書には中卒って書くんですよね。高校中退って書いたら、たかだか一学期じゃ行ったことにならないってバイトの面接のとき直されました。字は綺麗だけれどどって担当の方に付け足しで褒めてもらいましたけど、いじわるされたのかな。

肌も変に白くて嫌いです。これでもずいぶんましになったんですよ。ちっちゃいころはヒカリは白いというよりも青いっていじめられました。

たしかに青白いですよね、私。焼けないんです。日に焼けない。ビックアイス売りのバイト、そう、あの国道沿いとかで売っている青と白のビーチパラソルです。

諸事情あって南部では見かけなくなりましたね。シークヮーサー味が好みですか。午前中はカチカチで美味《お》しいですよ。

えー、注文してたんですか、いちいち。

あれは、黙っているとバニラとシークヮーサーの二段重ねで出てくるんですよ。注文しちゃうと、お客様は神様ですから同じ値段で一段。黙って注文がデフォルトです!

おっと、話がそれてしまった。アイスクリンを売っていたときも、私だけ焼けないんですよ。

お日様が真上にあるときはパラソルも役に立つんだけれど、西日の時刻になると悲惨です。真横から射すんですよ。黄金色の針。これが、きつい。

みんなTシャツからでている腕が真っ黒けで、バニラとコーヒーの二色アイスクリンになっていたのに、私だけ直射日光受けまくりの前腕も真っ白でした。

迷信深い土地じゃないですか。ヒカリには守り神がついているという人もいれば、なにかに取り憑《つ》かれているから日に焼けないんだって怖がる人もいました。

日に焼けない理由——私にもわかりません。白人の血が入っているからとか、ちっちゃなときは思ってましたけれど、白い人は赤くなっちゃうじゃないですか。炎天下にゲートの近くでマラソンしてたりする白人、真っ赤っかですよね。なんでかな。私は、焼けない。肌のトラブルって生まれたときからありませんね。弱っちく見えるのに。

母は私を産んで、夜中にこっそり児童養護施設の門のところに私を棄てたんです。母に関しても、情報ゼロです。まちがいなく沖縄の人だとは思いますけれど。わざわざ内地から棄てにこないですよね、赤ちゃん。

名護《なご》の辺野古《へのこ》——すっかり有名になってしまいましたね。あの辺野古です。辺野古にある、新しめの児童養護施設です。まっさらのコンクリートの匂いがするとまでは言いませんけれど。

好きなんです。コンクリの匂い。ちいさなときは独りで嗅《か》いでた。石灰なんですか、コンクリって。

養護施設とかに赤ちゃんを棄てる人はけっこういるらしいです。でも児童養護施設〈ヒカリ〉では開設以来初めてのことで、それでヒカリと名付けられました。仲村は園長先生の名字です。

本籍地がですね、養護施設の前にある公園の住所番地になっているんですよ。これは、
ちょっといやだな。

たしかに棄てられていた場所を厳密っていうんですか、厳密に特定すれば光《ひかり》が丘《おか》公園
なんですけれどね。自尊心、傷つきますね。児童養護施設〈ヒカリ〉と公園は隣接してい
るんです。公園を抜ければ〈ヒカリ〉ってことです。

児童養護施設〈ヒカリ〉でも、ちょっとだけ不幸でした。男性職員がいたずらするんで
すよ。うまくはぐらかしてましたけど、けっこうギリギリでした。

まだ小学校にあがる前くらいの年頃は、きわどいいたずらをされたけれど、まだ、なに
をされたのかよくわからなかった。

それがどういうことなのかはわからないけれど、よくないことだって気付いてからは、
断固拒否です。ちゃんと相手の目を見て、園長先生に言います！　って。

職と私を秤《はかり》にかけるっていうのかな。沖縄って就職難じゃないですか。秤にかけて、
職を選ぶ。私は無傷。そういうことです。

ここでは言えない、いろいろな嫌なこともありましたけれど、心はともかく軀《からだ》を傷つ
けられることは避けられました。

園長先生は厳しいんです。とても女とは思えない。剛柔流《ごうじゅうりゅう》の師範ですから。軀も立派というか、とんでもなく大きいから、撃砕《げきさい》初段の演武とか大迫力。私も習いましたからわかるんです。どの程度か、が。他人の程度はわかるけれど、私は才能なかったです。強くなりたかったけれどな——。

男の子にいたずらしていた職員、職員も男なんですけど、男が男の子にいたずらして、ばれたことがあるんです。

凄《すさ》まじい掌底《しょうてい》でした。掌《てのひら》の付け根ですね。血だけじゃなくて歯も飛びましたからね。そのまま職員は児童虐待で警察に連行されてしまったんですけれど、園長先生も暴行の容疑で警察に連れていかれました。

尊敬しています。名字ももらったし。私も園長先生みたいになりたいけれど、高校、やめてしまいましたしね。

あの……正直に言いますね。

私、セックスが苦手なんです。

というか興味がもてない。

トラウマとかって大げさなものじゃないけれど、ちいさなときのこととか、多少は影響してるとは思います。

ごめんなさい。話したくないです。たぶん一生話さない気がします。

はい。まだ処女です。

高校の男子は、なんか野犬みたいで、すぐに求めてくるんですよ。

それは、わかりますよ。男子ときたら、年がら年中発情期。処女っていばっていたって危ういことはされていますからね。

それに——正直に言いますね。きっと興味がないというわけではないんです。

趣味は読書なんです。ちょい、暗い。人と付き合いたくないけれど、小説は好きです。小説のなかに描かれている人間は好き、ということかな。

男と女のこと、小説のなかにはたくさんでてくるじゃないですか。あれならだいじょうぶ。どんなすごい内容でも許容できます。つまんない小説は許容しませんけれど。

あと、ネットとかでつい見てしまうってこと、ありますから。内緒ですけれど。

でも、男子みたいな勢いはありませんよ。女の子はみんなそうなんじゃないですか。受け身ってことだけなのかな。

わからない。

私には、わからない。

わかっているのは、男子の我慢のなさですよ。自分と異性、自分と他人の区別がつかなくなってしまうみたいですね。

ひとつになりたいとか、させてくれとか、ひどい男子になると、入れさせろ——ですからね。

でも、私はあなたではありません。だからあなたとひとつにはなれません。

ほんと、クラスの男子の九割が迫ってくるって感じでしたから！　偏差値はそんなに低い高校じゃなかったんだけどな。偏差値で決めつけるのは偏見ですか。

あまり喋りたくないんですけれど――。

言わないとだめですか。

先生です。先生のことです。

高校ですけど、担任の先生までもが変にくっついてまとわりついてきたりして、もうわけがわからない。メールを無視していたら、なんと手書きのラブレターがくるようになりました。幾通も。毎日。山のように。いつ仕事してんだ～って感じで。

ラブレター、ひどかったですよ。キミは僕の心の星だ――みたいな、信じられない安っぽさ。詩なんですかね。わけがわからない。私が先生だったら採点は零点です。

児童養護施設〈ヒカリ〉は中学卒業までなんですけれど、ちいさい子のお世話のお手伝いをするということで居候《いそうろう》させてもらって高校に通っていました。

本音は園長先生と離れたくなかった。私にとっては唯一の保護者っていうんですか、守ってくれる人です。高校をやめましたので正式に〈ヒカリ〉の職員として雇ってくださいって園長先生にお願いしました。

園長先生は頷《うなず》いただけで、なにも言いません。なにもよけいなことは訊《き》いてこない。

でも二十五日には、ちゃんとお給料をもらいました。

でも退学してからも高校の先生、待ち伏せしてるんです。施設や公園は小高い丘の上なんです。その丘の坂道の入り口が多かったですね。国道三二九号沿いのコンビニから離れて、完全に暗闇になったあたりです。

待ち伏せは、車がない私が徒歩で出歩くあたりまでですね。車はともかく、淡いベージュのカブがほしいです。バイクショップで訊いたら、バージンベージュっていうカラーだって。

カブは、ほしいですよ。身の丈に合ってるっていうのかな。せめて行きたいところに行きたいじゃないですか。原付免許、もってます。園長先生が資格はなんでも取っておきなさいって。原付じゃ威張《いば》れないか。

あのあたりは、こことちがってほんと田舎なんですよ。

コンビニから離れると、闇ですから。コンビニは燦《きら》めく明かりの王国です。光につられた虫が激突してたくさん死んじゃっていますけど、コーヒーとかおでんとか、生きている人の匂いに充ちています。眩《まばゆ》すぎます。

そこから、闇に向かわなければならないんです。のぼりの闇です。くだりなら勢いがつくんですけれどね、のぼりはしんどい。

だらだらの真っ暗闇な坂道をのぼって、なんであんなちいさな光が丘公園の。ちいさな光が丘公――。

たった、たったひとつの街灯には大きなコウモリが群れて飛んでいます。羽の生えたネズミですよね。ネズミよりもずっと大きいけれど。不気味すぎます。沖縄のコウモリは、大きすぎますよ。バサバサ重たげに、けれど意外な速さで飛んでいる。

そのコウモリを頭の上に従えて、暗がりにぽつんと痩せほそった高校の先生が立っている。

着ているシャツの腋窩《わきのした》のところが濡れて腐ったような潮風の臭《にお》いがするんです。まばらな髪の毛が額に張り付いている。まばたきしない。じっと私を見つめているだけ。怖かったですよ。怖かった。

必死で走って公園を横切ったら、コンビニで買ったものを袋ごと落としてしまった。走って逃げるほど広い公園じゃないんですよ。

でもレジ袋。

よくわからないけれど、手から消えていました。

私の買い物ですから、たいした額じゃないけれど、不条理っていうんでしょう。

不条理だなって苛《いら》だちました。

苛々がおさまってくると憂鬱になって、気が弱いからかな、私、生理まで不順になりましたから。施設の門から一歩も出られなくなった。不登校です。
でも理由を誰にも言えない。不恰好《ぶかっこう》ですよね。
で、ふと気付いたんです。行方《ゆくえ》をくらましてしまえばいい。
もともと棄て子だし、独りだったんですよね、私。
男の人がいない世界にいきたい。
無理だけれど。
それならば、私なんかいなくなってしまえばいい。
気がちいさいから死ねなかったし、沖縄から離れることもできなかったけれど。
でも、中卒って履歴書を書きなおして、中城《なかぐすく》のチョコレートの工場でアルバイトです。
観光客用のお土産です。パインとか黒糖とかゴーヤーとか。
嘘です。ゴーヤーのチョコはありません。

02

一息ついて、ヒカリは口をとがらせた。一方的に喋らされたのが不服なようだ。崎島《さきしま》は黒眼をほんのわずか右斜め上にむけてとぼける。
やりとりのなかで自ら処女だと明かした。事実だろう。世間知らずで無謀で身の程知らずで勢いだけの高校生のガキでないかぎり、言葉を交わすのも躊躇《ためら》われるほどだ。

「先生は、なにも手出ししてこなかったんだろう」

「そうだけど――」

「ただアパートの近くに立っていたってだけじゃなあ」

「そりゃそうですけど」

養護施設から逃げだして、中城の菓子メーカーが寮として借りあげているアパートの六畳一間で四人暮らしらしい。

一人一畳以上のスペースがあるのだから、なかなかに人間らしい暮らしである――崎島が輝《ひび》割《わ》れた唇をもてあそびながら胸中で呟《つぶや》くと、きつく睨《にら》みつけてきた。視線がぶつかった。頑張って正面から見据えた。崎島のほうに限界がきた。

「俺の考えていることが、わかるのか」

威圧を感じたのではない。美貌に臆したのだ。

「わかるわけないじゃないですか。話の前後からなんとなくわかったんです。アパート一部屋に四人て言ったとき、バカにするみたいに唇のはしがもちあがっていましたから」

「ま、アパートは四人暮らし。襲われることはないって」

「――なんで、先生はわかったんでしょう」

「探偵とか、手はいくらでもあるよ」

「ですよね」

「ですね」

「どうすればいいですか」

「どうすればって、べつに」

「べつにって、あんまりです」

「俺は警官じゃないし」

「事件が起きないと警察は」

「だね」

「動いてくれませんよね。私のためになんか」

「おまえじゃなくても、動かねえよ」

「おまえ？」

「金を取れねえ相手は、おまえに格下げだ」

「でも、ユタなんでしょう」

「俺のどこが、ユタに見える。そもそも男だし」

「看板には判断・初運勢・夢見分析・新改築風水見・結婚相性・紛失物・元《グワン》祖《ス》事《グトウ》・抜《ヌジ》霊《ファア》・魂分《マブイワカシ》・若焼香《ワカスーコー》・終《ウワイ》焼香・魂籠《マブイグミ》・魔物・生霊・死者供養——って書いてありましたよ」

「よく覚えてやがるなあ。看板屋にコンセプトを語ったらだな、あんなのが出来あがってきたんだよ。並べあげやがったせいで字が小さくて誰も読みやしない。だいたいユタとはひとことも書いていない」

「やることは、すべてユタのすることじゃないですか。それに、評判ですよ。辻《つじ》の男ユタはよく当たるって」

「だが、高校教師のストーカー対策は専門外だ」

崎島がさえぎると、ヒカリは俯《うつむ》き、唇に酸っぱいような皺《しわ》を刻んだ。崎島の唇のはしに泛《うか》んだというごく幽《かす》かな嗤《わら》いを見破ったが、当人も唇にじつに表情のある娘だ。白い貌《かお》がますます青褪《あおざ》めて血の色の唇がよく映《は》える。意を決したように顔をあげ、息継ぎしながら言った。

「先生、ズボン、だぶだぶで、ポケットに入れた手が――」

「股間のあたりでシコシコか？」

ヒカリは、黙りこんでしまった。哀れになった。自分の身の上をこんなに語ったのは生まれて初めてだと言っていた。たぶん事実だろう。

「まだ、隠していることがあります」

「それじゃ、だめだろう。評判の男ユタに相談にきたんだから」

「喋ると、疑われてしまいそうで」

「言え。どのみち怪しい商売だ。疑うもへったくれもない。なんでも、言え」

「はい」

ヒカリは視線を宙にさまよわせた。幽かに開いた唇に逡巡《しゅんじゅん》がにじむ。その唇がきゅっと閉じられ、おもむろに言った。

「先生、屍体《したい》みたいで」

「ふむ」

「――バカにしないんですか」

「屍体がシコシコ。笑えるけれどね、バカにはしない」

「子供のころ、辺野古ダムの取水塔のところに犬の屍体が転がっていたんです。死んでました」

「――屍体だから、死んでんだろうな」

「あ、腐ってました」

「どれくらい？」

「全体的に膨らんでて、男の子が棒でおなかをつついたんですよ」

「また、よけいなことを」

「そうなんです。そうしたらガスなのかな、おならみたいな音がして噴いて、いっしょに腐った肉の成れの果てでしょうか、濁ったクリーム色をしたなにかが飛んできました。クリーム色してたけれど、緑がかってもいました。粘液状でした。みんな吐きそうになりました。すごい臭いでした。目に沁《し》みました。最悪でした」

「先生も、同じ、臭いがすると」

「――はい。それに」

「それに？」

「先生、黒眼のところがぜんぶ白く濁っていて、そこにちいさな蛆虫《うじむし》がたくさんいるのが見えて」

「ならば、まあ、俺のジャンルだなあ」

ヒカリのすがる眼差《まなざ》しが熱を帯びた。思い切り身を乗り出している。事務机という遮蔽《しやへい》物がなければ、ぐいと抱き寄せてしまいそうだ。

沖縄に流れ着いて、辻のソープ街にある凄まじく古い雑居ビルを格安で一棟まるまる入手し、こうして占いごとなどして安住している。暴力沙汰は封印した。そのための占いごとだ。占いならば口先だけで拳は不要だ。いまさら、あの際限のない暴力を蒸し返す気はない。

はっきりいって、白く濁った眼に蛆をまとわりつかせて屍体が歩き、アパートの近くで立ったまま自慰に耽《ふけ》るはずもない。

ヒカリの言っていることはいささか極端だが、怯《おび》えが見えてはならないものを見せてしまったのだ。

ストーカーはじつに面倒だ。ヒカリのために働けば、どこかで暴力が必要になるかもしれない。いちど拳を用いれば、ストッパーが外れてしまいかねない。

さて、どうするべきか——。

崎島は思案しつつ、どこまで俺を頼りにしているのか、という意を込めた上目遣いで訊いた。

「よくこんなところに来られたな」

「必死でしたよ。客引きの人が怖い貌をして見つめてくるじゃないですか。すみません、すみません——て心の中で唱えました。竜宮城本店。Alice。エメラルド。ひめ屋。波の上女学院。きりがないからやめるけれど、道に迷ったから、このあたり全部覚えてしまいました」

「全部？」

「はい。全部です。なんでか覚えられるんです。見たものを絵のかたちでって言えばいいのかな。絵で覚えるので、その絵を思い泛べると、全部わかります。雨が降っていたりしてぼやけていると、あやふやですけれど」

「そうか。面倒くさい奴だな」

「わかってます。私には鬱陶《うっとう》しいところがあるんです」

「ん。自覚はすべての始まりでござる」

崎島は頭の後ろに両手を組んだ。事務椅子の背もたれをギシギシいわせて反《そ》った。

「よし。まず、この軋《きし》み椅子にCRCを噴け」

「はい！」

「わかるのか？　CRC」

「カブのお店に、バイクショップにありましたから。赤い罐《かん》の潤滑スプレーです」

「ん。それだ」

顎《あご》をしゃくって棚を示す。CRC云々《うんぬん》までは流れで弾むやりとりが続いたが、いったいなぜ？　といった顔つきでヒカリが見返してきた。それでも怪訝《けげん》そうな表情を泛べるのと同時に立ちあがっていたヒカリの反射神経と素直さに崎島は好感を抱いた。

脇にのいた崎島が指し示すところに割と要領よくCRCを噴射していく。ヒカリは自分で座って背もたれに圧をかけ、軋みが消えたことを得意げな笑顔で示し、ふたたび怪訝そうに見返した。

「おまえ、チョコレート工場、馘《くび》。今日から俺の手伝いをしろ」

「ユタの？」

「まあ、そんなとこだ。おまえの大好きな園長先生には折を見てこれこれこう、かくかくしかじかと御挨拶に出向く」

「ほんとですか」

「そこ、エクスクラメーションマークがつくところだろ」

ヒカリが小首をかしげた。妙な羞恥に囚《とら》われながら大声をあげた。

「ビックリマーク！」

チョコレート工場を辞めれば、六畳一間四人の寮を出なければならない。行き場は？

「ビックリがでないのは——」

「わかってるよ。俺も男だからだろう」

「失礼ですね、私って」

「まったくだ。紙背《しはい》を読みやがれ。大人の事情ってやつを相手に語らせないことができるのが大人だぜ、ガキが」

「ごめんなさい」

「威張っていうことでもないが、インポなんだわ」

「はい？」

「脳と脊椎《せきつい》に損傷を受けたことがあってな。それ以来だ、霊感を得たのは。かわりに器質的なインポテンツになった。機能的なインポテンツ、つまり精神的心理的要因で陥っている不能ではなくて、あくまでも肉体損傷による。つまり回復は不可能」

誰にも語ったことがなく、ごく一部の関係者しか知らないことを初対面の娘に話してしまった。まったくどうかしているぜ——と崎島は自分に呆《あき》れる。

崎島が語っているうちにヒカリは烈《はげ》しく赤らんだ。皮膚が白いだけに、焔《ほのお》がともったかのようだ。

もちろんインポ云々に羞恥を覚えたのではなく、崎島にとって隠しておきたいであろうことを語らせてしまったことを恥じているのだ。

崎島は醒《さ》めた目で呟くように念押しする。

「だから、おまえに性的な暴力は、まあ、振るうことができない。怒らせれば平手や拳を使うかもしれないが」

「叩かれたら、私は園長先生に対応してもらいます」

「そりゃ、やばい」

「ですよね！」

「やっとビックリマークがでたじゃないか」

「エクスクラメーションマークですよ」

「うるせえ」

ヒカリは目を潤ませていた。泣く一歩手前で鼻をかんだ。表情を整えると、深々と頭をさげた。

「じゃあ、俺の手伝いをしながら、おまえもユタになれ」

「無理です」

「ユタってのは記憶力なんだよ。おまえはなんでも覚えられるだろう」

なにを言っているのか――といった眼差しを崎島の背後にかかる扁額《へんがく》に移す。安堵したせいだろう。移り気な年頃の、ほんとうの姿があらわれた。


　氷は水なり。

　　水は水なり。

　　　湯気は水なり。


「ずっと気になっていたんです、それ。なんのお言葉ですか」

「ん。お言葉な。水は氷点下で固体になり、水は常温で液体になり、水は摂氏百度で気体になるというすばらしい教えだ」

「どなたの？」

「ま、俺かな」

「はあ。たしかに、水は変化しますね」

「なんだよ、そのツラは」

「いや、じつに達筆であらせられるので」

「やかましい」

ヒカリは崎島の背後にふたたび視線を投げる。黒眼が上下する。なんとなく納得していない表情だ。

「なんだよ、その微妙な態度は」

「氷。水。これはイメージがいいです。湯気ってほかの言いかた、なかったんですか」

「どうすればいい？」

「蒸気は水なり、かな？」

「うーん。ま、再考しておこう。これはな、相転移《そうてんい》という物理学の要諦をわかりやすく記したものなんだよ」

なんとなく尻すぼみで終わり、ヒカリはいきなり訊いてきた。

「このビル、圧倒的にぼろいですね。直方体の幽霊屋敷ですよ」

「よくぞ言った。だがな、この雑居ビルは俺の持ち物だ」

「所有してるんですか。すごい」

「ぜんぜんすごそうに聞こえない」

「これでコンクリートの匂いさえすれば」

「好きって言っていたもんな」

「エレベーターなしで五階まで。のぼってくるの、すこし怖かったです」

「ま、ハコはたくさんあっても住んでるのは俺だけだ。ヒカリも好きな部屋を見繕え」

「いいんですか！　私、自分の部屋を持ったことがないです」

「そうか。しかし、なぜ、俺はこんなに太っ腹なのだろう」

「生まれつき、ですよ」

じっと見つめられ、崎島は曖昧《あいまい》に視線をそらした。強制されているわけではない。進んで協力しているといったニュアンスだ。

けれど、奇妙だ。そもそも崎島はここまで寛大な人間ではない。崎島自身もそれを自覚していた。だからこそ幽かな奇異の念を抱いたのだ。

けれどヒカリに対して恋愛感情に類するものを抱いているかといえば、美しさに対する憧憬《しょうけい》はあるにせよ、ある一線を越えてはならないという自制の心がはたらく。

「ま、自制しようがしまいが役に立たんわけだが」

俺はあえてこの娘に選ばれているのではないかという霊感的疑念を抑えこんで自嘲する崎島をじっと見つめ、ヒカリが笑んだ。

「いいアイデアがあります」

「なに」

「このビルにユタや占い師を集めましょう」

「テーマパークか」

「逆に汚いビルのほうが似合ってるし」

崎島の苦笑いに、満面の笑みがかえってきた。笑顔がまぶしくて崎島は視線をそらし、呟く。

「ユタビル、ユタ会館、ユタの館」

「ユタハウス」

「ん。考えておく」

なんとなく言いくるめられてしまったようだ。だが崎島は自分の子供のわがままに付き合って、充たしてやったかのような満足感に浸っていた。それどころか本気でこのビルにユタを集めて観光スポットを拵《こしら》える気にさえなっていた。

反撥《はんぱつ》心の強い性格だった。正論でも異論でも反論でもなんでも受け容れることはなかった。他人に仕切られることが大嫌いなのだ。それがこのざまである。

けれど崎島はちいさく肩をすくめただけで気持ちを切り替えた。

やや細すぎる首にかかるボールチェーンを一瞥《いちべつ》する。視線に誘われて、ヒカリは意識せずにチェーンに指先を触れさせた。

「それが唯一の父親の残したものか」

「ドッグタグですね。二枚とも引き千切られたみたいになっていて、肝心の刻印の部分はないんです」

崎島は自分の首にさげている認識票をTシャツのなかから引っぱりだし、ヒカリの眼前に差しだして示す。

「崎島さんもお父さんが残されたんですか」

「アホ」

憎々しく言って、付け加える。

「俺の顔はどこから見ても純和人だ」

咳払いして、解説する。

「これは海兵隊、マリンコーの未使用本物に俺のあれこれを様式に従って打印してもらったものだ」

「あ、私のドッグタグもマリンコーの物だそうです」

「そうか。まずは姓＝Sakisima。名前＝Oturō」

「おつろうさんですか。乙郎って書くのかな」

「いちいち口を挟むな。解説好きの邪魔するな」

「はい！」

「本来、名前のところにミドルネームの頭文字が入るんだけれど、和人ゆえにミドルなネームはござらぬ。で、血液型＝O。社会保障番号が続くが、俺は律儀にマイナンバーを打ち込んでもらった——後悔している。で、所属＝tuziyūkaku。ガスマスクサイズ＝S。

続いて宗教＝irreligion＝無宗教。と、いうわけだ」

ヒカリが神妙な顔をして拝聴しているのに気をよくして、さらに続ける。

「ちなみに、同じ物を二枚さげるのは、戦死したとき形状不明のぐちゃぐちゃの屍体に一枚。この原形をとどめぬ屍体は誰それです、ってわけだ。で、もう一枚は回収して戦死報告用にする。認識票とは言い得て妙ってやつだな」

「詳しいですね。軍ヲタだ」

「ミリタリーマニア、と言えよ」

ヒカリは頬笑みを返した。崎島が横柄《おうへい》に顎をしゃくると、ヒカリはやや得意げに崎島の眼前に認識票を差しだした。

「私のはちょっとかわいいですよ。ふつうのとは色がちがう」

崎島の眉間に縦皺が刻まれる。

「レッドメディカルタグじゃねえか」

「なんですか、それ。たしかに赤いけれど。私のドッグタグは特別なんですよ。それとも偽物なのかな」

「レッドメディカルタグってのはな、なんらかのアレルギー疾患をもつ者に与えられる特殊な認識票だ。だから赤くコーティングされている」

「じゃあ、お父さん、アレルギーがあったのか。どんなアレルギーだったんでしょう」

崎島は肩をすくめた。レッドメディカルタグは二枚ともチェーンを通す穴と血液型のあいだで楕円状にささくれて真っ二つになっていて、つまり具体的な記載は一切消滅してしまっていた。

「引き千切ったというよりも、銃弾が貫通したときの衝撃で下から五分の四が吹きとんでしまったという感じだな」

「銃弾――」

「いや、素人の見立てだ。気にするな」

崎島はレッドメディカルタグを横目で見つつ、軍ヲタの軽口を雑に呪った。オタクはどうしても相手の感情を慮《おもんぱか》ることができなく、知識を披露してしまう。知っていれば、黙れない。最悪だ。

ヒカリは両の拳を握ったまま、やや俯き加減で言った。

「お父さん、銃弾で」

「だから、当てずっぽうだってば」

いまごろ怒ったような声で釈明しても無駄だ。ヒカリは無表情で呟いた。

「――おかげでお父さんがアレルギーだってことがわかりました」

崎島は頷くことしかできなかった。その一方で霊感がはたらきだし、レッドメディカルタグに強い忌避感を覚えた。このレッドメディカルタグは、理由は判然としないが、なぜか禍々《まがまが》しい。

ヒカリは取り繕うように表情を明るいものに変えた。柔らかに笑んで、先ほどと同様のことを言う。

「崎島さんのおかげで父の唯一のデータがわかりました。アレルギーだったんですね。どんなアレルギーだったのかな。苦しんでいたのかな」

崎島には返す言葉がなく、開き直って仏頂面をしていたが、横柄に顎をしゃくって荷物を取りにいくと促した。雑居ビル一階のパティオに駐《と》めた軽自動車に乗り込んで、中城へ走る。

すっかり暮れていた。

窓を開けはなって走れば濃厚な湿気をともなった粘っこい夜風が流れこんできて、崎島の着ているかりゆしの袖がせわしなく乱れて揺れる。

それでも意外としっとりしたドライブの範疇なのは、助手席にヒカリが座っているせいだ。

「俺のところで暮らすことに関して、たったひとつだけ条件がある」

「プライベートなことに関知しないとか?」

「そんなことはどうでもいい。いいか。一年三百六十五日、ジーパンを穿《は》け」

「ジーパン——」

「ジーンズでもデニムでもない。あくまでもジーパン。リーかリーバイスのストレート。501とかだ」

「なんでジーパン?」

「フェチなんだ。ジーパンフェチだ。ジーパンを穿いている女が大好きだ。ジーパンさえ穿いていれば見棄てない」

ヒカリが横目で窺《うかが》っている気配に、崎島はぐいと顔をねじまげ、睨みつけるようにして念を押した。

「わかったな」

「前見て運転してください」

背に腹は代えられませんという言葉を省いてヒカリは頷いた。

「ジーパンの件は承りました」

「よし。じゃあ、俺がおまえのジーパンを見立てる。帰りに北谷《ちゃたん》に寄っていこう」

「——変な人」

「変だが、たいして罪はない」

「ですね。ジーパンでお部屋がもらえるなら、いくらでも穿きます」

「よろしい」

「ジーパンユタ」

「なお、よろしい」

崎島とヒカリは中城に至るのぼりカーブ、ヘッドライトが切り取る黄ばんだ光の示す進行方向を姿勢正しく凝視しながら、小声で笑いはじめた。

調子に乗って侵入してしまうとバックで出るのに手こずりそうなクランク状に折れた隘《あい》路《ろ》なので、アパートの手前で軽を駐めた。

崎島は人並み以上の背丈だが、ヒカリの頭のてっぺんがちょうど崎島の耳のあたりだから、女としては背が高いほうだ。

けれど並んで歩かなければ、不思議とそうは感じられない。

アパートと言えば聞こえはいいが、水捌《は》けが最悪なのだろう、傾斜にもかかわらず地面がぬかるんでいてドブ泥臭い。

得体の知れない濁声《だみごえ》はカエルか。四方八方から迫《せ》りあがる地虫の音も囂《かしま》しく、世界が厭《いや》らしく微振動している。

壁面には蔦《つた》の類いがとりつき、まといついて建物それ自体を侵蝕している気配だ。女子寮として用済みになれば、即座に取り壊されてしかるべき代物だ。

まだ誰ももどっていない。真っ暗だ。

街灯にさえもこのあたりは見放されているのだ。

住人たちはいまごろ、どろどろに熔《と》けたチョコレートの芳香のなかで汗を流していることだろう。

こんな季節に、まだ藪蚊《やぶか》の類いが叢雲《むらくも》のように群れて不穏な楕円を描き、甲高い羽音を投げかけてきた。崎島もヒカリも同時に腕を上げて顔をカバーした。

傾きかけた木造を上目遣いで見あげて、女工哀史——と崎島は胸中で呟いた。もちろん揶揄《やゆ》の気配のほうが大きいが、行き場のない女子を最低賃金以下の時給でこうして取り込む搾取とはすごいものだと呆れてもいた。

「早く荷物、とってこい」

「はい！」

ここから逃げられるということで、ヒカリの声は弾んでいた。

が、二階にあがる階段の手前で動きが止まった。

異臭に気付いた崎島が素早くヒカリの背後に立つと、階段の上から影が降ってきた。先生だ。

足を踏み外したのだ。

ヒカリを羽交い締めにするようにして脇にのけた。

間一髪のところだった。転がり落ちてきた先生とヒカリが激突するのは避けられた。

けれどそれで崎島は腐った先生と触れあってしまった。

「おい、こいつ、俺とぶつかって、肩から手がもげたぞ」

「だから、屍体なんです」

「再会の喜びかな。なんか頬笑んでないか、先生」

「いや！」

「もげた腕、くっつけようとしてるぞ。まさに屍体放題――なんちゃって」

ヒカリの顫《ふる》えが一瞬、とまった。

駄洒落？　と唇が動いた。

崎島は空とぼけた。

もげた腕をもう片方の手に持ち、ヒカリの顔を凝視して、ようやく逢えたので嬉しさに階段踏み外しました――と見ればわかることを解説口調で呟きつつ先生は笑んでいる。

崎島は先生の脇にまわりこみ、駐めてあった自転車を抱えあげると加減せずにその後頭部に叩きこんだ。

先生の首がもげた。

あっけなさすぎたせいか、ひょいと取りおとしたかのように見えた。

ヒカリの前にころころ転がっていった。

首は後ずさったヒカリの足許の水たまりで止まった。

上目遣いと相変わらずの嬉しそうな頬笑みは変わらないが、妙に教師っぽい慇懃《いんぎん》な口調でヒカリに問いかけた。

「ゾンビは、首がもげたら、おしまいでしたかね？」

「――ホラーには詳しくないので」

「先生もなんですよ。バカらしいですよね、ホラー。法螺《ほら》の一体系ですか。はは、相変わらず先生はジョークが下手です」

「崎島さんも先生も、駄洒落は下手です。とりわけ先生のは理屈っぽくて笑えません」

崎島はヒカリの肩に手をかけると、強引に引きもどした。

「生き腐れた生首の相手をしている場合か。対処不能だ。さ、行くぞ。正しくは、逃げるぞ」

あとも見ずに軽自動車まで駆けた。

発進させると、即座にヒカリが顔をしかめた。鼻梁《びりよう》いっぱいに虐《いじ》められた猫のような皺を刻んで訴える。

「崎島さん、やばい！　先生が沁《し》みちゃって、臭います！」

「――ん、あ、げーっ」

崎島はステアリングから両手を放すと焦ってかりゆしを脱ぎ、窓外に投げ棄てた。

「まだ臭うか、臭うよな、臭う！」

「コンビニでウエットティッシュとか買ってきます」

「最悪だ、腐肉臭《くせ》え！　俺、もう、泣きそうだ～」

「汚れているのは、肩口だけですから」

「慰めてくれてるのか」

「事実を申しております」

「ひっぱたいてやろうか！」

「あんまりのことに、リアリティが——」

「だよな。まったくだ。どういうことだ。スプラッターを舐《な》めてるのか」

コンビニの駐車場に車が飛び込む。ヒカリが飛び出していった。

車内にもどったヒカリは、嘔吐しそうな顔をしていたわりに甲斐甲斐しく先生の汚物を落としてくれた。レジ袋の中にトイレの消臭剤まであって崎島は苦笑いだ。

腐敗汁清掃中にヒカリは崎島の背の妙な標語に気付き、目を凝らした。

「あの」

「なに」

「これ」

「刺青《いれずみ》」

「はあ」

「外国人が勘違いした漢字とかよく刺してるじゃねえか。『倦怠』とか入れてる奴、見たぞ。ならば、日本人が勘違いして刺したらこんな具合かなって」

「言ってる意味、わからない。頭、だいじょうぶですか」

「まったくだ」

崎島は側頭部を中指で指し示した。

「ときおり、ノリで彼方へ舞いあがってしまう。思い切り彼方へ飛んだわりに、着地点はきわめて矮小《わいしょう》というところでございましょうか」

あえて外国人の彫師《ほりし》に手がけさせたのだろう、刺青はじつに下手くそなひらがなで左右の肩甲骨にかけて横書きで『おたんこ』と、あった。

「すこし」

「ん？」

「好きになりました」

「おたんこの刺青。好きになったか」

「おたんこなす！」

崎島はニヤリと笑うと上半身裸のまま軽自動車をコンビニの駐車場から出した。おたんこの刺青は、たぶん崎島の自嘲であり揶揄だとヒカリは感じた。

北谷のアメリカンヴィレッジに行くと、おたんこの刺青を見せびらかすようにして自身のTシャツ三枚ワンパックを買って、その場で一枚に不摂生のたたった貧弱な腕をとおした。

自身の買い物はそれだけだったが、糊のきいた真新しいものから中古までヒカリのジーパンを十万円分ほども買い込んだ。ほかにも目についたアロハやTシャツ等、店員が運ぶほどの量のヒカリの服の山ができた。

潮にやられてドアに錆穴《さびあな》のあいた軽自動車に乗っているくせに、途方もなく雑な買い物だった。

さらに下着その他プライベート部分を覆うもんを買え——とズクにした十万円をわたされた。ヒカリにとって、もはや理解を超えた生き物だ。

「お金、たくさんもっているんですね」

「うん」

「悪いこと、しました?」

「たくさんしたが、いまは、できない」

「できなくなっちゃったんですよね」

「だから、ヒカリと一緒にいられるんだろう」

「——ですね」

美浜《みはま》食堂で崎島から中退した高校の名を聞かれた。崎島は中味そばを注文し、携帯を手に店から出ていった。

フーチャンプルーを注文して、所在なげに千客萬来の額縁を見あげていると、崎島がもどった。モツを箸の先でつまみながら先生のマンションの場所がわかったと呟く。

浦添《うらそえ》のマンションで、崎島はクレジットカードをドア枠に挿しいれて先生の部屋を開けてしまった。それだけ古い建物であるということだが、あっけなさにヒカリは目を見開いてしまった。

ジーパンに着替えさせられたヒカリは、ポケットから手をだすなと命じられていた。崎島も三枚組Tシャツの一枚をタオル代わりに手に巻きつけて、ドアノブなどに直接触れないようにした。

先生は浴室の前で首を吊っていた。

ごく小声で見なくていいと崎島が言い、肩を怒らせて隠した。

沁み入る臭気にヒカリは目をしばたたきながら逃げだした。

先生の周辺に散っていた、孵《かえ》った蛆が残した無数の茶色いちいさな小舟のようなサナギがドット絵のように脳裏に残った。

フロアでたたずんでいるうちに、先生から生まれた小蠅たちがあちこちに飛び去って、近所の食卓を舞っているところを想像してしまい、鋭い吐き気を覚えた。

同じように吐き気を怺《こら》えるためにTシャツで口を押さえ、若干反り気味で崎島は先生を観察していた。

縊《い》死《し》したあげく、沖縄の気候ゆえ腐敗が進み、紐が細かったので頸椎《けいつい》と頸椎の隙間にまで侵入し、首が切断され、おそらく床に軀が落ちたときに腕も脱落した。

たぶん、アパートでヒカリを待っていた先生は首を胴にかろうじて載せ、腕をくっつけようとあがいていたのだ。生前の形態を保とうとして足許がおろそかになり、階段から落ちた。

——好きだからって、死ぬことはねえだろうに。成仏しろ。

両手を合わせると、霊がふわりと飛翔する気配がした。背を向ける。

フロアにでると、切れかけた蛍光灯の光のもとでヒカリが不安げに涙ぐんでいた。崎島は柔らかく頷いてやった。

「おわったよ」

「——ありがとうございます」

「勝手に惚れて、勝手に死んで、いやはやなんとも、おたんこな奴だった」

03

恋情のもつれから自死した者が、その相手の前に姿をあらわすという都市伝説的な噂が日本中に流れはじめていた。なんと屍体のほとんどは腐敗して落ちてしまった首を小脇に抱えているという。

腐敗せぬうちに発見されれば、徘徊はしないらしい。彷徨《うろつ》くようになったら、自殺屍体のある場所を特定して供養すれば終熄《しゅうそく》するともいう。

噂はどこかロマンチックな気配さえあったが、当然ながらヒカリと崎島の目の当たりにした現実は、その臭気まで含めて凄まじいものであった。

死は美しくない——。

それが今回のヒカリの結論だった。

那覇でも最低気温が十五度を下回るようになってきたころ、崎島とヒカリは〈ユタの館〉に取りかかっていた。

コンパニオンさん募集といった具合にぼかして風俗や売春の仕事まで掲載されている地元就職情報誌に一ページ使って『ユタ募集・紹介料もあり。自薦他薦、あなたのまわりの神懸《かみだーり》りを紹介してください』と掲載した。

就職難の沖縄である。いま、この瞬間、キジムナーが生きている沖縄でもある。面接には冷やかしから真剣な者まで、かなりの数の応募者があった。

応募者が得々と並べあげる自身の能力についてなどに崎島は一切耳を貸さず、どう？とだけヒカリに訊く。

丸投げされて当初は臆していたヒカリだったが、難渋しているのを見てとった崎島が連絡先だけ尋ねて全員断ってしまっていいと囁いた。

しかも断った相手のなかでも、これは——と勘がはたらいた者を数日後に訪ねていっしょに食事し、そのときに決めればいいと申し渡された。御飯を食べて雑談中、理論面から運勢その他に深入りして喋る者に対して崎島が気乗りしていないことにヒカリは気付き、自分がこの人はいいと感じた相手を選ぶのを躊躇《ためら》うようになった。

とたんに崎島から美味《うま》いか不味《まず》いかだけでいいと耳打ちされた。

崎島いわく——センスのない者は、論理でしか喋れない——とのことだった。だからといってセンスがない人を採用するわけにはいかない。

要は気分で決めていいらしいことがわかって、崎島の顔色を窺いつつも単純にぱっと見の相性と好き嫌いでヒカリはユタ候補を決めていく。

唯一、崎島が命じたのは精神疾患の可能性のある応募者の獲得を優先することだった。なかでもあきらかに言動が普通ではなく、ヒカリが不安に感じるような相手に大きく頷いたことがあった。結局この女性ひとりだけが崎島の決めた採用者となった。

「このあいだの台湾の地震は私が止めたから被害が極小ですんだと真顔で言っていただろう。四月に陛下が私に会いにきた——とも言っていた。天皇は植樹祭にいらしたというのが一般の認識ではあるがな」

崎島は人差指を立ててヒカリを指し示しつつ続ける。

「これがユタの大切な資質。地震を止めたのは私である云々、一般人その他大勢は断言できるはずもないだろう」

なぜ私を指し示しているのだろうと怪訝な思いを抱きつつもヒカリが返す。

「そもそも地震を止めたなんて、言い切っちゃっていいんですか」

「あの頭髪フサフサおばさん、長嶺《ながみね》さんだっけ、あのおばさんが地震を止めたか、止めなかったか。止めたことを証明できないけれど、止めなかったことも証明できない。こうなると証明しようのないことは、断言した者勝ち。言った者勝ち」

「――占いにくる人は、断言してもらいたがっているような気がする」

「ん。わかってるじゃないか。縋《すが》る人が曖昧で弱い言葉を欲《ほっ》しているわけがない。あなたの生きかたが悪い！　と叱られたって感謝されるよ。金を払って帰るよ」

一呼吸おいて、崎島は私見を述べた。

「東京なんかでは精神障害として隔離排除される人を、東北や沖縄では神懸りとして丁重に扱う。神懸りとは、断言する人。明日、地球が消滅すると本気で断言できる人。すなわち予言者。これを狂っていると排斥するのは絶望的な過ちだ。明日、地球が消滅する可能性を排除できる者はどこにもいない」

「長嶺さん、すごいエネルギーでした」

「常人のエネルギーじゃないよな」

「それこそが、すべて。あのおばちゃんは稼いでくれるぞ。たぶんヒカリも敵《かな》わない。ヒカリはナンバー・ツーでいいよな」

「圧倒されました」

「精一杯頑張りますが、私は何番目でもいいです。生まれて初めて自分で仕事をしている実感があります」

ヒカリの貌の輝きはすばらしかった。崎島は勝手に照れて俯き加減だ。

「どうしました？」

「ジーパンユタが恰好いいからな、舞い上がってるんだ」

四六時中ジーパンを穿かされているヒカリは、崎島の趣味を見抜いていた。少しだけサイズの大きなワンウォッシュのリーの101をすっと着こなして崎島を歓喜させていた。

ヒカリが提案した〈ユタハウス〉という名称は却下され、崎島の希望で若干堅いニュアンスの〈ユタの館〉に決定していた。雇われたのはすべて女だった。〈ユタの館〉にいる男は崎島ひとりということだ。

屋上には御願所ばかりか、久高島《くだかじま》を礼拝するための女しか入ることのできぬ拝所《うがんじゅ》まで設《しつら》えてあり、しかも土を入れて大量の琉球ならではの植物が植えてあり、ちょっとした密林状態である。

〈ユタの館〉の屋上は聖地なのだ。ゆえに多額の寄附ができる者、あるいは銭金でなく崎島や長嶺さんの気分に適《かな》った者しか上がれない。拝めない。

造園屋の尻を叩いて、ビル全体にも蔦を這わせ、また抑えてはいるが凝った照明を用いて、老朽化した雑居ビルが歴史のある建物じみて見えるように画策した。周辺の緑化にまで手をつけた。

結果、渇いて閑散とした風俗街の周囲と裏腹の緑の潤いが現出した。崎島は隣接する駐車場を買い叩いて、ベンチなど設えて人々が自由に憩えるスペースをつくりあげた。この無料の場に崎島はずいぶん金を注ぎこんだ。雑居ビルとその周囲が、なんともいえぬエキゾチックな場に変貌していた。

しかも、この聖地は、那覇の繁華街から散歩がてら訪ねることができるのである。なんでも見てくれだ——と崎島は笑うが、唐突に那覇は辻遊郭跡に出現したまさに聖なる場所であった。

採用が決定したそれぞれのユタの部屋も徹底して内装に独自性をだした。ジーパンユタではないが、ユタ自身にも着衣をそれぞれあてがって個性を求めた。

沖縄の人々はユタ買いを躊躇わぬ。吉凶判断《はんじ》には呆れるほどの金額を支払う。崎島の思惑以上に人々が自ら〈ユタの館〉を聖所と認定して、本島内に口コミで噂が拡散していった。

つまり、まだ本格営業前だったが、ときに行列ができるほどの名所になりつつあった。

さらにタウン誌ばかりか内地の雑誌やネットがかなりの数、取材にきた。

沖縄を離れて、あちこちで紹介されるようになると、内地にもある占いの館などに比して〈ユタの館〉は、日本中のスピリチュアル好きにとってユタとあるだけで格違いと認定されていった。

沖縄県民以外には、ユタとは、名ばかりの遠く不明瞭で曖昧な存在だったが、雑誌やネットの取材によって死者儀礼や死霊供養まで請け合うユタの懐の広さが周知認識され、霊異関係に対する尋常でない気配がじわじわと伝わっていった。

那覇の辻という旧遊郭地帯にして現在はソープランドが林立する危うさも抜群のシチュエーションであった。ほとんど冷やかしで訪ねた本土の観光客があれこれをズバリ当てられ、的確なアドバイスを受け、さらに評判を拡散させていく。

取材者などは、長嶺さんに対すれば、本物のユタを眼前にした昂ぶりに覆いつくされ、緩い占星術師などとは桁違いの衝撃に烈しく打ちのめされる。長嶺さんの常人にはあり得ぬ尋常でないエネルギーに頭頂部から打ち抜かれて不能化してしまう。

加えて本物のユタの境地には至らぬにせよ〈ユタの館〉にはヒカリという最終兵器が存在するのである。

ユタ以前に客も取材者も、当然ながらヒカリに夢中になる。

ヒカリはときにつっかえながらも自身の役割を必死にこなそうとする。そんなヒカリに皆、好意をもつ。好い循環ができていた。

崎島が見込んだとおり、その特異ともいえる記憶力その他を発揮して、ヒカリは一度会った者を忘れぬばかりか、そのやりとりの内容まで一言一句覚えているという、やや超越した能力を発揮した。

ヒカリの前に立った瞬間にほとんど無意識のうちに口にした言葉を、対面十分後にヒカリがいかにも相手の心を覗いたかのような眼差しで口にすれば、それはもう読心術なのである。

運勢を見てもらおうと訪れる者は、じつは吉凶判断等の本題に入る前も、心中の不安や苛立ちや悲しみなどを抑えきれず、ぎこちなく沈黙しているようでいて意外に象徴的な一言を放っていたり、軀に引きつけを疾《はし》らせたり、指先を細かくこすりあわせたりと、じつは頼まれもしないのに自らあれこれ内心の痛苦懊悩《おうのう》をボディランゲージも含めて吐露し、本質を告白してしまっているものなのだ。

複数でやってくる者の会話を、あるいは独白を拾うマイクとカメラも待合室に仕込んであり、崎島がモニターしている。別格である長嶺さんはともかく、崎島がヒカリ以下ユタたちにさりげなく流れを指示することも多かった。

またユタの部屋の壁にはあえて仰々しく額装された言葉が三つ、四つ飾られている。ごく読みやすい書体で『愛苦縷縷』といった調子である。縷縷《るる》はわからなくても愛苦はなんとなく字面で伝わる。

多岐にわたって散らからぬよう額にはごくシンプルに主に色慾、名誉慾、金銭慾を象徴している言葉が書かれている。

依頼者が真っ先にそのどれに視線を投げたかを観察していれば、悩み事の主体がわかるという仕掛けである。

そういったあれこれを幾度か指摘してやっただけで、ヒカリはすべてを呑みこんだ。あとは崎島が用いる細かなテクニックをその類い稀なる洞察力でものにしていく。

総勢十三名のユタの館が正式オープンしたころには別格である長嶺さんはともかく、崎島を差し置いてヒカリは二番目の人気に駆け上がっていた。

「まだ部屋、あるじゃないですか」

「十三人がいい」

「わざと縁起悪く？」

「うん。ほんとはユダの館って名前にしたかった」

「また駄洒落ですか」

「うん。十三はいいよ。素数だし」

ヒカリは素直に頷いた。

氷は水なり。

水は水なり。

湯気は水なり。


この言葉と同様に、崎島にはなにやら独自の思いがあるのだ。

ヒカリは崎島を単なる恩人としてだけでなく、心窃《ひそ》かに敬愛の念を抱くようになっていた。

04

長嶺さんを一般社会に放置しておけば、その発言や行動から世の者たちは正常ではないと蔑《さげす》む。けれど居場所を確保してきっちり遇すれば予言者である。

最後の晩餐《ばんさん》ではないが、そして無理に取り決めたわけではないが、〈ユタの館〉に所属する女たちは長嶺さんがそうしろと呟いた＝判じたこともあり、夜御飯を皆で食べることになっていた。

予約して、いっせいに外食にでることもあるが、皆で調理することが多かった。思いのほか静謐《せいひつ》なその姿はどこか修道院、あるいはコミューンの夕食を想わせる。

もっとも総勢十三人の女ばかりの晩餐で崎島がキリストを気取るはずもなく、長いテーブルの真ん中ではなく、いちばん端で居心地悪そうになにやらもそもそ食べている。中心は長嶺さんである。

もちろん崎島が肩身のせまい思いをしているわけではなく、所在なげなのは見てくれだけで、十二人もいる女たちの手取り足取りを享受していた。

いまの境遇が満更でもない崎島は、一人で外食や飲みに出かけることもほとんどなくなった。

その晩、長嶺さんはビーフシチューの湯気の前で黙りこくっていた。

這入っている——。

そう称される状態である。

だから皆気遣いして、長嶺さんの邪魔をせぬよう、過剰なくらいに静かにフォークとスプーンを使っていた。

長嶺さんの頭髪は尋常でない豊かさだ。五十歳を超えて六十近いと思われるが、黒々のふさふさの艶々で、頭部のボリュームが遠目からだと二倍三倍に見える。

眉は太いだけでなく、左右がつながっている。口のまわりには髭と呼んでよい量の産毛を蓄えている。

眼は黒々と山羊に似て、眼球全体を覆い尽くすようにかかった膜の上に相対する者の姿がよく映る。

すべてに対して逡巡がなく、世界を自身の感性で確実に決定していく。

表情は乏しいが、笑うとなんとも愛想のよい笑顔で、だから皆、長嶺さんの笑顔見たさ一心で接しているようなところがある。

なによりもヒカリ以下、所属するユタの女たちが悩みを長嶺さんに相談していた。

長嶺さんには贔屓《ひいき》とか計算が一切ない。アドバイスはそのものズバリで、金の話をすれば金額も訊かずに今日の稼ぎを無造作に差しだしてくるのだ。

シチューの湯気がだいぶ静まって、長嶺さんの口髭には結露した極小の銀の粒子が光っている。崎島以外、皆、長嶺さんに意識を集中していた。

崎島は軀に強烈なかゆみに似たなにものかが刺さるのを感じ、思わずボリボリかきむしった。その瞬間だった。

「乙郎」

いきなり長嶺さんが名を呼んだ。

「乙郎」

「――なんだよ」

名刺を撒《ま》くわけでもなし、まともな自己紹介をするでもなし、女たちは今夜、いまこの場で初めて崎島の名を知った者がほとんどだった。

ヒカリも怪訝そうだった。長嶺さんは崎島だけでなく誰の名を覚える気もなく、唯一、ヒカリの名だけ呼んでくれていた。

「乙郎」

「だから、なんだよ」

「乙郎」

「だから――」

「乙郎、おまえ、今夜、死ぬ」

「俺？」

「乙郎」

「お告げか」

「見えた。首と胴が生き別れだ」

「おいおい、物騒だな」

両手を首にまわして付け加える。

「まだ登場したばかりだぜ。これで首を落とされちまったらヒーローがいなくなる」

苦笑いにまぎらわせてしまおうとした崎島だが、長嶺さんはあくまでも真顔だった。

「首と胴が生き別れる前に、生きたまま解剖されるかもしれない。奴らは乙郎に興味をもっている」

長嶺さんがいきなりスプーンを手にした。一口啜《すす》って、洋風は好かんと呟いた。予言者は予言するだけで、口を閉ざしてしまう場合が多い。長嶺さんがもうなにも喋らないことが直感できて、崎島の苦笑いも引っ込んでいた。

ヒカリが立ちあがった。長嶺さんの背後にいく。震え声で訊く。

「崎島さんを助ける方法は」

「ブラッシングっていうのか」

「はい?」

「ヒカリがブラシでこすってくれるから髪の毛が喜んでな」

真後ろに立つヒカリが、そっと長嶺さんの髪に手をさしのべた。右手と左手で等しく髪を握る。長嶺さんが頷く。

握った髪を左右に拡げる。

長嶺さんは目を閉じる。

「くる」

「きますか」

「くる」

「きてるんじゃなくて、くる——」

「そうだ。くるんだよ、奴らは確実に」

奴らとは何者か。不安にヒカリの下膊《かはく》に鳥肌が拡がる。

長嶺さんの口許が笑みにゆるんだ。

「でも、きてるよ」

「きてますか！」

「きてる、きてる。私一人じゃこなかったけれど、ヒカリが髪を支えているからいい按排《あんばい》だ。強烈だ」

ヒカリに髪を持たせたまま、すっと立ちあがった。大きく反り返って天を仰ぐ。

「きてる、きてる、電波がきてる」

「きてますね！」

「きてる、きてる、すごい電波だ。電波がきてる！　これはね、これはね」

「はい」

「私とヒカリが合わさった電波だよ」

「頑張ります」

「頑張っちゃだめ。力の入れどころは電波が決めること。あんたは黙って私のアンテナ支えてろ」

崎島は椅子に浅く座ってシチューの残りをこそげていた。

電波がくる――である。

そのままではないか。

だが長嶺さんの言ったことが本当ならば、いまは電波にすがるしかないようだ。

「赤」

「はい」

「赤い」

「はい」

「薄っぺらいが、赤」

「ひょっとして」

「黙れ！」

「――はい」

「赤いものを乙郎にひとつ、分け与えよ」

「はい！」

「それで多分だいじょうぶだろう」

スプーンを手にしたまま崎島は横目で長嶺さんとヒカリを窺って、まばたきを忘れていた。スプーンに照り映えた青い輝きが眼球の芯に痛い。

長嶺さんの髪の全体に眩い青紫が帯電し、無数の触手をもつ稲妻として放射状に光輝が散っていった。それがヒカリにまで伝わり、ヒカリの腕が赤紫に燦めいていた。おそらく産毛が発光しているのだろう。

崎島も、ほかのユタたちも強烈な静電気の甘く青い香りに恍惚として、身動きができない。青紫と赤紫が重なり合うふたつの発光体を凝視するばかりである。

唐突に長嶺さんが欠伸《あくび》した。

「眠くなった」

「はい」

髪から手をはずし、両腋に腕を挿しいれて長嶺さんを背後から支えなおす。ヒカリは崎島にむけて頷くと、長嶺さんを連れて食堂から出ていってしまった。

自室にもどって、脱力気味に事務椅子に座る。背もたれに加減せずに体を預ける。ヒカリがCRCを噴いたので軋みはない。

赤――。

薄っぺらい赤とはヒカリの認識票、レッドメディカルタグだろう。

それの片割れを身につけていれば、斬首、あるいは生体解剖から免れるらしい。

長嶺さんのいうことは事実だろう。崎島自身の霊感もそれが生き残る途《みち》であることを乱れがちな心拍と共に告げている。

ゆえにレッドメディカルタグ装着に関して選択の余地はないが、助かりたいという思いの奥底で、それを身につけることによって自身の内面のなにかが壊れる予感がする。よほど己を強く持たねば、狂気に囚われてしまいかねぬ。

真に禍々しいもの。

触れることによって取り返しのつかないなにものか、迷信深い物言いをすれば呪いとか穢《けが》れといったもの。それがレッドメディカルタグには充満している。

「――じゃあ、ヒカリは穢れているのか」

自問して背もたれを前後に揺らす。歯の隙間にはさまった肉片をほじくりだして再咀《そ》嚼《しゃく》する。

いままで触れてはならぬものは単純に忌避してきた。それでなんの問題もなかったし、なによりもいちばん正しいやり方だ。

だが、命がかかっているとすれば、忌まわしきものとして遠ざければよいというものでもない。

「それとも、死んでみるか」

呟いたとき、軽くノックが響いた。なぜか忍び足でヒカリが入ってきた。その姿が愛おしくて崎島の顔に満面の笑みが拡がる。

「オバアは寝たか」

「はい」

ヒカリは窓際のソファーに腰を下ろした。

「長嶺さんが、眠りに落ちる間際に」

「なに」

「悪魔は言葉がわからない――って」

崎島は声にださずに繰りかえした。

悪魔は言葉がわからない。

「だからこそ乙郎の軀を切りひらいて御言葉《みことば》を求め、意味をさがす――って」

崎島は溜息で応えた。

長嶺さんは具体的ななにものかをちゃんと見据えているようだ。

御言葉を求める。

意味をさがす。

腑分けされる身になれよ――と崎島は胸中でぼやく。

「しかし悪魔って奴は、言葉がわからなかったのか」

問いかけに、ヒカリは曖昧に頷き、勢いよく立ちあがった。

「手遅れにならないうちにレッドメディカルタグを」

気乗りしないが、崎島は自身の認識票を首から引きずりだした。ヒカリもボールチェーンを外して赤い認識票をひとつ外し、崎島に手わたした。

チェーンを外そうとして手間取った。狼狽《うろた》えているというより、神とか天とか運命といったものが、それをさせぬようじゃましているかのようだった。

崎島の銀の認識票のうえに柔らかな赤い認識票が重なった。チェーンを留めた。

ぐ。

ぐ。

ぐ。

ぐ。

「どうしたの！」

ぐ。

ぐ。

ぐ。

ぐ。

ぐ。

「崎島さん！」

ぐ。

「苦しいの!?」

「ん？」

ヒカリは唇をわななかせている。

「なんだよ。なにがあったんだよ」

「だって崎島さん、歯を食いしばって痙攣《けいれん》して」

「記憶にございません」

「ふざけないで」

「いや、ほんとうになにも——」

「いまは？」

「気分はいたって爽快だ」

「——なら、いいけど」

ゆるゆると迫りあがってくる想いに、崎島は小首をかしげた。

なにかを見た。

見たが、それを『見た』と表現するのは躊躇われる。

なぜなら、なにも見えなかったからだ。

強いていえば——見えないということを見た——とでもいうべきか。

「真空？」

「なんのこと？」

「ほんとうになにもないんだ。完全になにもない、だから世界とかそういう言葉で表現することもできない真の虚無。ところが——」

「ところが？」

「それが、滾《たぎ》っていた」

「滾るって？」

「なにもないが、なぜか――」

語ると逃げていってしまう事柄の典型だった。崎島は唇をすぼめるようにして口を噤《つぐ》んだ。

崎島は思いに沈み、もうなにも喋らない。

ヒカリにとって先ほどの崎島の白目を剝《む》いた騒ぎはなんだったのかというくらいに静かな夜だ。

手持ちぶさたな時間が流れていく。

「いつまでいる気だ」

「あ、私、今夜はここで不寝《ねず》の番をします」

「本気かよ」

「本気です。私もレッドメディカルタグを付けているわけですから、多分、安全です」

「多分、ね」

「絶対です」

「――俺も正直、寝る気が失せた」

「じゃあ、二人で起きていましょう。トランプとかして。神経衰弱とか」

「――トランプ。いまどき。ポーカー以外にトランプを用いるのは罪だ」

「だめですか。占いもできるしいいかなって思ったんですけど。せっかくだし、私、崎島さんと交流を深めたいなって」

ヒカリの言葉にちいさく身をよじるようにして照れる崎島だった。

「ピストルとか、ありますか」

「あるわけねえだろ」

「なにか武器。私が崎島さんを守ります」

「おお、なんとも心強い。武器なんて、ねえよ」

あまりにヒカリの眼差しが真剣なので、愛おしくてたまらなくなった。本棚脇に立てた金属バットを摑みとる。

「ヒカリがこれで悪魔に対抗するところをじっくりみせてもらおうか」

冗談で手わたしたのだが、ヒカリは真顔で青眼の位置にバットを構えた。たぶん学校の授業で竹刀の持ち方を習ったのだろう。真一文字に結ばれて血の気を喪《うしな》った唇が凜々しくも美しい。崎島は見惚れた。

が、それから数分もしないうちに崎島は事務デスクに突っぷして軽くいびきを、ヒカリはソファーに軀を横たえて、バットを抱いたまま心臓を下にして寝息を立てていた。

05

時化《しけ》の前触れのうねりは、ときに鋭角に尖らせた凶悪な銀の波浪をともなって真栄田《まえだ》岬に突き刺さる。

濁った黒灰の空は異様に低く、沖で海と接し、不明瞭に溶けあって暗黒を仮装するが、低気圧の雲は強風に引き千切られて妙に仄明るい素顔をさらす。

雷光が疾るが無音で、雷鳴は聞こえない。夜の底が白銀に燦めいて、一瞬、宇宙が透ける。

ダイビングのメッカである真栄田岬だが、さすがにこの時間、こんな状況では人の気配などない。駐車場にも汐《しお》をかぶって複雑な模様に染まった岬の商店の経営者の古びた車しか駐まっていない。

繁忙期には無数のダイバーが行き交い、通り抜けるのも難儀する海上に降りる階段もなかば波浪に没し、彼方からの海鳴りが低く重く鬱の轟きを奏でている。

海中からこの階段に至るあたりまで、陸にあがろうとするダイバーの目印として鋼鉄の極太の鎖が渡してある。打ち据える波頭で動いたか、ぎゃりんと軋みが聞こえた。

ぎゃりん——。

ぎゃりん――。

ぎゃりん――。

ぎゃりぎゃりぎゃりんぎゃりぎゃりん！

波浪のいたずらではなかった。

海面すれすれの海中で、赤黒く錆びた鎖を掴む手がある。

並みの大きさではない。グローブを装着している。あきらかに軍用である。だが、ネイビー・シールズのどちらかといえば華奢な装備品とは別物であり、地上戦において重火器を扱うときに装着するものだ。

あえて荒天を狙って米軍特殊部隊が潜水訓練をしているのかもしれない。が、あまりに無謀である。真栄田岬の海底地形は洋上の暴虐を増幅するからである。

鎖が伸びきった。

ＬＷＨ――鈍いオリーブドラブの軍用ヘルメットが洋上にあらわれた。

ヘルメットをかぶってダイビング。

たとえケブラー製であったとしても、あり得ない。

しかもウエットを着用しておらず、軍服のままである。

それどころか唐突に海面に顔を出した兵士はＭ50と思われるガスマスクを装着していた。

ウエット不着用どころかレギュレータも咥《くわ》えておらず、ガスマスク。あろうことかタンクも背負っていないのだ。つまりこの荒天に素潜りであったということだ。

けれど、放射性物質まで防ぐフィルターが二つ付いたガスマスクのまま潜るということにどのような意味があるのか。

陸にあがったのは、その装備一式からまちがいなく海兵隊員——マリンコーであった。一人ではない。ぎゃりんぎゃりん連続した音に合わせて十人のマリンコーが真栄田岬に上陸してきたのである。

ハンドガンやライフルなどの火器は装備していない。

かわりに、中南米において使われる大型の山刀を模して炭素鋼にてつくりあげた刃渡り一メートル強の軍用マチェテを腰にさげている。

刃の部分以外は艶消しブラックコーティングされているので海水にも錆びておらず、夜の闇にほぼ溶け込んでいる。

総勢十名のマリンコーは背丈をあえて揃えたがごとく常軌を逸した大男である。

ガスマスクをかぶっているので呼吸音がしゅこー、しゅこーと耳障りだ。

だが、それよりもなによりもガスマスクの眼の部分が鈍い赤に光っている。眼自体は見えない。

隊列を整えると、整然と行軍しはじめた。一般の交通量も多い国道五八号線の車線左端を平然と行く。時刻が時刻だけに通行人は少ないが、車両も威圧の凄まじさに大げさによけていく。

当初は海の潮の香が隠していたが、徐々に周囲に漂いはじめたのは腐肉臭であった。歩度は尋常でない。

真栄田岬から那覇まで距離にして三十キロ強程度だが、まだ夜明けまでずいぶん間があるころに、マリンコーはユタの館の前に整列した。

マリンコーたちは躊躇わずに崎島の部屋にむかう。鍵が捩《ね》じ切られ、巨体ゆえヘルメットをドア上部にこすりながら侵入する。

崎島の部屋に屍臭が充ちる。

熱気はなく、マリンコーが入ったとたんに痙攣に似た凍えが疾った。実際ガスマスクから洩れる腐臭、いや息は白い。

ヒカリは金属バットを抱き枕のように抱いたまま熟睡している。

崎島も事務デスクに突っぷして涎《よだれ》を垂らしていびきをかいている。

指揮官と思われる中心のマリンコーの眼の光が血の色を強めた。

端のマリンコーが崎島の襟首を摑んで持ちあげ、床に転がした。

軍用マチェテの先端で着衣を裂く。

不摂生でたるんだ腹があらわになる。

首まで裂いて、動きが止まる。

通常の認識票のうえにヒカリのレッドメディカルタグが重なっている。

ガスマスクの奥の濁った緋色がレッドメディカルタグに集中した。

しゅこー、しゅこー、しゅこー。

動きがやみ、呼吸音が囂《かまびす》しい。が、出現のしかたを鑑みればこの者たちは息をする必要はない。

軍用マチェテを手許に引いたマリンコーが、中心のマリンコーに視線を投げると、思案のいろが濃い。

が、結局のところ首を左右に振った。

それでどうやら崎島の首は胴体とつながったままでいられることとなったようだ。

中心のマリンコーが動いた。

ヒカリの前に立ち、その胸元をさぐる。太い指先でボールチェーンをつまみ、レッドメディカルタグを凝視確認する。

指先で触れぬよう気配りして、しばし見つめる。

副官と思われるマリンコーが指揮官に顔を寄せた。

しゅこー、しゅこー、しゅこー。

指揮官が頷いた。

それで崎島の全身の吟味がはじまった。軍用マチェテの切先で着衣すべてを裂いて全裸にした。

ガスマスクの奥の血の色が、その背の刺青に集中した。

端のマリンコーが軍用マチェテを素振りする。びょうびょう鳴って、いかにも斬りたそうだ。

それを押しとどめて、指揮官がマチェテを受けとり、その先端を背の刺青にあてがった。

刺青の文字を切先でなぞっていく。

はじめ血が玉のように盛りあがったが、薄黄色の脂肪が覗けるころには、崎島の背は深紅に染まっていた。

まさに文字通り切り裂かれたが、崎島はいびきをかいたままだ。

指揮官が顎をしゃくった。マリンコーは崎島の部屋をでた。

次にマリンコーがむかったのは長嶺さんの部屋だった。

長嶺さんはベッドの上で顔を顰《しか》めて上体を起こし、言い放った。

「無理だよ、ここを制圧するのは。よし。任務終了」

が、マリンコーは言葉を解さぬようで、じっと長嶺さんを見つめている。長嶺さんは派手に舌打ちをした。片手を差しあげ、念をおくる。

——御言葉を、大切な御言葉を戴いたであろうが。

マリンコーの血の眼が揺れる。

——ユタの館に手をだしさえしなければ、間抜けなおまえたちは、なにをしてもよい。すべてを許す。御言葉のままに、御言葉に従いて思いのままに致せ。こんな世の中、なにがどうなろうと知ったこっちゃない。勝手にしろ。

指揮官は頷いた。

マリンコーたちは長嶺さんの部屋から出ていった。

長嶺さんは大欠伸をすると、枕許のコップの水をわずかに含んで口中を潤し、横になり、寝息をたてはじめた。崎島やヒカリの不自然な眠りとちがい、生き物の、初老の女の眠りそのものだった。

ユタの館のパティオでマリンコーは整列した。指揮官はガスマスクの奥の血の色を強めたり弱めたりしつつ、なにやら思いに耽っている。

やがて小首をかしげ、呟いた。

「おたんこ」

マリンコーが発した最初で最後の言葉であった。

06

崎島の枕許でヒカリが顔の前に国語辞典を掲げて読みあげる。

「おたんこなす。人をののしる語。間抜け。とんま。変な形のナスの意——だって」

「うるせえ、おたんこ」

枕に顔半分を埋めた俯せで、崎島が吐き棄てた。柔らかく頬笑んでヒカリが寝具を整えてやる。背に傷をつけられたせいで、ひたすら腹這いで過ごさなければならないからストレスがたまっているのだ。

上半身をあずけることができる三角形の傾斜がついたマットレスには穴が開いていて、崎島はそこに顔を突っこんで俯せで眠るわけだ。

崎島がつけられた傷は縫合の範囲が広く、しかも文字をなぞるという複雑さなので、小用等はともかく、まだ立って自由に動くことは許されていない。

「ああ、仰向けでいびきをかいてみてえ」

那覇の個人病院の個室である。病室というよりも高級ホテルの一室だ。食事もケータリングで近くのレストランその他から好きなものを取り寄せることができる。ヒカリは、まさか那覇にこんな至れり尽くせりの別世界があるとは思ってもいなかった。

ヒカリの入院のイメージは、壁の白塗りがくすんでいて天井に細長い蛍光灯がたくさん並んで白けた冷たい光を落としている大仰なカーテンで仕切られた大部屋であり、量は多いが薄味のまずい病院食だ。

入院したことはないが、見舞いなら幾度も行った。嫌気が差したと吐き棄てる入院中の友人になかば強制されて病院食も試食してみたが、愛想笑いを返すしかなかった。

射し込む朝の陽の光に目を細めながら、なぜ崎島さんはたくさんお金をもっているのだろうと漠然と思う。

すっかり春めいていた。ユタの館は崎島がいなくてもうまくまわっている。収益は相当なものだ。けれど、それと関わりなく崎島さんはお金持ちだ――。

「なに見てんだよ」

「崎島さんのお金はどこから湧いてくるのかなって」

「そんなことか。半身不随にならずにすんだのが奇跡ってな」

「事故？　それとも」

「なにをして、なにが起きたかは、契約があるのでお教えできません。とにかく半身不随はまぬがれた。が、ぽこちんは役立たずになった。ま、慰謝料ではないが、ガッポリ金が入った。もっとも雑な使い方なんで、もう、あまり残ってないだろうな」

崎島は手に入れた金自体を早くなくしてしまいたいのだ。それを感じとって、ヒカリは曖昧に視線をそらした。崎島は俯せのまま細く長く溜息をついた。

ヒカリは直感していた。自身の肉体に起きた現実を揶揄めいた口調で明かしても、なにがあってなにが起きたかを崎島は一切語る気がない。今回の入院で面倒をみてあらためて気付いたのだが、崎島の軀にはあちこち傷痕があった。

「ハードボイルドだね」

「なんのこっちゃ」

「崎島さんはハードボイルドだよ」

首を捩じまげてヒカリを一瞥し、直後、穴に顔全体を埋めて腹這いのまま派手に肩をすくめる仕種《しぐさ》をした。そのせいで縫合部分が突っ張って引き攣《つ》れた。あいててて——と剽軽《ひょうきん》な、けれど三角マットで消音されたくぐもった声がとどいた。

不自由ではあったが優雅な療養生活を経て退院した崎島は、若干丸くなっていた。性格ではなく体型である。腹這いになったまま食べてばかりいたのだから当然だ。

巷《ちまた》では在沖米軍トップにして四軍調整官も兼任していた米海兵隊第三海兵遠征軍司令官テッド・ゴーゴリの不可解な死が話題になっていた。

キャンプ・コートニー内の司令部のワーキングテーブル上に切断された司令官の首が載っていたのである。

司令官の死の直前、ガスマスクをつけた十人ほどのマリンコーの姿が司令部内の複数の監視カメラに映っていた。映像は奇妙なほどに朧《おぼろ》だったが、マリンコーは軍用マチェテを手にして司令官を取り囲んでいたという。

不可解なのは、たとえマリンコーといえども部外者の安易な侵入を許さぬ司令部の機械的、電子的ロックシステムがきっちり作動していて、故障や誤動作の兆候も一切みられない状態であったことだ。

万全のシステムが破られてしまい、幽霊が這入り込んだのか——と司令部の人間は頭を抱えた。

テッド・ゴーゴリ司令官の胴はフロアに無造作に転がっていたが、上半身裸にされて、その毛むくじゃらの背には刃物でつけられたと思われる文字が刻まれていた。

流血がはなはだしく、血液を洗い流すまで判読不能であったが日本語、それもひらがなで『おたんこ』とあって、これがまた耳目《じもく》を集めていた。

崎島もヒカリも入院中にテレビのニュースの第一報でそれを知っていたが、素知らぬ顔をしていた。崎島の傷の縫合を担当した医師や看護師も奇妙な符合を覚えはしたが、なにしろ崎島は入院中であり、警戒の厳重な米軍基地に侵入できるはずもない。

なによりもテッド・ゴーゴリ司令官は沖縄県民に嫌われていた。これはCamp Courtney Christmas Festのさいに、たまたまオフになっているはずのマイクがオンになっていて会場全体に呟きが響きわたったのだが、キャンプ内に入ることを許された日本人に向かってYellow Monkeyと嘲笑し、あるいは強姦容疑の少佐を本国に送還＝逃がしたりといった、黄色人種の神経を逆撫でし、敵意を掻きたてるあれこれに事欠かぬ男であったのだ。

おたんこは日本語であるが、十名ほどのマリンコーが侵入したことはカメラ映像などからまちがいなく、しかも情況証拠その他からガスマスクの奥の目を赤く明滅させていたマリンコーが犯人であることはほぼ確定といったところだが、米軍自体が困惑至極といった態《てい》であり、捜査は進展していない。

ユタの館にもどった崎島は、真っ先に長嶺さんを訪ねた。

「なんで見舞いにこない」

「見舞いに値する貴人か」

「奇人も奇人、大奇人だ」

「そうか。その程度で貴人か」

「ああ。奇人だ」

「そのわりに電波がこないよ」

「俺はＮＨＫじゃねえからな」

言いながらシャツのボタンを外し、ケロイド状に盛りあがってしまった背中の傷痕を見せようとしたところ、渋面で拒否された。

見てほしかったのだろう、見せたかったのだろう、崎島は露骨にがっかりし、それでもめげずにぽんぽん軽妙な言葉のやりとりを続ける。

二人のやりとりが妙に息の合った漫才じみていて、ヒカリはさりげなく横を向いて笑いを抑えこんだ。長嶺さんと崎島は真剣になればなるほど、なぜかおかしみが漂う。

あらためて崎島がマリンコーの仕業かと確認すると、長嶺さんはリウマチで節榑《ふしくれ》立った人差指を突き立てて断言した。

「そうだよ。乙郎の背中に傷をつけたのはマリンコーだよ」

「——眠っていて、なにも覚えていない」

「そのほうが幸せだね」

「ま、そうだな」

頷いて、かゆみの残る背にぎこちなく手を伸ばしつつ訊く。

「司令官の首を落としたのも？」

「そう。マリンコーは御言葉を求めていた。で、得た御言葉に沿って行動しはじめた」

「御言葉——」

「あいつらは世界でいちばん強いかもしれないけれど、頭が悪い」

長嶺さんは頭の横で指先をくるくるまわした。豊かな頭髪がからんで、いてっ！　と声をあげた。崎島もヒカリも笑いを怺えているせいで過剰に真顔だ。長嶺さんは抜け毛をもてあそびつつ、続ける。

「ちゃんと探せば真の御言葉に至ったはずなのに、乙郎の背中のおたんこに反応してしまい、それを御言葉と勘違いした」

真の御言葉とはなにか。崎島の心に強い疑問が湧いた。抑えがたい好奇心と言い換えてもいい。もちろんポーカーフェイスで表情を消していたが、長嶺さんは常人にはあり得ぬ鋭さで崎島の目のいろを読み、首を左右に振った。

「あたしはもう少し生きていたいんで、おたんこが御言葉であるって押しつけてやったんだよ」

知りたいという慾求が迫りあがって抑制のきかない眼差しの崎島を叱る。

「乙郎が本気で意識してしまうと、じつにまずい。やばいっていうのか。だからこのことに関してはもう考えるな」

言いながら、長嶺さんはなぜかヒカリを一瞥した。勘違いしたヒカリが長嶺さんの傍《かたわ》らに行った。座る長嶺さんの肩にそっと手をおく。用事を訊く。長嶺さんは頬笑みを泛べ、なんでもないと呟いた。

長嶺さんの笑みはどこか作り笑いじみていて、幽かだがヒカリをやり過ごすといった気配が感じられた。いつもの親密さからすると異質だった。どういうことだ、と崎島は長嶺さんとヒカリを交互に見較べた。

それにしても、こうして喋っていると内容はともかく理路整然としていて、その態度も含めて長嶺さんに統合失調症の気配など一切ない。

そんな思いで崎島が見つめていると、長嶺さんは固まった豚脂が白く浮いた大ぶりの器に手を突っ込み、昼に平らげたテビチの骨を抓《つま》みあげて啜りはじめた。もう喋ることはないということだ。

崎島が雑に頭をさげると、ぷっと骨を吐きだした。豚の足首を構成する複雑なパズルの小断片が崎島の鼻先をかすめ、スチールドアにぶつかって意外なほど澄んだ金属音が響いた。

「無礼者め」

「へ？」

「乙郎には、行くべきところがあるはずだ。ヒカリのために挨拶せねばならぬところがあるはずだ」

「挨拶？」

顎の先をもてあそんで考えこみ、ヒカリに助けを求める視線を投げる。ヒカリの唇が、えんちょうせんせい——と動いた。

「めんどい。かったるい」

ぼやきはしたが、ヒカリが初めて崎島のところを訪ねてきたとき、折を見て児童養護施設〈ヒカリ〉の園長に挨拶に出向くと約束した記憶がぼんやり残っている。

長嶺さんは崎島の額に向けて人差指を突きつけるようにして、断言する。

「乙郎は行かなければならないんだよ。必然てやつだよ。知るべきことの欠片《かけら》を知ることになる」

崎島は好い人を演じてよけいなことを言わなければよかったと後悔し、話をそらしてしまおうともっともらしい顔つきで長嶺さんに訊いた。

「マリンコーということで、まさか米軍の司令官が真っ先に殺られるとは思いもしなかったが、テッド・ゴーゴリは、おたんこか」

「誰がいちばん最初におたんこ認定されるかあれこれ思い描いていたけれど、あいつは確かに真っ先に殺られるべきおたんこだわ」

「おたんこ認定」

呟いて、崎島はやや前屈みになって顔をくしゃくしゃにして笑いだした。ヒカリはそんな崎島を不安げに見やる。

眠っていたから、いや眠らされていたからマリンコーがどのような存在なのかはまったくわからない。

噂では防毒マスクに、やたらと太くて黒くて長い刀を持っているという。そんな人たちが、ほんとうにユタの館、崎島の部屋までやってきたのだろうかとも思う。

だが崎島の背の刺青から派生して殺人が行われたのだ。しかも、それは、まだまだ続く気配だ。

これから先、崎島はマリンコーに関わらずにすむのか。ヒカリの心配はこの一点にかかっていた。

ヒカリの様子に気付いた長嶺さんが新たに見繕ったテビチの骨をしゃぶりながら不明瞭な声で言った。

「ついていてあげな。いつも乙郎についていてあげな。乙郎を生かすも殺すもヒカリしだいだからね」

崎島の笑いがやんだ。長嶺さんとヒカリを等分に見つめた。長嶺さんは呆けた眼差しで骨をしゃぶり、頑丈な奥歯で摑み砕いた。まかせて——といったニュアンスでヒカリが崎島にむけて大きく頷いた。

太り気味なのだからとヒカリが止めるのも聞かずに88に寄って赤肉だから問題ないと四百グラムを平らげて、そのまま漫然と走り出して左折してしまってから、五八号線の渋滞の真っ只中にいることに気付いた崎島は大きなゲップのあと、舌打ちした。

いくらでも裏道をつないでいけるのに、手癖とでもいうべきか。なぜかメインの国道五八号線に入ってしまうのである。

「俺という奴は、いつだってこうだ。わかっているのにドツボにはまる」

「なんの話？」

「なんでもない。ヒカリ。もうそろそろ十八だろ」

「四月一日で」

「四月バカ」

「うるさい！」

「似合ってる」

「拾われた日です」

崎島は口を噤んだ。ヒカリも黙り込んだ。とまりんの前でまったく動かなくなった。三月だというのに『わ』ナンバーのレンタカーが多い。

古くてボロボロの軽は、車内にまで排ガスの臭いの侵入を許している。まったく動かぬままに前方の信号が赤に変わったのを見てとって、崎島はサイドを引いた。

「おまえ、免許取りにいけ」

「自動車の？」

「なんなら河豚《ふぐ》の調理師免許でも取るか？」

「まだ十七です」

「教習所で習って交付されるころには十八になってるだろうから、問題ない」

「前から、ずっと運転してみたいって思ってたんです！」

「奇特な方だ。よし。ヒカリが免許を取った暁には新しい車を買って、俺の専属運転手にしてあげよう」

「専属運転手になります。でも、車はこれでいいです」

「錆びて穴、あいてるぜ」

「乗り潰しましょう」

「ん。よきに計らえ。とにかく車の運転ほど下種《げす》なことはない。運転から解放されるならなんでもいい」

ようやく気を取りなおした崎島は混雑する国道を離れ、のんびり裏道をつないで辺野古へむかう。運転手はキミだ〜、社長はボクだ〜と無限ループで口ずさんでいる。

概《おおむ》ね東進しているので西日のまぶしさはないが、道の向きによっては黄金の陽射しが眼球を直撃する。崎島とヒカリは同時に手を伸ばしてバイザーをおろした。

路肩に辺野古移設に反対する座り込みが見られるようになっても、崎島は表情を変えない。ヒカリは横目で崎島を窺いながら、そういえば政治的な話は一切しない人だと胸の裡《うち》で頷いた。

児童養護施設〈ヒカリ〉の敷地に乗り入れると、車内のヒカリに気付いた施設の子供たちが駆け寄ってきた。大人気だなと崎島が茶化す。ヒカリは無視して飛びだして、子供たちを抱きしめる。

その様子を頭の後ろに手を組んで漠然と見やっていた崎島は、子供たちの背後に常軌を逸した途轍《とてつ》もない巨体があらわれたことを見てとった。エンジンを切って車外にでて、上目遣いで頭をさげる。

ぼそぼそと崎島が名乗る。あわせてとことん刈り込んだ短髪の園長が会釈する。仲村虎《とら》です。虎さんと呼んでください――と砕けた調子で言い、タイガーのほうの虎ですけれどと満面の笑みで付け加えた。

おどけて見せているようだが、微妙に堅苦しく感じられる。ひょっとして虎さんは、この歳で処女ではないかと崎島は不遜かつ不埒《ふらち》な想像をした。

「身長、二メートル超えてますよね」

「ノーコメントです」

「いやはや横幅も御立派だ」

「これでも」

「はい」

「筋肉なんですよ」

「お見それしました」

「ヒカリから連絡は受けていました」

「じゃあ、挨拶はいらなかったか」

すばらしい笑顔で子供たちと絡みあうヒカリを虎さんは一瞥した。

「――本来は、私がずっと見守らなければならなかったんですけれど」

奇妙なまでに思い詰めた表情の虎さんだったので崎島は真顔にあらためた。

「ヒカリには、なにかあるんですか」

「いいえ。でも悪魔が動きはじめてしまいましたね」

あくまぁ、と語尾をあげて訊きかえす。虎さんは悠然と歩きはじめた。なかば小走りは大げさだが、虎さんの歩調に合わせると普段のだらけた崎島の歩みからすれば、相当な早足である。

応接室にむかう廊下で虎さんがいきなり振りかえった。虎さんの影に覆い尽くされて、威圧に思わず構える崎島であった。虎さんは眉間に縦皺を刻んで、やや腰をかがめて崎島の耳許で言った。

「いわば最下層の悪魔ですけれどね。下っ端だけに始末に負えないのです」

「――マリンコーのことですか」

「そうです。ヒカリから聞きましたが、あなたの刺青が関係しているんですって?」

「ヒカリの奴、なんでも報告してやがるんだな」

「ええ。あなたの稚拙な刺青に重ねてケロイド状の文字が浮きあがってしまったことも、なにもかも」

「俺はケロイドにはならないたちなんだが、なぜか粘土細工の作り物みたいに盛りあがっちまった。ま、背中は見えないから、よくわからないってのが本音ですけど」

無駄口を叩きながらも崎島は脳裏で反芻《はんすう》していた。

下っ端だけに始末に負えない。

世界でいちばん強いが頭が悪い。

虎さんの言うことは、微妙に長嶺さんの言葉に重なる。

長嶺さんとちがって虎さんは背の傷を見せろと慇懃に迫った。誰が用意したのか、黒糖の茶菓と読谷《よみたん》の窯《かま》の作品と思われる手捻りの茶碗のきれいな緑から湯気が盛んにあがる応接のちいさなテーブルをはさんで、崎島はスウェットを脱いで刺青をなぞっている傷痕を見せた。

「仰有《おつしや》るとおり、粘土を貼りつけたような具合に膨れあがってしまっていますね。しかもケロイドの薄皮一枚下を血流がミミズのように蠢《うごめ》いて這っているのがわかります。まちがいなく悪魔の仕業です」

厭なことを吐《ぬ》かしやがると崎島は渋い顔を隠さず、呟いた。

「俺は日本人なんで、悪魔っていうのはリアリティがないですけど」

なぜか悪魔という言葉に強い違和感を覚えた。

「悪魔でも妖魔でも羅刹《らせつ》でも魑魅魍魎《ちみもうりよう》でもなんでもいいですよ、呼び名は」

スウェットを着るように促し、虎さんは付け加えた。

「とにかく人ではないもの。人には対処できないもの。生物の分類に組み入れるには抵抗を感じさせるもの。それは、崎島さんにも理解できますでしょう」

ヒカリ共々眠らされて、痛みさえ感じさせずに切り裂かれたのだ。大きく頷いた。

「否応なしにわからされてます」

「私が悪魔という言葉を使ったのは、私がキリスト教徒だからです」

「そうなんですか。でもこの施設には宗教色が一切ないようですが」

あえて崎島は応接室を見まわした。十字架などがかかっているわけでもない。なんの変哲もない応接室だ。

「私の主義です。常々思っていたんです。布教しなければならない宗教って、なんなんでしょうね――と」

「なるほど。虎さんの言いたいことは、なんとなくわかりますよ。それが真の教えなら、しつこく折伏《しやくぶく》、せっせと布教というのは矛盾ですよね。真の教えならば絶対的普遍であるべきだ」

「はい。それに、もうひとつ気付いてしまったんです」

「なんです？」

「神様は存在しない、ということに」

「――思い切ったことを仰有りますね」

「これでいろいろ神学の研究もしているのです。憂鬱なことに、どうやら悪魔に類するものは存在する一方で」

「神は、いない」

「はい」

虎さんは崎島の瞳の奥を凝視するようにして言った。

「ちかごろは恐怖の起源をすこし調べています。恐怖の根底にあるのは死に対する不安や恐れとするのは、わかりやすいけれど、どうなんでしょう。崎島さんは死に対する不安を実感していらっしゃいますか」

「心理学者は深層心理とやらを持ち出して説明したがりますが、俺は日常、死に対する不安など感じたことがありません。俺だけでなく、普通の人は日常的に死に思いを馳せたりしないし、恐れを感じたりはしていないのでは」

「死を過剰に忌避したり愛好したりする人たちがいますが、ああいった方々は常に観念的です。どちらも両極で翫《もてあそ》んでいるといったニュアンスですか」

「死にかけたことは幾度かありますが、死に対する恐怖はすぐに克服されてしまいましたね。苦痛のあまり逆に死ぬことは救いであると感じられました。残念ながら死ねずに生きてしまっていますけれど」

「とはいえ、死にたくないという感情は自然なものですよね」

「はい。死にたくは、ないんですよ」

「死というものの微妙なバランス」

「はい。誰だって首を切り落とされたくはない。死にたくない。死そのものではなく、死をもたらすものが怖いのだ、ということは理解しています」

「そう仰有る崎島さんですからあえて言ってしまいますが、否応なしに私たちの心に確実に蔓延《はびこ》っている抜きがたい恐怖。それは悪魔との対峙、あるいは悪魔に対する直覚からきているものなのです」

「その説に素直に賛同する気はありません。が、興味深い意見ではあると思います。心に留めおきます」

「恐怖と魅惑は対であるということも、心の片隅に置いておいてください」

マリンコーはあまり魅惑的ではないが、恐怖と魅惑は対であるという虎さんの言葉は素直に肯《うべな》うことができた。悪は魅惑であるが、善が魅惑を発揮したためしがない。だいたい崎島は正論を疎ましく感じ、忌避するタイプだ。当然ながら、善よりも悪に肩入れしたい。

崎島は思いに沈む。悪魔と聞いたとき、脳裏に悪魔祓《ばら》いが泛んだ。が、悪魔を祓えるのは神がいればこそである。

虎さんが神は存在しないと断言した瞬間、それを素直に受け容れていた。バチカンが窃かに、けれどむきになってやっている儀式のあれこれは、すべて無意味である。

虎さんと崎島が黙りこんで各々の思索に耽っているところに、子供たちから解放されたヒカリが入ってきた。

崎島は深刻な表情をくずさずに俯き加減だったが、虎さんが満面の笑みでユタの館のことを訊いた。

ヒカリが勢いこんで語りはじめると、虎さんは巧みに相槌を打ち、ヒカリの気をそらさない。

崎島は荒れた唇をもてあそびながら考えこんでいる。虎さんとヒカリの会話はユタの館の繁盛ぶりから、実際に崎島を傷つけたマリンコーのことに移った。

「たしかに悪魔よりもマリンコーのほうが、しっくりきますね」

崎島の違和感に配慮し迎合したのか、虎さんは悪魔に対してマリンコーという名称を採用したようだ。

これでいいと頷いた崎島の脳裏に、悪魔とは仏教に由来する言葉である――という得体の知れぬ声が響いた。

崎島は裡なる声に反撥した。たとえそうであっても、悪魔といえば、どうしてもサタンやデーモンと呼ばれる存在を俺は思い泛べてしまう――と。

背を切り刻まれた晩、ヒカリからの又聞きだったせいで、言葉がわからないという方にばかり意識がいって、悪魔という言葉自体が印象に残らなかったが、長嶺さんもマリンコーのことを悪魔と言っていたことに思い至った。

悪魔は言葉がわからない――。

長嶺さんが口にした悪魔という言葉は、一切の反撥を覚えずに内面に入ってきた。虎さんの言う悪魔が微妙なのは、宗教の後ろ盾があるせいか。それとも、実際に悪魔と口にしたのはヒカリだったので、すんなり受け容れてしまったのか。

思いに沈む崎島の様子を勘違いしたのか、ヒカリはちいさく首をかしげ、困ったような顔つきで呟いた。

「私も崎島さんも、実際には見ていないんですよね」

「いずれ、対面する日もくるでしょう」

「いやだ!」

「だいじょうぶ。ヒカリはお父さんの遺品を身につけているから」

「やっぱり! ひとつ、崎島さんに貸してあげたんです」

「——さっき、背中の傷を見せてもらったときに気付きました」

唐突に虎さんの声が暗くなったので、ヒカリは困惑した。

「認識票、まずかったですか?」

「もう、遅いので、あれこれ言いません」

「どうしたら、いいんですか」

「お父さんの遺品のおかげで崎島さんが殺されなかったのも事実ですし」

「この認識票は、よくないものなんですか」

それに虎さんは答えず、上体をのりだして崎島に言った。

「ついていてあげてください。いつもヒカリについていていてあげてください。ヒカリを生かすも殺すも崎島さんしだいですから」

崎島とヒカリは目を瞠《みは》った。崎島がヒカリに語れと促した。

「ユタの館に長嶺さんという本物のユタがいます」

「崎島さんやヒカリは偽物のユタ？」

「私は偽物ですが、崎島さんには霊感があります。声が聞こえたり見えたりするらしいです。ずぼらなんで危険なときでないと、力、働かないみたいですけど」

崎島が小声で割り込む。

「ずぼらはよけいだ。そもそも霊感なんておこがましい。ただの直感ですよ」

自嘲気味に呟いた崎島の脳裏には長嶺さんに命じられてヒカリからひとつ分けてもらって身につけた認識票、レッドメディカルタグの血の色が拡がっていた。

あのとき崎島の霊感はレッドメディカルタグから真に禍々しいものを感じとっていた。呪いとか穢れといったもの。それがレッドメディカルタグには充満していたのだ。

命がかかっているとはいえ、それを身につけることには強い抵抗を覚えた。

けれど人は呪いや穢れにも慣れるもので、返そうとしてもヒカリが受け取ろうとしないということもあるが、崎島はあれ以来レッドメディカルタグを身につけている。

あのとき崎島は、レッドメディカルタグを身につけた瞬間に意識を喪い、明確なヴィジョンを目の当たりにした。

見えない、ということを見た。

真空。

真の虚無。

崎島が見たものを無理やり言葉にすると、抽象にも至らぬ不完全さだ。けれど崎島は完璧なそれを見たのである。

まともな言葉にできないあれはいったいなんだったのだろう。

まさに、見ることによってしか理解できぬもの。

しかも崎島は真になにもない、つまり見ることのできぬ真空を確実に見て直観したのである。

見て、直観した。

なにを――。

こんがらがってきて蟀谷《こめかみ》のあたりを揉んでいるうちに、虎さんとヒカリの視線が集中していることに気付いた。

いつもヒカリについていてあげろ、ヒカリを生かすも殺すも崎島しだい――と虎さんが言い、長嶺さんの言葉との類似に驚いた時点で会話が中断してしまっていることに思い至った。

「ヒカリ、長嶺さんの言葉を」

「はい。じつはここに来る前に長嶺さんに言われたんです。——ついていてあげな。いつも乙郎についていてあげな乙郎を生かすも殺すもヒカリしだいだからね」

「なるほど。私の言葉は崎島さんと」

「そうなんです。園長先生も長嶺さんも、私たちが知らないことをずいぶん知っている。じつは、長嶺さんはこんなことも言ってました。——マリンコーは御言葉を求めていた。得た御言葉に沿って行動しはじめた」

「御言葉」

「はい。口にすると吹き出してしまいそうですけれど、例のおたんこです」

皆の口許が微妙にゆるみ、ほころんだ。だが次の瞬間、なぜかヒカリが硬直したように見えた。虎さんと崎島の注視を浴びながら、ヒカリは瞬きをせずに長嶺さんの言葉を告げる。

「ちゃんと探せば真の御言葉に至ったはずなのに、乙郎の背中のおたんこに反応してしまい、それを御言葉と勘違いした」

崎島も虎さんも、ぎょっとした。ヒカリの口調が長嶺さんそのものだったからである。

虎さんは長嶺さんと会っていないが、それでもある種の憑依《ひょうい》を実感していた。また虎さんはユタが御言葉というキリスト教の言葉を使ったことに深い感慨を覚えていた。

硬直がとけたヒカリは怪訝そうに二人を見やり、肩をすくめて続ける。

「長嶺さんによると、崎島さんが御言葉のことを本気で意識してしまうと、じつにまずいそうです。このことに関しては考えてはいけないとも言ってました」

虎さんがふっと息をついた。

「その方はほんとうの霊能者ですね。私は論理から得ましたが、その方は直観なさる。どちらが本物かは言わずもがな。私もあえて重ねて言っておきますが、御言葉に関しては考えないようにしてください」

そう言われると、逆にあれこれ考えてしまうではないか。崎島は目をあげて問う。

「理由は？」

「崎島さん自身、そして私やヒカリやその方が生き残るためです。この施設の子らが生き残るためです。死なぬためです」

もう少し生きていたいから——と長嶺さんも言っていた。

崎島は鼻梁に皺を刻む。やはり考えるなと言われると、ある種の逆暗示で考えてしまう。思い巡らせてしまう。途方もなく難しいことを強いられている実感がある。

その一方で生きることそのものに対して執着がないので、あれこれよけいなことを考えずにすますことができるような気もする。

「しかし困りましたね」

虎さんは崎島の胸のあたりに視線を投げて言い、首を左右に振って続けた。

「崎島さんの生存には必須ですが、見てはならない途轍もなくおぞましいものを見せかねない力を秘めてもいます」

崎島はスウェットの上からレッドメディカルタグを押さえた。

もう、見てしまいました――と口ばしりそうになったが、見たものを説明できないので曖昧に視線をそらして黙りこんだ。

あれは見てはならないものだったのだ。動悸が乱れた。が、言語化不能の真空のどこが問題なのだろうか。どこが、途轍もなくおぞましいのか。

思い巡らせているうちに崎島は耳朶《みみたぶ》に強烈なかゆみを覚え、せわしなく掻いた。かゆみは治まらず、苛立ちつつ指先できつく抓《つね》りあげた。

「崎島さん！」

「なに」

「耳朶から血がでてます！」

「あ――」

「だいじょうぶですか」

「――かゆかったんだ」

泣きそうな声で繰りかえす。

「凄く、かゆかったんだ」

虎さんは顔色を喪っていた。崎島とヒカリから微妙に視線をそらしている。崎島は重ねて繰りかえす。

「かゆかったんだ。耐えられないほどに」

そっとヒカリが手を伸ばす。

耳朶に触れる。

ヒカリの指先が緋色に染まる。

虎さんは横目で見ていた。崎島の裂けた耳朶がきれいに、元どおりに治ってしまっているのを。

が、当の崎島も、そして治癒を施したヒカリもそれをまったく気にせず、のどかとも思える口調でやり合う。

「だめですよ、加減しないと」

「できねえんだよ〜。加減」

「かゆいからって千切ろうとする人がいますか」

「そりゃ、大げさだよ」

「ま、傷になっていないから、いいけれど」

ヒカリは指先を汚した血を口許にもっていき、唇をすぼめるようにして丹念に舐めた。虎さんはヒカリを凝視した。

奇妙なことに崎島も、そして血を舐めるヒカリも、流血には一切気付いていないかのようだった。

ヒカリは狼狽《ろうばい》気味に耳朶から血がでていると指摘したのだ。それなのに直前に発した言葉を忘却して、自身がなにをしたのかにも気付かぬまま、崎島に身を寄せて異様なまでの親密さだ。

ヒカリと崎島には、眼前の虎さんが目に入っていない。

舐めあげてまだ濡れている指先でヒカリは崎島の手の甲を撫でさすっている。その瞳は潤いに充ち、虎さんが呼吸を乱すほどに美しい。あまりに美しいので、顔をそむけたくなるほどに。

「そろそろ帰りましょうか」

「ああ。帰ろう」

崎島とヒカリは申し合わせたように立ちあがった。

応接室に一人取り残された虎さんは、呆然として実際に開いた口がふさがらず、土気色をした額に玉の汗をかいていた。

窓の外には夕闇が忍び寄っていた。きつい耳鳴りに虎さんは両耳を押さえた。崎島のように掻きむしり、抓んで千切りたい。そこで我に返った。

ああ——と嘆息した。

唇がわなないて、泣きだしそうだった。

頃合いをみて淹《い》れてきてと頼まれていた中学生の女の子が、遅れてしまったことを気にしながら新しいお茶をもって応接室に入ってきた。

お客様は、帰ってしまっていた。なぜ園長先生が泣いているのか理解できずに立ち尽くし、湯気のあがるお盆を持ったまま、貰い泣きしそうになった。

しばらく黙って走っていた。国道三二九号線は海岸線に沿ってゆるやかなカーブが連続する。崎島もヒカリもヘッドライトの光に薄ぼんやり切り取られた進行方向を見つめている。崎島がぼそりと問いかける。

「俺、ちゃんと挨拶して出てきたかな」

「なんのこと?」

「虎さんに、ちゃんとさようならを言ったかなって」

ヒカリも首をかしげて、別れ際を思い出そうとした。

「失礼はなかったと思うけど——」

ヒカリにも別れ際の記憶がなかった。

「こうして走ってるんだから、だいじょうぶだよ」

「だよな。なんかぽっかり欠けてる感じがして落ち着かなかった」

ヘッドレストに後頭部をあてがったまま目だけ動かしてヒカリが崎島の横顔を見た。崎島は気付かずに、口をもぐもぐさせている。

「どうしたの？」

「唾がでない。渇いて、渇いて」

ヒカリがペットボトルを手わたす。崎島は喉を鳴らして茶を飲む。飲みながら唐突に左折する。宜野座《ぎのざ》バイパスに入る。たいして行かぬうちに硬い砂地の駐車帯に軽を駐める。エンジンを切る。

「あれ、なんで俺、こんなところに」

「崎島さん。ふざけないで」

「いや、ほんとに、なんで、ここにいるんだろう」

「無意識のうちに入ってきちゃったの？」

「うん。よくわからん」

「――林を抜ければすぐ海だから、潮騒でも聞いていこうか」

新月の晩なので、月はでていない。海に至る防風林の小径は漆黒の闇だ。もとは珊瑚《さんご》だったと思われる尖った岩が剝きだしで足場は悪い。ヒカリがスマホで足許を照らす。心許ない光でも、あるとないとでは大違いだ。転ばないように注意しあって闇の中をしばらく行くと砂浜にでた。

砂は湿っていた。奇妙なほどに柔らかで、意識して体重をかけずとも踵《かかと》がぐっと沈むのを崎島は感じた。

すべては闇に溶けこんで、どこまでが陸でどこからが海かもわからない。雲に覆われているのか星もない。微風に揺れるヒカリの細く頼りない髪が崎島の頬をくすぐる。

「こんなに黒い夜もめずらしいな」

「ほんと。海空陸の境目がまったくわからない」

「ヒカリの顔も見えない」

「よかった」

「よかった?」

「だって、恥ずかしいから。告白するのは恥ずかしいから、真っ暗闇でちょうどいい」

ヒカリがそっと手を握ってきた。崎島は柔らかく握りかえしてやった。

二人は黙って立って、凪《なぎ》の海の単調な波の音を聞いていた。

崎島の掌にヒカリの緊張が伝わってきた。どうかしたか? という気持ちを込めて握りなおすと、いきなり言った。

「私、バージンを守る」

「――なんのことだ」

「だから私、処女でいることに決めたの」

「ふーん」

「崎島さんができないなら、私もできない。しない。いつも崎島さんについている。絶対に」

「へへへ」

「なに、その笑い」

「嬉しくてね」

「ほんと！」

「そりゃあ、ヒカリのような子から、そう言われて嬉しくない男はいないだろう」

「だったら私の図々しいお願い、きいてくれる？」

「そうきたか。ただじゃなかったか」

「ふふふ。ねえ」

「なんだ」

「崎島さんじゃなくて、二人だけのときは乙郎って呼び棄てにしていい？」

「なんだ、そんなことか」

「これからは、乙郎って呼ぶ」

「――こういうときは、気のきいた男はキスでもするのかな」

「そうね。するかもね」

「ん。では」

完全な闇の中で重なった。単調な波音が幾度行き来したか。不能とはいえ百戦錬磨だった崎島が烈しく息を乱していた。

「ヒカリ」

「乙郎」

「おまえの唇から、俺の中になにか入ってきた」

「私。すこしだけ私が入ったの」

「ああ、もう、キスだけでいいや」

「私も」

「凄い充足だ。満ち足りている」

「私も」

崎島とヒカリは海に背をむけた。林の中にもどる。来るときはスマホの光が必要だったのに、二人は珊瑚のなれの果てのゴツゴツした岩の上を危なげなく歩いている。

崎島はヒカリとの余韻に浸っていて、完全な闇の中でも世界を見通すことができるようになっていることに気付いていない。

07

女流作家、と頭に女流を置かれると男流作家とは言わないでしょうと抑えた声で凄む。そして絡む。延々絡む。際限なく絡む。あくまでも冷静を装って相手の落ち度を指摘し続ける。

一事が万事この調子なので、言っていることは正しくとも、対した者は皆辟易《へきえき》する。正論バカと陰口をたたく者もいる。

それなりに整った顔立ちだったので、若いころは美人作家と書かれたが、それを糾弾したことはない。

あれからずいぶん時間がたった。

もはや美人作家と称されるには無理があるし、執筆の依頼もずいぶん減って、職業小説家を名乗るにはいささか苦しい状態に陥りつつある。

小説家としての仕事の質が落ちていくのにリンクして政治的になっていき、民主主義というお題目を掲げて現体制に噛みつく言動が目立つようになっていった。

あげく起死回生を狙って彼女は沖縄に移り住んだ。いままでに貯め込んだ小金で那覇に中古マンションを手に入れた。

日本国の矛盾が凝縮している沖縄である。反体制を仮装して飯の種にしようと決めた彼女の静かな押しの強さを活かす場として御誂《おあつら》え向きだった。

政治とは見極めであり、場合によっては妥協である。種々の運動において、これだけの成果があったのだから、このあたりで矛《ほこ》を収めておくかというときに、常に彼女が眦《まなじり》を決する。見事なる正論を吐く。

正論は正論であるがゆえに論破は難しい。しかも正論はわかりやすい。自身がバカであることに気付いていないばかりか、衆に抽《ぬき》んでていると窃かに自負しているバカ共が彼女の正論の後押しをする。

名を棄てて実を取るということができぬ政治運動は、現実には事をこじらせ迷走するだけだ。モラルは必須だが、過剰な清廉潔白を政治の場に持ち込めば、それはもはや政治とは呼べない代物だ。

政権政党は暴力装置込みの圧倒的な権力と官僚的独善を厭らしく押しつけてくる。一度決定したことは、それがあきらかな過ちであっても押し通すことこそが権力の真骨頂である。地域振興という名の餌=金銭までちらつかせて迫りくる。

それに抗するために駆け引きを駆使して微妙かつ精妙な戦い方でなんとか凌《しの》ごうとしているときに、彼女の一点の曇りもない理想主義、原理主義が炸裂する。すべてをぶち壊しにする。

煙たい彼女を、どう処置するか。苦笑いしつつ、山原《やんばる》に埋めてしまいたいと吐き棄てた者もいた。

じつは当の彼女も倦《う》んでいた。泥臭い座り込みに類する運動がいやでしかたない。米軍基地のフェンスを皆で手をつないで囲っても意味がないと溜息をついていた。

けれど力強く正論を吐き続けてきた手前、いまさら後には退《ひ》けない。民主主義という言葉が呪いのように鼓膜に刺さる。

周囲から彼女が嫌われているのは、ただ単に原理主義に陥っているからということだけではなかった。

彼女は沖縄県民を内心小バカにしていた。悪い人たちじゃないんだけれどねぇ――という自分に賛同しない人々に投げかけられる苦笑まじりの決まり文句が彼女の心をよくあらわしていた。

自身の落魄《らくはく》を埋め合わせるように周囲の人を下に見て、その薄気味悪い自意識はどんどん背丈を伸ばしていく。

入浴中だった。

顎に手をかけられ、そのまま浴槽から引きずりだされた。

その大仰な軍装から米兵であることはわかったから、胸など隠して大声をあげた。

「私の軀が目当てなの！」

爆笑失笑苦笑必至の滑稽な叫びだったが、ガスマスクの兵士はその下の表情を一切変えていない。

浴室に転がされた彼女は兵士が手にしている真っ黒で幅広な長刀に気付いた。

とたんに貧弱な腰部の濡れた陰毛から水滴が乱れ飛んだ。顫《ふる》えているのである。痙攣気味に腰が上下しているのである。

兵士は上体をかがめると彼女の右足首を掴み、浴室から一切の加減なしに超越的な膂《りよ》力《りよく》でリビングまで引きずった。その乱雑なやり口のおかげで、あちこちに打ち身の青痣《あざ》ができ、擦り傷ができた。

リビングには巨大な兵士が幾人もいた。もはや錯乱している彼女には人数を数えることもできない。

俯せにされた。

両手足を、それぞれ四人の兵士に踏みつけにされて固定された。手首、足首共にあっさり骨折し、左足首など折れた骨が肉を突き破った。兵士はかける体重を足首が千切れぬ程度に抜いた。

悲鳴をあげながら首をねじまげて見上げると、一人の兵士が進みでた。

ガスマスクの目の部分が真っ赤だ。しゅこー、しゅこーと呼吸音がするが、どこか取ってつけたような不自然さだ。

兵士は彼女の年齢なりに肉の落ちた臀《しり》を軍靴で踏んで押さえつけると、わずかに腰を落とした。

長刀の切先が背に、左の肩甲骨のあたりに触れた。

ぞりぞりと髭を剃るような音がした。肉を裂く音である。

生きながらにして文字を刻まれた。

なんと書かれたかは、わからない。

ただ幼いころ、父親とベッドのなかで背中にあれこれ文字を書いて、それを当てっこしたのを一瞬思い出した。

けれどそれはまさに一瞬で、深く鋭く刻まれた苦痛が熱波となって肩甲骨と肩甲骨のあいだから全身に拡がり、彼女は放尿し、脱糞しながら泣き叫んだ。

髪を摑まれ、持ちあげられ、引き起こされた。首が飛んだ。

08

ニュース速報で女流作家がおたんこ認定されたことを知った崎島は醒めた顔つきだった。

ふっと息をつくと目をきつく閉じた。

しばらく瞼《まぶた》の裏側の光景を眺め、気乗りしない様子で部屋をでた。

パティオに駐めた軽自動車に乗り込もうとしたときヒカリが小走りにやってきた。

「おまえはユタ、やっとけよ」

「いやだ。乙郎の運転手だから」

「――ちょい、いやな景色が見えたんだ」

それはいっしょに来るなという拒絶の言葉だったが、ヒカリは委細構わず運転席に飛び込んだ。

「いやな景色って、あの小説家のこと?」

「ちがう。あんなのはどうでもいい」

「私は意外だったたな」

「司令官の次はパヨクってか。マリンコーはイデオロギーその他一切無関係に、おたんこな奴を処刑するってわけだ」

それがなぜか今日から本格始動――と続く言葉を呑み込んで、見もしないミラーを合わせているヒカリを一瞥し、あきらめ顔で助手席におさまった。北谷にやれと呟いた。

「アメリカンビレッジ?　イオン?」

「買い物じゃない。たぶん公園だ。海沿いの海水浴の設備がある公園だ」

「アラハビーチの公園だね」

それだろう、と頷く。西日の時刻だったが五八号線の流れはよかった。ヒカリを運転手にしてから渋滞に遭わなくなったことを崎島は実感していた。

もっとも、こういう事柄は証明が難しいというか、無理だ。だからそれをいちいち指摘したりはしない。ただ崎島は肌で感じとっていた。奇跡は確実に起きている。免許が交付されて半月足らずだけれど、渋滞に遭わないだけでなく、ヒカリの運転はじつに安定している。

一方で崎島が眉を顰《ひそ》めるほどにスピードをだす。崎島との会話に夢中になり、脇見をしたままとんでもない速度で走る。

でも信号が赤ならば脇見をしたままちゃんと止まる。一時停止も、停止線ぴったりに確実に停止する。沖縄にありがちなやたらと狭い裏道でのすれ違いも、脇見をしたまま平然とこなす。

そもそも初心者にありがちな軽い接触などとはまったく無縁だ。車庫入れに類することもバックミラーをまともに見もしないでピシッとこなしてしまう。

はっきりいって俺よりはるかに運転がうまい——と崎島は割り切った。あれこれ心配するのがバカらしい。公道運転初日からアドバイスする事柄など皆無だった。

それは、じつは、うまいへたといった技巧的能力よりも別種の力であり、極論すれば誰もヒカリを傷つけられないというあたりに収斂《しゅうれん》するはずだ。

じつは昨日の夜、速度違反取り締まり、いわゆるネズミ捕りの現場をヒカリは大幅な速度超過で走り抜けていた。いま走っているのとおなじ国道五八号線である。

西日を浴びながら崎島はその顚末《てんまつ》を反芻していた。

金曜の夜は営業時間が延長されるので、超越的に巨大で旨いハンバーガーでも食おうと思いたち、嘉手納《かでな》マリーナのシーサイドリストランテを目指していた。

嘉手納マリーナは嘉手納基地の一部でゲートもあるが、米軍関係者の保養所ということで日本人にも開放されている。

ただし嘉手納マリーナ内は沖縄なのに日本ではなくアメリカ合衆国であり、レストランで物を食えば支払いは基本的にドルで、円で支払っても釣りはドルで返ってくる。チップも必要だ。ウエイターやウエイトレスは沖縄県民だが接客は英語だ。

思いやり予算のおかげでレストランで供される食事はステーキをはじめ目を剝くほどの巨大さと量で、しかも旨い。

ヒカリはひたすら嘉手納基地が続く五八号線の三車線を自在に縫《ぬ》って高速道路以上の速度で軽を走らせていた。

タコメーターはないが、エンジンはほとんどレッドゾーン手前で悲鳴をあげていた。あと少しで嘉手納マリーナだ。

崎島は日本ではあり得ない巨大なハンバーガーに添えられた大量のアボカドトッピングを思い描いて呆けていたが、道路左側の嘉手納基地施設であるインカのピラミッド形の小山が視界に入り、あわてて速度を落とせとヒカリに命じた。

そこはネズミ捕りの名所なのだ。崎島は拡張された路肩の奥まったところで完全に灯火類を消して潜んでいるパトカーや警察官に気付いた。

なぜ見えるのか？　と訝《いぶか》しんだが、見えるのだからしかたがない。崎島はようやく自身が超越的に夜目がきくようになっていることを自覚した。

だが、そんなことよりも、このままいくと前歴のないヒカリでも免停九十日だ。崎島は声を荒らげて速度を落とせと命じた。

けれどヒカリはまったく速度を落とさずにいちばん左に車線変更し、あえて取り締まり現場に近づき、さらにアクセルを踏み込んで崎島を見やりつつ頰笑んだ。

「気にしないで」

レーダーを片付けていた警察官が苦笑しているのが視野の端をかすめ、その先に配備されていた警察官が手にした誘導灯《ニンジン》を投げつけんばかりに振りあげていた。

もちろんこういった取り締まりにはヒカリのような不届き者を逃がさぬために必ず追尾のための白バイが控えているのだが、あわてて振りかえった崎島の目が捉えたのは、なぜか転倒して走り出すことができず、オートバイの傍らで狼狽《うろた》える白バイ隊員の姿だった。

運転をはじめて半月足らずだから断言はできないが、これから先も、ヒカリは交通警察官とは無縁だろう。

シーサイドリストランテの男共全員の視線を釘付けにしたヒカリの姿を思い返しつつ、俯いて目頭を揉む。

昨日の夜だ。この道をなんの屈託もなく弾んだ気分で走っていた。ネズミ捕りをやり過ごし、ハンバーガーに加えてTボーンステーキまで注文してヒカリを呆れさせた。

今日は憂鬱だ。走りたくない。最悪の土曜日だ。けれどヒカリは車線変更を繰りかえしてとんでもない速度で走らせる。これではすぐに着いてしまう――。

「おまえって運転すると見事に人格が変わるタイプだな」

「そうかも。穏やかになるもの」

「言ってろ!」

溜息をどうにか呑みこんでいる崎島を西日が嘲笑《あざわら》う。国道が米軍海兵隊施設キャンプ・キンザーに沿うあたりにくると、そのだだっ広さから陽光を遮るものがないので助手席は西日の直撃を受けるのだ。

四月なかばの沖縄の陽射しは早くも夏の気配を閉じ込めている。うんざり顔の崎島は左手を顔の横に立てて西日をやりすごす。

「アラハビーチは夕陽の名所だよ」

「そんなもん、橋がじゃまするが波之上《なみのうえ》の人工ビーチだって似たようなもんだ」

「夕陽には興味はないか。じゃあ、フェスティバルでもあるの?」

「フェスティバル――。まあ、フェスティバルだな」

苦笑いを泛べながら、ヒカリはほんとうになにも知らずに問いかけているのかと訝しさを覚える。だが、その無邪気な表情からは実際になにも予知していないことが伝わってきた。

「見せたくないなあ」

「ヤバいもの？」

「ああ、すごくヤバい」

「卑猥《ひわい》なんでしょ」

「卑猥。うーん」

「乙郎の気配、淫靡《いんび》っていうの？　なにか私に隠してこっそりって感じだもの」

「――実際に起きることは、相当におおっぴらなんだけどね。あからさまだよ。確かに卑猥かもしれないけど、それ以上だな」

ヒカリは北谷南の交差点で左折し、ハンビータウンのサンエーの駐車場に車を駐めた。島ゾウリをペタペタいわせて歩道をすこし行けばアラハビーチだ。多目的野外ステージの脇を抜ける。崎島は砂浜に出ようとするヒカリを押しとどめた。

ソテツの陰からビーチを眺める姿は、どこか覗きっぽいとヒカリが笑う。たぶんまだビキニはいないけれどね、と付け加える。

土曜日の夕刻、快晴ということもあってビーチは賑わっていた。

肉の焦げる香ばしい匂いが漂っている。バーベキューだ。ビーチバレーのコートを囲む人垣から歓声が届く。

人工ビーチなので波もほとんどなく、気の早い観光客と思われる一群が水着姿で海に入っているが、親に見守られながら波打ち際で遊ぶ子供の姿が目立つ。

沖の珊瑚礁に砕け散る白波が微妙に乱れ、目のいいヒカリは海面に無数のカーキ色が揺れるのを見てとった。

それを告げると、いかにも軍ヲタらしく崎島が、正確にはカーキではなくオリーブドラブという色の軍用ヘルメットの頭頂部である——としかつめらしく訂正した。

ヒカリは苦笑を隠さず大人びた様子で肩をすくめ、そっと崎島の手を握る。ぴたり身を寄せて囁く。

「こういうことか」

「そういうことだ」

「すごくたくさんいるよ」

「——なにせ、大量におたんこ狩りをしないとならないからな」

「みんなに逃げるようにって言わなくていいの？」

「実際に事が起きるまでは、頭が変と思われるだけだ。それに、おたんこ認定された奴は逃げたって必ず殺られるだろ」

「――そうか」

「そうだ。それよりも一一〇番して、マリンコーが大殺戮してるから米軍に連絡しろって言え」

一一〇番は沖縄県警本部通信指令室につながった。ヒカリが抑揚を欠いた声で大殺戮が起きていますと告げる。

それを受けた係の者は、だいさつりくが大殺戮と解釈できなかったようで、ヒカリはおなじことを幾度か告げて、崎島に促され、米軍の緊急連絡先がわからないので――と付け加えた。

マリンコーは遠浅の人工ビーチに至り、上半身があらわになった。浜では幾人かがマリンコーに気付き、首をかしげている。演習ではないかと言い合っているようだ。

まだ大量殺戮が始まっていないこともあって、大殺戮にふさわしくないごく落ち着き払った声でヒカリは通信指令室とやりとりをしている。傍らで崎島が呟く。

「海から登場――。ゴジラを気取ってやがるのか」

犯人は？　と問われたのだろう、海から出てきたガスマスクをつけた無数のマリンコーとヒカリは答えた。

あなたの住所氏名云々と訊かれた瞬間、ヒカリはスマホを切った。その視線は、波打ち際で真っ先に背中を切り刻まれて泣き叫ぶ幼児に据えられている。

「首を刎《は》ねる前に、生きてるうちに背中に書くのね」

「逆のほうが絶対に手間がかからねえだろうに、やたらと律儀だな」

「お母さんも首を――」

「すげえな、血飛沫《ちしぶき》」

「女でも子供でも容赦しないのね」

「おたんこに性差や年齢差はないってことだな。一方でまったく相手にされていない奴もいるだろう。この場合、相手にされたら死んじゃうんだけど」

「よくわからない。ぜんぜんわからない。私には、おたんこの基準がわからない」

「まったくだ。おたんこ認定されかかって背中をなぞられた俺としては、絶対におたんこ基準を知りたい」

「夕陽が海とくっついたよ」

「ビーチは血まみれ、生首だらけ。空と海も血の色だ」

「サイレン。警察かな」

「遅《おせ》えな」

「たくさん通報があって、やっと信用したのかも」

「にしても遅い」

「近寄りたくはないよ、絶対」

「そりゃそうだ」

「乙郎、ハンビーだよ！　たくさんだ！　軍のことはよくわかんないけど、ハンビーだけは知ってるよ」

「ハンビーじゃねえ。素人はああいった車を見ればなんでもハンビーにしちまう。あれはな、M-ATVだ」

「わかんないよ、なに言ってるのか」

「ともあれ米軍もきた。笑わせるなあ、マリンコーじゃねえか」

「マリンコー対マリンコー」

「警察もマリンコーも、生首だらけなんで愕然《がくぜん》としてるぜ」

「そうかな。人間のマリンコーは気負ってる感じがする」

「人間のマリンコーときたか。ぶっちゃけ司令官の弔《とむら》い合戦だからな」

「――脇をどんどん抜けていくくせに、なぜか私たちは無視されてるね」

「警察とマリンコー、そして海からきたマリンコー。逃げ惑う方々。確かに俺たちシカトされてるなあ、こんなとこに立ってるのに」

「あれは機関銃かな」

「M240G。ゴルフってやつだな」

「さすが、詳しいね！　軍ヲタ」

「うるせえ」

「あ、いっせいに撃ちはじめたよ！」

「こっちには飛んでこねえとは思うが、用心のためだ」

「腹這いはちょっと」

「いいから、早く」

「わかったけど――」

「さすがにおたんこ狩りのマリンコーも、肉片になってくぜ。なにしろ一分間に七百五十発撃てるんだ」

「でも、普通の人にも当たってるよ」

「哀れなり。せっかくおたんこ狩りからまぬがれたのになあ」

「もうあまりにひどくて、現実味がない」

「惨劇というか悪夢。なのにお笑いみたいだから困る」

「ねえ、乙郎」

「うん」

「いくら粉々にしても、海から無限にマリンコーが湧いてくるよ」

「海は悪魔の母ってか。芋を洗うとはよく言ったもんだ。わっさわっさ湧いてでて水平線がわからなくなってきたぞ。人間の、いや悪魔か。悪魔の盾だな。さすがに多勢に無勢、人間様のマリンコーのほうが押されてきたなあ」

「乙郎、なに昂奮してるのよ」

「いやな、壮観だわ！　スペクタクルだ」

「なんで機関銃が黒い刀に負けちゃうの？」

「まったくだ。ポンポン首が飛ぶ。この場合はおたんこ認定とか関係ないんだな」

「悪魔もたくさん撃たれたからね」

「人間マリンコーよ、おまえら、ただじゃすまねえぞ」

「乙郎、人間のマリンコーのほうが逃げだしちゃってるよ」

「撤退と言ってやれ」

「どう見てもビビってる」

「おい、ヴァイパーがきたぞ」

「ヘリコプターのこと？」

「そうだ」

「すごい！　空から撃ちまくってる」

「二〇ミリの機関砲だったか」

「粉々だよ、ガスマスクのマリンコー」

「――弾は尽きるが、悪魔は尽きない」

「うわ!」

「流れ弾だ」

「腹這いになっててよかった」

「だろ」

「うしろのソテツが消えちゃった!」

「いいなあ、着弾の衝撃。火薬の香り」

「変態!」

「まあな」

「耳がキンキンする。もう帰りたい」

「暗くなってきたから弾道が朱色の尾を引いてきれいだけどな」

「悪魔は尽きないんでしょ。だったら勝ち負けはわかってる」

「だな」

「逃げられる人はみんな逃げたみたいだよ」

「だな。警察も消えちゃったしな」

「せっかく私が一一〇番したのに、逃げちゃったのか」

「海兵隊の手に負えねえんだから、県警なんてなーんもできねえよ」

「だね」

「よし。俺たちもそろそろ撤収するか」

「もう充分だよ。逃げようよ」

そっと起きあがる。腰を低くしてビーチに背を向ける。

低い姿勢だったので、黒くコーティングされているマチェテの切先からわずかに覗いている銀の燦めきが真っ先に視野に入った。

崎島はヒカリを背後に直立し、マリンコーと対峙した。

耳を聾《ろう》さんばかりの射撃音だが、マリンコーの、しゅこー、しゅこー、という濁り気味なせわしない呼吸音のほうが耳につく。ガスマスクを見上げながら呟く。

「おまえたちの行動原理がまったくわからんよ」

マリンコーは赤い目を幽かに明滅させながら、小首をかしげた。崎島は嘲笑した。

「言葉がわからないんだったな」

怖さを圧《お》しかくして尊大に反り返る。

いきなりマリンコーがマチェテを砂上に突き刺した。崎島が身構えると、マリンコーはピシッと足を揃えて、敬礼した。

崎島は安堵の息をつき、上目遣いで横柄に頷き、ヒカリに行こうと促した。

マリンコーは最敬礼したまま崎島とヒカリを見送った。

多目的野外ステージには米軍の作戦本部らしきものが設置されて大わらわだったが、誰にも見咎《みとが》められずに崎島とヒカリはアラハビーチをあとにした。

サンエーの駐車場にもどるために歩道を行く。周辺の駐車場にはかなりの数の車が駐められているが、規制がしかれて退避させられたのだろう、無人だ。

首輪をつけた柴犬がつぶらな瞳でヒカリと崎島を見あげた。主人は、もうこの世にいないのかもしれない。ヒカリが手招きすると、さっと逃げた。

崎島が島ゾウリと足裏のあいだに這入り込んだ砂を落とすために片足立ちしたときだ。間断なく続く射撃音に鼓膜を軋ませる爆音が重なった。

思わずヒカリが耳を押さえる。わずかに遅れて爆風が地を這うようにして押し寄せ、片足立ちしていた崎島は大きくバランスを崩した。ヒカリの肩に手をまわして転倒をまぬがれた崎島は唇をすぼめてから、言った。

「いよいよ戦争だ」

09

ユタの館にもどると、開店休業状態で、長嶺さん以外は皆、テレビの生中継に釘付けになっていた。

アラハビーチ周辺は国道五八号線も通行止めになっていたから、かなり離れた場所からの中継だろうが、液晶の画面全体に拡がる藍色の夜空が朱色に明滅し、爆発音が追いかけてくる。

嘉手納は米軍の威信を懸けて完全に臨戦態勢だ。三千七百メートルある二本の滑走路から連続して飛び立ったＦＡ18が編隊を組んで洋上で大きく左旋回していったん市街地上空にもどり、アラハビーチにむかう。

速すぎてテレビ画面では黒い尖《とが》りにしか見えないジェット戦闘機が、ごく低空を海岸方向に抜けていく。

脇から覗きこんでいた崎島が、ＣＢＵを咬《か》ますつもりだなと一人頷く。

着弾した。

クラスター爆弾だ。朱色のストロボを焚《た》いたかのような焔が左右に拡がっていく。鈍い炸裂音があとから追いかけてくる。

アラハビーチの海岸線はせいぜい五、六百メートルといったところか。そこにピンポイント爆撃だから無数に湧いたマリンコーの相当数が消滅したのではないか。

さらに夜を押しのけて膨れあがる巨大な幾つもの火球をカメラが捉えた。

ＣＢＵではない。太陽を直視したかの錯覚がおきた。火球はじわじわ膨張して、黒い縁取りで自身を飾り、周辺に幾本もの触手をのばす。

どんな機体が投下したかは崎島にも判断がつかないが、こりゃあＭａｒｋ77ナパームじゃねえか――と呟いた。

ナパームって言うとアメ公は焼夷弾だってムキになって否定するけどな――と得意げに付け加えたが、誰も聞いていなかった。

際限のない爆発は、米軍が意地になって攻撃している証拠ではあるが、ヒカリにはまったく無駄で無意味な花火に思えた。崎島のかりゆしの裾を引っ張った。

長嶺さんはベッドに座って上体を左右に揺らしてなにやら低い声で呻《うめ》いていた。お経を唱えているようにも感じられるが、発している声はもっと粘っこい。

なんの歌ですか――とヒカリが訊いた。

歌かよ！　と崎島が呆れ驚く。長嶺さんがぼそりと答えた。

「シャンソン」

「あ、シャンソンですか」

背後で崎島が笑いをこらえている気配がした。咎める眼差しで振りかえったヒカリに、なかなかシュールなやりとりだったぞと囁き、かなり無理のある真顔をつくった。

「マリンコー対マリンコーを見てきました」

ヒカリが報告すると、長嶺さんは足を組みなおして断言した。

「アメリカの軍隊はじき沖縄からいなくなるぞ。あたしが追い出してやったんだ」

ヒカリは素直に頷いた。崎島は古びたソファーに座り、よけいな言葉を差し挟まない。

「世の中はガラッと変わる」

「変わりますか」

「変わる。国がなくなる」

長嶺さんは得意げに続けた。

「あたしが、なくす。国をなくす」

「国がなくなるのは賛成です。私なんか、自分がどこの国の人間かよくわからないし」

「マリンコーはかまわなくていい。気付きさえしなければ、あいつらは将棋の駒、ある意味、世直ししてくれる」

「気付く。誰が気付くんですか。マリンコーですか」

あえてマリンコーと付け加えはしたが、ヒカリはマリンコーではない何ものかが気付きさえしなければ――といったニュアンスを長嶺さんの口調から感じとっていた。

長嶺さんは雑に肩をすくめ、ヒカリの問いかけには答えず、蟀谷のあたりを指先で押さえて呟いた。

「腐った屍体が蔓延るのは鬱陶しいな」

高校教師が脳裏をかすめ、ヒカリが眉根を寄せる。

「屍体が這入ってこないように、ちゃんとしろ。屍体はたいしたもんじゃないが、腐ってるから臭いだろ。ごめんだね。籠城しなければならないから食い物もたくさんいる」

崎島が黙って立ちあがり、黙って出ていった。自室でパソコンを立ち上げ、業務用の冷凍庫を見繕う。

定価百五十万以上するものが税込み二十五万程度で売られている。中古品ではなく新品だ。どういう値付けだよ——と呟いて、思案顔になる。

長嶺さんは国がなくなると言っていた。電力供給が途絶えることも念頭にいれておかなければならない。

要塞化したユタの館の外を腐った屍体が歩きまわり、電気がこなくなってただのステンレスの巨大な箱と化した冷凍庫内の肉などが腐って腐臭を放つ。

「うーん。戦国時代じゃねえが、備蓄するなら米か」

ものぐさだが、こういうことはテキパキと対処する。米。麦。小麦粉。缶詰。瓶詰。業務用のサイトを幾つも当たって途轍もない量を注文していく。

乾麺や干し椎茸などの乾燥野菜、保存缶に入ったビスケットなどの菓子の類い、アルファ化した米なども手配した。塩、砂糖、油、醬油等の調味料も大量注文だ。

「味の素は必須だな」

嬉しそうに一キロ入りの大袋をクリックする。長嶺さんのところを辞去したヒカリが背後に立ち、そっと崎島の肩に手をおいた。

いつまで電力が供給されるかわからないにせよ、ヒカリに肉や魚も食べさせたい。履歴をたどって、先ほどは諦めた冷凍庫を購入した。ついでに水の備蓄に関するあれこれも手配する。

「なんか愉《たの》しそう」

「うん。キャンプに出かける前日みたいだ」

「食糧の備蓄」

「うん。万が一食糧が尽きたら」

「尽きたら？」

「俺とおまえは、長嶺さんをはじめみんなを食ってしのぐ。最後の最後は、俺をおまえに食わせる」

「逆。私を食べて」

「臀とか、旨そうだ」

「美味しいよ！　私」

「売り込みかよ」

「絶対、私を食べて」

「一人で生き残ってもなあ」

「でも、私が乙郎の血や肉になるんだよ」

「――うんこにもなる」

「バカ！」

仕種だけは大げさに、けれど柔らかく頭を叩かれて、崎島はなんとも幸せそうな笑顔で顔をくしゃくしゃにした。

10

ユタの館は突貫工事で強固な防禦《ぼうぎょ》が施された。窓の外側は強靭な鉄枠で覆われ、内側はスチール製の分厚い防壁で閉じ、堅くロックすることができるようにした。出入り口は鎧戸と表現したほうが的確なシャッターや二組の鋼鉄製のドア、それらをあわせて三重という厳重さだ。

もちろんすべての開口部に侵入者に対する警報装置が取り付けられ、また壁面を上ることができぬよう、ビル全体に忍び返しとでもいうべき障壁が設置された。

米軍とマリンコーの戦闘以降も沖縄のあちこちで俗にいうおたんこ狩りが頻発していたから用心はわかるが、それにしても厳重すぎないかと周辺の人たちは呆れた。嘲笑する者もいた。

崎島は照れたような笑いを返していたが、いざとなってこいつらが入れてくれと泣き騒いでも完全に遮断してやる——と胸中で吐き棄てていた。

籠城中、いつまで使えるかわからないが実際に家電を見てまわると声をかけられて、ヒカリは運転席におさまった。おもろまちの家電量販店にむけて軽を走らせる。

「頭の中でこねまわすよりも、実物を目の当たりにすれば、また違った観点が芽生える」

「ふーん」

「いざというときのために、車も買い換えないとな。さすがにこの車じゃ、ヤバい。サバイバルも考えると四駆がいいだろう」

「そろそろお金、なくなってきたんじゃないの？」

「十三人の大所帯だからな。一台じゃ足りない。ジムニーを四台買う」

「なんか得意そうで、嬉しそうだね」

「そう見えるか」

「はしゃいでいる。活きいきしている」

「ヒカリの言うとおり、さすがに懐具合はアレだけどな」

「たぶん、お金では解決できない世界がくるよ。そういう世界では、乙郎は強そう。頼れそう」

「バカ。俺はなんでも金で解決してきた優男《やさおとこ》だぞ。そういう画一的な物の見方は、やめたまへ」

家電量販店で備蓄がきく乾電池のことなどを店員に尋ね、店内を流して歩く。テレビ売り場には人が群れていた。またなにかあったか——と覗きこむと、国会中継だった。

「臨時国会ってやつか？　正直、仕組みがよくわからんが」

「私も、そっちは疎いなあ」

「なんか在日米軍撤退とか言ってないか？」

「聞き逃しちゃった。長嶺さんの言うとおりになるわけね」

「日米安全保障条約第六条とか言ってるな。俺もちゃんと聞いてなかったから、よくわからんが」

崎島がテレビ売り場に背を向けた瞬間、響動《どよ》めきがおきた。反射的に崎島はテレビに向きなおった。ヒカリが嬉しそうに手を打った。崎島の口許にも笑みが拡がった。

「おたんこの巣窟に、やっとお出ましか」

「日本語がまともにしゃべれない総理に苛立ってたの」

「守衛さんじゃ、対処できねえな」

衆議院議場の議席に放射状に配された八列の通路をマリンコーが整然と行く。

テレビ画面を見守る人々の口許にも崎島と同様の笑みが泛んでいた。

誰だって、ここが政治家という名のおたんこの巣窟であることを熟知していたのだ。

議員たちは通路すべてをマリンコーが占めてしまっているので、逃げようがない。向かって左側の総理大臣席に先頭のマリンコーが大股で近づく。

狼狽えた総理が議長席背後の大扉を一瞥した。直後、マリンコーに確保された。

「日本よりも大好きな、好きで好きでたまらないアメリカに、おたんこ認定してもらえ」

そんな声がテレビで成り行きを見守っていた男の口から洩れた。

真っ先に総理に狙いを定めたのは、宜《むべ》なるかな——といったところだ。テレビ画面を凝視している人々も安堵に似た表情を泛べて頷いた。

以降、血飛沫舞い散る途方もない国会中継となってしまった。

さすがのＮＨＫも為《な》すすべなく修羅場を中継していたが、いきなりカメラが撥《は》ねあげられて国会の天井が大写しになった。アナウンサーが叫ぶように言う。

——臨時国会の現場が未曾有の惨状を呈しております。繰りかえします。臨時国会の現場が未曾有の惨状を呈しております。

「いま、みぞうゆう、って言わなかったか」

「言った。きっと頭に残ってたのね」

「とっさのときには、印象深いほうが出ちまうのかな」

腕組みして首をかしげる崎島に、ヒカリが呟くように言う。

「沖縄ばかりに出現していたから、不公平だなって思ってたの」

「これで全国展開になるんじゃないかな。世界展開にもなるだろう」

「国会の天井にも飽きたな」

「帰ろう」

崎島とヒカリが国会議事堂の天井を映す大小無数のテレビに背を向けると、前屈みになって凝視していた人たちも我に返り、テレビから離れ、散っていった。まさに潮が引くかのようだった。

与党も野党も、マリンコーには無関係だった。イデオロギーとは無関係なのだ。議会に出席していなかった議員のところにもマリンコーが訪れた。衆議院の議員で生き残ったのは三名だけというていたらくだった。

参議院の議員のところにもランダムにマリンコーが訪れていた。もはや名が知られていない議員の死はニュースにもならない。政治家だけでなく、芸能人や文化人、各界著名人のところにもマリンコーが出没しはじめたからである。

ともあれ、これで日本国の政党と議院内閣制は崩壊した。

次はどこにマリンコーが出没するか。その無作為抽出は人々を不安と恐怖に陥れた。富《ふう》貴《き》貧《ひん》賤《せん》、有名無名、右も左も中道もインテリも、社会層にかかわらず誰も彼もが声を潜めてSNSにおける発言が極端に減った。

自衛隊や警察といった国家権力維持のための暴力装置も、在日米軍が匙《さじ》を投げて逃げだしたという現実があるため、為すすべがなく動くことができない。

それどころか自衛官、警察官、相当数がおたんこ狩りにあってほぼ壊滅状態だ。あわせてヤクザをはじめとする反社会勢力も壊滅させられていた。マリンコーの跋扈《ばっこ》は、一時的かもしれないが期せずして社会にモラルの回復をもたらしていた。

意外にもというべきか。当然であるというべきか。日本はほぼ恙《つつが》なく回っている。成立以降、成熟しきって腐臭さえ漂っていたシステムは、中途半端で愚かな頭が消滅したおかげで利権から解き放たれ、完璧とはいえぬにせよ自律的に作動していた。

再開されていた原子力発電所は原子炉が停止された。マリンコーに襲撃されれば防ぎようがないという電力会社の判断である。いまのところ、電力不足はおきていない。

国会の惨状は、大多数が狩られてしまった官僚たちに対しては綱紀粛正の役目を果たしたようで、いまさら遅いとは思われるが、おたんこ認定されそうな公共工事等がぴたりと止まった。

虎さんから、辺野古の工事が中途半端なまま放置されているという連絡があった。米軍が沖縄から逃げだすならば、辺野古には何の意味もない。

実際、悪魔の人海戦術に負けた米軍は、最新兵器を用いてアラハビーチ周辺をことごとく焦土にしただけという結果にひどくプライドを傷つけられていた。

加えて敵がマリンコーであるということから、途方に暮れてもいた。リアルな軍隊とは戦えるが、米軍が相手にしたのは威力実力をもったある種の虚像である。鏡にむけて大量の弾薬を炸裂させたかの実感のなさと、無数の自軍兵士の死を突きつけられて身動きがとれなくなっていた。

しかも現実を知らぬ本国の政治家のなかには、軍の綱紀粛正が必須であるとずれたことを口にする者さえいた。

虎さんは放擲《ほうてき》された辺野古についてひとくさり語った。崎島にとってはどうでもいいことで、まったく興味をもてなかったが相槌は打った。

喋り疲れた虎さんに、施設の防禦をなんとかしたほうがいいと崎島は助言した。必要ならば手助けにいくと押しつけがましくならぬよう声をかけた。

11

養護施設維持に関するあれこれで虎さんが東京に出張しなければならないとのことで、実際に会って防禦その他について話をするのは数日後ということになった。

ところが羽田から飛行機が飛ばず、虎さんは東京に足止めされてしまい、もどったのは二週間後だった。とんでもない苦労とイレギュラーな交通費がかかったようだ。

政府等が消滅しても日本国のシステムはなんとなく作動しているが、交通機関は残念ながらもはや信頼が置けなくなってきた。絶対的な人員不足が第一の原因だ。

交通機関が崩壊しつつあるのと同様に、社会福祉関係も終わりが見えてきた。他人のことなどかまっていられないというのが人々の本音だ。

だから直接折衝しなければならないことが増えたと虎さんはぼやいていた。宗教界もおたんこ狩りの渦中にあり、関係する慈善団体からの援助が滞りがちなので大変なのだ。

タイヤの軋む音を漫然と聞きながら、助手席で崎島は物思いに耽っていた。この半月あまりで世界は激変し急変した。マリンコーが地球規模で動きはじめたからである。

アナーキーであることを自負していた崎島だったが、さすがに世界がこうして一気に変貌していってしまうのには付いていけないという実感がある。所詮は枠内で突っ張っていただけだという自嘲もある。

「ねえ、乙郎！」

「なんだよ」

「私、気付いた！」

「どした？　やたら昂奮気味だぞ」

「あのね、カーブに入るでしょ」

一応、崎島は諫《いさ》めておく。

「いつ飛び出しちまうか、怖くてならん」

「だいじょうぶ。タイヤが鳴きだしたとき、アクセルを抜くの」

「抜くって、生意気な。うまくアクセルもどせるのか」

「うん。けっこう加減が難しいけど、うまくいくと、うしろのタイヤが滑りだすのよ！」

「それを世間様ではドリフトってんだよ」

「これがドリフトなの⁉」

「そう。前輪駆動だからパワードリフトは無理だけど、タイヤの限界まで攻めてればタックインがそのままドリフトに変わる。つまりトラクション抜いて、オーバーステアで逆ハンあてて――」

「うしろのタイヤを滑らすとね、カーブからはみ出さないですむのよ」

「お手柔らかに」

複雑に屈曲している進行方向に素早い視線を投げ、それにあわせて無意識のうちに絶妙なカウンターを当てている暴走ドリフト少女を一瞥し、崎島は薄く目を閉じた。

この先、世界はどうなっていくのか。

新しい秩序を思い描いてみるが、どれもこれもまともに焦点を結ばない。

あげく大欠伸が洩れ、さしあげた両手が車の天井を押すかたちになって、ぼこりと音がして歪《ゆが》み、埃が落ちてきたのには呆れた。塩害で外装がボロボロだ。気合いを入れて押せば、古びた内装といっしょに穴があくのではないか。

まだ四駆の軽は納車されていない。納車されるかどうかも、もはや、わからない。ただしガソリンなどは勝連《かつれん》半島沖の平安座島《へんざじま》に設置されているＣＴＳと俗に呼ばれる石油備蓄基地のおかげで不自由していない。

沖縄から逃げだした米軍の備蓄燃料も、目端のきく者が暴利をむさぼりつつ流通させていた。ただし航空燃料アブガスなので、有鉛だ。もっともいまさら環境問題などを口にするおたんこもいないが。

児童養護施設〈ヒカリ〉が少し苦手だ。子供たちがまとわりついて離れず、もてあまし気味なヒカリを見守って、苦笑い気味に頭をかく。

崎島には誰も近づいてこないのだ。怖がられているというわけでもないだろうが、見向きもされない。

自分でも意外なのだが、虎さんがあらわれるまでの手持ち無沙汰な感覚、独りぼっち感とでもいおうか、なかなかに居たたまれないものがある。

以前の崎島ならば、こういった情況とはまったく無縁であったから意識にものぼらなかったが、人というものは無視されるのがいちばん堪《こた》えるようだ。それはたとえ相手が子供であってもだ。

崎島一人ならば、なにも感じない。けれどだだっ広い施設の端に駐めた崩壊間近な軽自動車の傍らにぽつねんと立ち尽くしている崎島と、手に余る勢いの子供たちをいなしながら満面の笑みを泛べているヒカリとの落差は相当なものだ。

どんな映画だったか記憶もあやふやだが、孤独と無聊《ぶりょう》に心窃かに苦しんでいる男のところに、やはり独りぼっちの少女がなかば怖がりつつおどおど近づいてくる場面があった。映画だと都合よく誰かが近づいてきてくれるが、現実は、きつい。崎島は存在しない人なのだ。この場にいる子供たちの誰にも崎島は見えていない。

たかが子供。

されど子供。

崎島はヒカリを妊娠させて自分の子を産ませることを夢想しかけて、吐息を洩らした。息をついてから、かなり深い溜息だったことに気付いて、やや狼狽え、沈みこんだ。

この孤独感は、おそらくヒカリに依存していることからきているのだ。子供たちと交わるヒカリは、崎島をまったく見ていない。その心からも崎島は消えている。

なんと大人げないことか——とふたたび溜息をつきそうになり、あわてて苦笑いに変換した。

肩を叩かれた。尋常でない力だったので虎さん以外にないが、習い性で身構えつつ振りかえった。彼女にしてみればごく普通に挨拶のつもりで崎島に触れたのだろうが、いやはやとんでもない力である。

ヒカリはまだ子供たちに囲まれて身動きがとれないようだ。ことさらヒカリを無視して虎さんと応接室で向きあった。

座っても虎さんを若干見あげるかたちになってしまう。崎島は遠慮なしに虎さんを見やる。女物の服でこのサイズ、どこで手に入れるのだろう。

お茶をもってきてくれたのは、いかにも優等生といった感じの眉のくっきりした少女だった。やや頬を赤らめて崎島に頭をさげた。それだけで崎島は嬉しくなってしまった。

「崎島さんは、ここの防禦云々と凄いことを仰有いましたけれど――これは言っていいのかな」

なんでも口にしてくださいと目で促すと、虎さんは首をすくめるようにして続けた。

「おたんこ狩りで、すっかり悪い人たちが粛正されてしまったじゃないですか」

だから防禦は必要ないのではないかと虎さんは言いたいらしい。

なんと、のどかな――と崎島はあらためて人のよい虎さんの笑顔を凝視する。きつい眼差しの崎島に見つめられ、虎さんは笑顔を引っ込めた。

「大きな勘違いをされていますよ」

「勘違い。してますか、私」

「いいですか。おたんこと悪はなんの関係もない。おたんこっていうのは間抜けでとんまなことです。間抜けもとんまも同じような意味ですけどね。間抜けなのが悪だというならば、そりゃそうですけど」

虎さんが繰りかえす。

「そうです。一歩譲っておたんこな悪人は完全に始末されたことにしましょう。でも、おたんこじゃない、頭の切れる真の悪人が消滅したわけじゃない」

「私、法王に関して以外は、なんとなくマリンコーを世直しの使いのように感じていたようです」

法王と呟いて、虎さんに気付かれぬよう苦笑を抑えこむ崎島だったが、さしあたり法王には触れぬことにした。

「世直しマリンコー。確かに一見そう見えますよね。国会中継でのマリンコーの大活躍を目の当たりにして、俺も大喝采しました。昨日、ようやくアメリカの大統領がおたんこ狩りにあったってニュースが流れたときは、遅えよ！　って吐き棄てちゃいました。海兵隊員てことでアメリカが世界中の非難を浴びていることも、ある種お笑いですよね。北朝鮮の首領様も韓国の左巻き大統領も同時におたんこ認定されて、なんとなく安い指導者同士のイデオロギーから離れて人と人。いい感じで南北融和の気配。全世界でおたんこが一掃されて、飛行機が飛ばないとかの多少の不自由はあるにせよ、観念的な見方ではありますが、いきなり世界がよくなったように感じられます。でも奴らは悪魔なんです」

いったん息を継いで、睨みつけるようにして迫る。

「悪魔だって言ったのは、虎さん、あなたですよ」

叱られた子供のように巨体を縮こめる虎さんだった。まったく素直な人である。崎島は口調を柔らかなものに変えて問う。

「法王が狩られたのは、どう思いますか」

「シンプルな信仰から離れてしまった私でしたけれど、それはショックでした。で、悪魔ならではの仕業かなと」

崎島は諭す口調で言った。

「おたんこっていうのは悪い奴だけでなく、無自覚な善人、あるいは意図的な偽善者。つまり逆説的な悪人も含まれているんですよ」

「法王は無自覚な善人で、ある場合は偽善者で、逆説的な悪人ですか」

「ノーコメント」

「ちゃんと仰有ってください」

「虎さんだって、教えを押しつけるような宗教は否定していたじゃないですか。布教しなければならない宗教って、なんなんでしょうねって。十六世紀くらいでしたか？　南米に布教に出向いた宣教師たちの為したことを俯瞰《ふかん》すれば、それは一目瞭然ですよ。法王は権威そのものでしょう。ま、俺のように拗《す》ねた人間からすれば、法王にかぎらず宗教界の指導者には虫酸《むしず》が走る」

「はい。自らが正しいと信じたことを押しつけるからこそ宗教は、そして宗教者は成り立ちます。とりわけ宗教で食べている宗教者にとってソフトであれ強圧的であれ押しつけがすべてです。が、あえて言えば、独善は真の大罪です」

「俺は虎さんが、神は存在しない、と言い切った瞬間に、虎さんを信頼したのです」

「神は、逃げにしかなりません。神を持ちだせば、人の自立性は即座に崩壊します。ニーチェを持ちだす気もありませんが、キリスト教は邪教です」

「けれど、それでも、虎さんはキリスト教徒ですよね」

「はい。そうです」

「でなければ、あんなたくさんの子供を育てるなんて、やらないですよ」

「自己満足ですけれどね」

「あえてキリスト教徒と呼ばせてもらいますが、そしてキリスト教徒の虎さんには失礼な物言いになるかもしれないが、法王が狩られて皆、驚愕してたじゃないですか。政治家共に対するのとちがって信心深い方々がいろいろ善意的な解釈をなされていましたよね。おおむねマリンコーの跋扈を抑えるために生贄になられたといった生温かい論調が主で苦笑するしかありませんでした。でも、あれはおたんこ狩りのマリンコーにとって正しい判断だったのです。俺は善人と称するおたんこな偽善者が消えてせいせいしてますけれど、現実はとてもヤバい」

虎さんは巨大な両手で湯気をあげている茶碗を覆うようにして、頷いた。つられて崎島は茶を啜り、念押しする。

「おたんこ狩りで消えたのは、まさに、おたんこだけなんです」

「真に悪い人は」

「ええ。いまは自分がおたんこ認定されるかどうか様子見をして、なりを潜めている真に悪い奴らが、じき動き出します。最初におたんこ狩りが始まった沖縄では、いまやマリンコーの活躍も終熄しつつあるというのが俺の見立てです。ところが必要悪としての暴力装置である警察や軍隊はまったく機能していません。常軌を逸した無法が蔓延るにきまっています。弱肉強食の世界です。自衛するしかありません」

虎さんの溜息でデスク上のメモ用紙がパラパラめくれた。その肺活量に呆れつつ、崎島は虎さんに気付かれぬよう、親愛の眼差しを投げた。

なんだかんだいって虎さんは人の善意を信じているのだ。神はいないと言いながらも、それに類するものを信じている。底抜けの善人の力になってやりたいと崎島は心底から思った。

ようやく子供から解放されたヒカリが、よけいな音をたてぬよう注意して、軽く頭をさげて入ってきた。崎島は隣に座ったヒカリをことさら無視して問いかける。

「この施設には、幾人くらいの子供がいるのですか」

「多いときは二百名を超えていましたが、いまは百五十名ほどです」

百五十――と唇だけ動かして、崎島は絶句してしまった。侵入者を防ぐための方法はなんとかなるにしても、食料の備蓄を考えただけで気が遠くなる。

会話が核心に至っていることを悟ったヒカリが虎さんと崎島を交互に見やり、静かに俯いた。国からの食事の補助は一人一日数百円に過ぎないと聞いていた。

けれどその国自体が消えてしまったのだ。いまのところは機械的に児童養護施設〈ヒカリ〉の口座に所定の金額が振り込まれているようだが、不安定この上ない情況だ。

いままでも一日三食、子供たちに食べさせるために虎さんはキリスト教をはじめありとあらゆる宗教団体や慈善団体に掛け合って経済的援助を受け、どうにか凌いできたのだ。だが、いつまで金銭と食物が交換できるかわからない。

ユタの館に備蓄してある食料をここに運び込んだとしても、百五十人もの腹を満たすのは無理だ。すぐに破綻してしまう。先が見通せないのだから安易な思い込みや善意はまったく通用しない。

ヒカリは俯いたまま、祈るように手を組んで考えこんだ。子供たちを想う心と冷徹な現実認識が錯綜して蟀谷のあたりが軋んだ。

崎島ともさんざん話し合った。崎島は悲観論者ではないが、これから先の世の中がよくなるとは欠片も考えていなかった。ヒカリもそれに同調せざるをえなかった。

自分の命は、自分で守る。

崎島の言葉だ。いざというときは、俺を盾にして生き延びろ——とも告げられた。崎島を盾にするはずもないが、言わんとしていることは痛いほど理解できた。そこには甘えなど一切許さない極限の厳しさがあった。

いくら考えても、事実は変えようがない。

これから先、もっと状況が悪くなるのだとすれば、他人の善意など当てにできない。とても悲しいことだ。

けれど下を向いていても解決しない。ありのままを見据えるしかない。ヒカリは大きく息を吸い、すっと顔をあげた。

「園長先生。親のいる子は、親許にもどすしかないですよ」

「——親がまともならば、ね」

「それでも、現実を考えれば、少しでも面倒を見てもらえる可能性がある子は、引きとってもらいましょう」

毅然とした眼差しのヒカリに、虎さんも崎島も圧倒され、怯《ひる》みに似た思いを抱いた。きつく結ばれたヒカリの唇には強い意志がにじんでいた。

内心、ユタの館の食料をここに持ってこようと決めかけていた崎島は、自分の甘さを指摘されたような気分で口をすぼめた。

なんとか全員の面倒を見てやろうと、なんの目算もなく眦決していた虎さんも、これはいわばサバイバルなのだと実感し、庇護も必要だが、子供たち個々人が試されるのだと考えを変えた。

実際、太平洋戦争直後の戦災孤児があふれていた時代とちがって、いまの児童養護施設に収容されている子供の九割以上はたとえ片親であっても保護者がいるのだ。

おたんこ狩りで親が消滅してしまった子供も多いし、虐待や極端なネグレクト絡みの親は排除しなければならないが、経済的理由だけで子供を施設に放り込んだ親には、親らしいところを見せていただこう。

虎さんは、安直な善意など一切通用しない極限がやってくると腹を括《くく》った。崎島はもともと自分の命は自分で守れという主義であったが、ヒカリと交わっているうちにすっかり好《よ》い人になってしまっていた。

いきなりヒカリが立ちあがった。虎さんと崎島に交互に頭をさげる。

「生意気いって、すみません」

ひたすら申し訳ないと頭をさげ、泣きだしそうな顔だ。崎島が横目で見て、おちょくった。

「泣くなよ」

「泣いてないよ」

虎さんはさりげなく二人を窺う。ヒカリは泣き笑いの表情で目をこすった。崎島は柔らかな眼差しでそれを見守っている。初めて二人が訪ねてきたとき、唐突にヒカリと崎島は二人だけの世界に這入ってしまった。

ヒカリが崎島の耳朶の傷を即座に治すという治癒まで目の当たりにさせられたあのときの言いようのない不可解な孤独感を思い返すと、寒気さえ覚える。

虎さんは崎島とヒカリの様子を窺った。どうやら、あのときのように二人だけの世界に没入してしまうことはなさそうだ。気を引くためにあえて咳払いして言う。

「初めてここを訪ねたとき、あなた方はいきなり二人だけの世界に這入りこんでしまい、完全に私を無視して、さようならも言わずに立ち去ってしまったのですよ」

崎島とヒカリは顔を見合わせた。ヒカリが口を開こうとするのを制して、崎島が申し訳なさそうに釈明する。

「じつは、あのときの記憶がまったくないのです」

「あの瞬間は、不可思議の極致でした」

「ということは、人間の底意地の悪さからくる単なる無視ではなくて、ある種の超自然的なものだったということですか」

「そうだと思います。いささか大仰ですが、人間の世界にある約束事が一切欠如した、まったく脈絡のない不可解な情況でした」

「そもそも虎さんを無視したということさえも、記憶に残っていないんです。帰りの車のなかで我に返って、虎さんにさようならしたか？　って、いきなり不安な気分になりました。いまだにあの瞬間は、ぽっかり欠けているんですよ。で、まったく埋まらない。この応接室から立ち去るほんの少し前のあれこれが、見事に空白です」

虎さんは崎島の千切れたはずの耳朶に視線をやる。仏像じみた見事な福耳だ。ピアスの穴の痕が残るやや乾いた感じがする肉からさりげなく顔をそむけて、呟いた。

「なにかが起きたんです」

「はい。なにかが起きたんです。ぽっかり欠けているのに喋るのもおこがましいですが、虎さんの眼前で俺とヒカリが真っ白になってしまうなにかが」

崎島は、あの晩を反芻して続けた。

「でも、あの夜は、その空白を引きずって、妙に静かで充実した幸せな気分でした」

「では、悪いことが起きたわけではないんですね」

「悪いこと――。虎さんを無視して辞去してしまったのは悪いことですが、俺とヒカリにとってはすばらしい夜でした」

「あのとき、私は取り残されたという実感に打ちのめされて、いまだかつてないほどの孤独感に泣きそうになったんです」

「孤独感――」

「どうしました」

問われた崎島は照れ笑いを泛べた。

「いえ、ついさっき、俺も遣る瀬ない孤独感に覆いつくされていたんです」

「どういうことです」

「ここに来るのは、好きじゃないんです」

「そうですか？　崎島さんは、ここをそれほど毛嫌いされているようにも見えませんけれど」

「ここに来ると、子供たち全員がヒカリに駆け寄ってしまって、俺は必ず取り残される」

崎島はちらと横目で困惑顔のヒカリを見やり、照れ笑いを苦笑いに変えて続けた。

「今日は、なぜか、きつかった。子供が俺に懐かないということだけじゃなくて、子供の相手をしているヒカリが、俺のことを完全に忘却していると感じられて――」

「言わんとしていることは、わかりました」

虎さんが崎島をいたわるように見やる。

「誰からも見つめられないのは、つらいことです。私は崎島さんとヒカリが異様なまでにラブラブで私を無視して去ってしまったときから、いままで以上に、孤独について深く思い巡らすようになりました」

「ラブラブは死語ですよ」

「あら、恥ずかしい」

「ま、俺もいまの若い子の言葉遣いに関してはまったくわからんけれど」

ぼやき口調から、いきなり崎島は眼差しに力を込め、虎さんに尋ねた。

「自ら選択した孤独ではなく、押しつけられた孤独は、悪ですよね」

「完全な悪です」

「孤独でない人は、いませんよね」

「はい。いません」

「ならば、すべての人は、悪だ。死は孤独の象徴だと思うのです。死は人々から、世界から完全にさようならしてしまう。孤独の極致です。だから、いつかやってくる死ということも含めて、すべての人は悪に覆いつくされて項垂《うなだ》れている」

「こうは考えられませんか。孤独というものは、それも人の心に忍びいる耐えがたい孤独というものは、マリンコーのような低位の悪魔ではなく、超越的に抽んでた悪魔がもたらしたものではないか――と」

「俺はマリンコーという存在を目の当たりにしているにもかかわらず、悪魔という存在をいまひとつ信じ切れないのですが、孤独を悪魔の囁きと捉えてよいのですか」

「孤独は悪魔の囁き――。なかなかすばらしい表現ですね。崎島さんには言わずもがなでしょうが、ホラー映画に出てくるような途轍もない力を持ちながらも物理的な厄災をもたらすだけの単純で粗暴な悪魔は下位の存在ですから」

実際に出くわせば、単純で粗暴だから始末に負えないのだ——というのが崎島の考えだが、もちろん虎さんの話の腰を折るようなことはしない。

「上に立つものは手を汚さない。人々の心に静かに孤独を忍びこませるだけです。すべてを俯瞰しながらも、本質的な流れから外れさえしなければ下位のものの多少の逸脱なども見て見ぬ振りをする。たとえばマリンコーなど工事現場の掘削機《くっさくき》のような代物、将棋の駒以下の存在にすぎず、超越した悪の思惑から外れることさえできないし、ああいった物質的な破壊しかできぬものなど超越した悪は見向きもしないでしょうね」

虎さんはしばし無表情になり、やがて意を決したかのように眉間に縦皺を刻んで言う。

「神が人間離れした空虚を孕《はら》んでしまいがちなのに較べ、悪魔とは、じつに人間的なものです」

ヒカリは二人の遣り取りに黙って耳を澄ましている。その手はきつく組み合わされて、祈る人のものだ。

「虎さんは文学的ですね」

「褒められているのか揶揄されているのか」

「両方です。で、厄災をもたらすだけの単純で粗暴な生き物——かな？　まあ、動くんだから生き物でいいか。厄災をもたらすだけの単純で粗暴な生き物に対する対策に話を移します」

「マリンコーですか」

「いえ。マリンコーはおたんこ認定した奴しか襲いませんが、腐った屍体はたぶん見境がない。正直、出方がわからない」

「腐った屍体──」

「長嶺さんのお告げです。腐った屍体が蔓延るそうです。相当に面倒であるという予感がします。じつは、ヒカリは腐った屍体に襲われたんですよ」

空気が揺れる勢いで虎さんが顔をむけた。ヒカリは虎さんの睨み据えるかの視線に臆し戸惑いながらも、自殺した高校教師が腐敗物となって迫ってきたことを細大洩らさず語った。

児童養護施設〈ヒカリ〉からヒカリがいなくなったのは腐った先生が理由だったと知って、虎さんは歯軋りした。実際に奥歯と奥歯がこすれあい、烈しく軋む音が聞こえ、崎島とヒカリは顔を見合わせた。

「ま、マリンコー以下の腐った悪魔の先生は死んじゃって、地獄行きですから」

上目遣いで崎島が執りなして、児童養護施設〈ヒカリ〉の建物に施す具体的な防禦に話を移した。

幾人くらいの生徒が残るのかはまだわからないが、土建屋を肥やすため箱物に金をかけてきた行政のおかげで、児童養護施設〈ヒカリ〉はなかなかに大きな建物の集合だ。

けれどそのすべてを管理することは不可能だ。建物の三分の二を棄ててしまうことを崎島は提案した。

孤独に打ちひしがれて施設の校庭に立ち尽くしていたときにも、ちゃんと建物の規模と周辺の地形等を勘案して、あれこれ崎島は考えていたのである。

食料の備蓄は、露見したとたんに襲撃される理由になってしまう。悪人でなくとも飢えれば人殺しだってするのが人だ。いまさらユタの館のような完璧な要塞化は不可能だ。やや心許ないが最低限の備蓄ですまし、臨機応変に崎島が運び込むことにした。

建物の設計図を用意して、崎島と虎さんとヒカリは額を突き合わせてどこに生徒を集めるか意見を交わし、詳細を詰めはじめた。

12

世界中でマリンコーが跋扈しているが、沖縄においてはここ二週間ほどマリンコーが出没していない。

沖縄本島では、おたんこ狩りは終熄したとの希望的観測が流れている。なにしろ県民百四十万人強のうち、六割以上が狩られてしまったのである。

単純計算で八十四万人が死に、生き残ったのは五十六万人ということである。八十万以上の大量の屍体をどう処理したかといえば、沖縄県は周囲を海に囲まれているので海洋投棄である。

残波岬《ざんぱみさき》の南東、そして恩納村《おんなそん》の最も細く縊《くび》れたあたりの洋上には突出して速い潮の流れがある。ありったけのトラックや重機で運び込まれた大多数の屍体は、その周辺から投棄された。屍体は西に向かう潮に乗り、黒潮の本流に至る。黒潮に乗った屍体は相当な速度で北上して本州の海岸に漂着する。

海洋汚染は尋常でないが、処理しようがなくて屍体が山積み放置されている本州内陸などに比べれば、しばらくは海岸に重なり縺《もつ》れあって浮かんでいても、次から次に投入される首なし遺体は先に投入された遺体を無遠慮に押し出すようにして洋上に消してしまい、黒潮という移動装置に運ばれていってしまうこともあって、さしあたり伝染病等の蔓延はない。

いちばん最初にマリンコーがあらわれ、そして消え去った沖縄県を基準に推測すれば、この地球上で生き残る可能性があるのは全人類の四割弱といったあたりだろう。

核保有国はマリンコー対策に核兵器を用いることを真剣に検討したが、マリンコーもそのあたりは抜かりなく、核の基地とそれに関連する施設は日本の国会を襲ったのと前後して、ほぼ同時に壊滅させられていた。もちろん軍の指導者層も込みである。

なにしろ無限に湧きあがるマリンコーであるから核兵器も無意味だが、あえて全世界の核基地を崩壊させたのは、じつは人類の未来のためであった——という生ぬるい論調もあったし、この未曾有の大厄災は、増えすぎた人類をリセットし、人口を調節してくれたのだ——という結果の断片しか見ないありがちな楽観論もあったが、滅亡という文字が誰の頭にも点滅している状態だ。

人々にとって衝撃的だったのは、やはり世界の指導者層が完全におたんこ認定されて消滅してしまったことである。

いなくなってしまえば当然のことが起きたといった感慨しかもてないが、世界というものがいかに愚劣な者たちによって動かされていたかという現実を、マリンコーは突きつけた。

人類をリセット云々といった文言、あるいはニュアンス的に同様のことを考えた者や、たとえば法王の死に善意的かつ詰まらない解釈を加えたいわゆる文化人の類い、ノーベル賞だの芥川賞といった権威に寄りかかっていた者も含めて、ほとんどは政治家と同様おたんこ認定され、もうこの世には存在しない。法王に対してゆるいことを述べた虎さんが生きているのは例外的なことであるのだ。

アメリカの大統領が狩られるのが遅かったのは、あまりに愚かな人物なので、あえて恐怖をじっくり味わわせるためであったという噂がまことしやかに流れている。

もっとも生き残った人は、胸の裡をほとんど口にしなくなった。情報発信などもってのほかで、SNSなど見向きもしない。

いまや国際語となった『OTANKO』に認定されないための警戒心が根底にあるのだが、猥《みだ》りがましいほどに言葉にあふれていた世の中から、世界は沈黙の行者たちのものに変わりつつあった。

結果、コミュニケーションの不在からの暴力が多発しているが、言葉のやりとりによる衝突から起こる暴力と比して、とりわけ暴力沙汰が増えたという実感もない。

ただし言葉という前段階がないので、昨今の暴力は身構える間もなくいきなりである。目と目が合って片方が軽く黙礼し、もう片方がわずかに頷いて黙って背を向ける。その瞬間、黙礼した方がその場にあった岩塊《がんかい》などで背を向けた男の後頭部を破壊する。そういった微妙な不条理と殺伐が常態化していた。恐怖は増しているといっていい。

それでも、人は発情する。おたんこ狩りが終熄したので、彼と彼女はデートがてら、マリンコーが蟲《むし》のように湧いて米軍海兵隊を圧倒したアラハビーチ見物にやってきた。

規制線の名残の、古びてしおれ、黴《かび》さえ生えている黄色いバリケードテープを踏みつけて、彼と彼女は人工海水浴場に入りこみ、呆然として目を剝いた。

こういうのを焦土って言うんだろ――と彼は呟いた。一発で二千五百平米を完全に焼き尽くすナパームが無数に投下されたのだ。完全に暮れていたが、それにしても夜の濃さが尋常でないのはすべてが焼け焦げて真っ黒になっているからだ。

「屍体もないって聞いたから、デートにはいいと思ったんだけどな」

「誰も来ないから、ここでいいよ。凄く油臭いけどね」

「米軍が燃やし尽くしたからな。だから油臭いんだろ。けど悪臭だ。鼻に突き刺さる。目眩《めまい》がしそうだ」

「いいよ。誰も来ないなら」

「だな。鼻を抓んで、やるか」

「なにを」

「ア・オ・カ・ン」

「バカ」

「ん、光ってる?」

彼が腰を屈めてひろいあげたのは、ナパーム燃焼時の二千度もの高熱に熔けてガラス固化した楕円状の砂だった。

「茜《あかね》に超巨大ダイヤの指輪をプレゼント」

「ありがと」

彼女は超巨大ダイヤを波打ち際に投げ棄てた。このあたりは徹底した米軍による集中爆撃で海岸が抉《えぐ》られて陥没し、深さが増したせいで投棄された屍体は即座に洋上に消え去ってしまうと聞いていた。

どこの海岸にも多かれ少なかれ首なし屍体が浮いているものだが、噂どおりここにはなかった。そもそも、砂が熔けてしまうほどの高熱である。ここで死んだ人たちは、影もかたちもなくなってしまったのだ。

彼と彼女は、油脂が沁みて悪臭を立ち昇らせ、しかも足裏にべとつくビーチで、きつく抱きあった。舌と舌を絡ませあって息を荒らげると、そこに単調な波音がかぶさる。

おたんこ狩りに遭わなかった者は悧巧《りこう》とか莫迦《ばか》、あるいは性格の善し悪しといったことと無関係に、日常的に偽善的でない生き方をしている者が多かった。

それが偽善的でない行動かどうかはともかく、彼はベルトをゆるめて強ばりをあらわにすると、彼女の片脚を右腕でぐいと持ちあげて、即座に侵略した。

「えー、なに？　いまの声。もうでちゃったの？」

「だいじょうぶ。続けてやれるから」

「妊娠したら――」

「いいじゃん。人口減少対策」

「もう」

「ほら、すっげー硬いだろ」

「うーん、まあまあ」

「生意気言うと、こういうテクでこんなところを責めちゃうよ」

「あ、だめだよ、あ、あ、そんなの、まずいって。あ、でも、いいかも」

相性がいいのだろう、彼と彼女は極めっぱなしだ。いつ背中に牛の焼印のようにおたんこと刻印されて殺されるか――と怯え続けた日々の絶望的な抑圧から解放された熱狂と悦《よろこ》びがにじんでいた。

「ん、くせえな」

「――なによ、失礼ね」

「ちがう、おまえじゃない」

彼と彼女はつながったまま、目を剝いた。

首のない屍体に囲まれていた。

ぐるりと囲まれていた。

屍体は自らの首を脇に抱えていた。

抱えられた首の濁りきった目が、彼と彼女を見据えている。なかには笑っている首もある。その笑っている首が、掠《かす》れ声をあげて説明した。

「面倒だよ。首を棄ててしまうと、世界が見えなくなってしまう。軀が途方に暮れてしまう。だから、こうして自分の首を片手で抱えて動かなくてはならないんだ」

二人を取りかこんだ屍体たちがいっせいに繰りかえす。

面倒だよ。面倒だよ。面倒だよ。面倒だよ。面倒だよ。面倒だよ。面倒だよ。面倒だよ。

面倒だよ。面倒だよ。面倒だよ。面倒だよ。面倒だよ。面倒だよ。面倒だよ。面倒だよ。面倒だよ。面倒だよ。面倒だよ。面倒だよ。面倒だよ。面倒だよ。面倒だよ。面倒だよ――。

「首がついてる奴もいるじゃないか！」

彼が見事に的外れな叫びをあげた。首のついている屍体が囁く。

「僕はおたんこじゃないからね。米軍に焼き殺されたんだよ」

「焼き殺されたなら、腐った屍体になるはずがないじゃないか！」

「セックスしたまま、よく言うよ。なんなんだよ、生き残ったことを鼻にかけて」

「訳わかんねえよ！　なんで沖に流された屍体が蛆虫撒き散らして迫るんだよ！」

「わからないんだよね～。わからない。私たちにもわからない。あ、ゾンビみたいにパンデミックじゃないからね。だから咬まれても移らないよ～。別にあなた方を喰う趣味もないしね。ま、腐敗して膿をどろどろ垂らしてる屍体だからね。咬まれたらまちがいなくあなた方はなんらかの病原体に感染して苦しんで死ぬだろうけれどね。私たち、腐敗しきった見事なる汚物だからね～。ああ、そうだ、ゾンビじゃないから首や軀を粉々に破壊されても死なないよ～。細胞レベルでも生き続けることを知ったときは、心底恐怖したよ。あんた方がいま覚えてる恐怖なんて、冗談みたいなもんだよ。ははは。死ねないんだよね、私たちは～。なぜかというと、もう死んでるからね。ただね～」

「なんだよ！」

「寂しいよ。すごく寂しいよ。とても、寂しいよ」

屍体たちは、静まった。俯き加減で微動だにしない。彼と彼女はようやく離れたが、もちろん抱きあったままである。

「わたしらもそうやってたんだよね。わたしだって立ったままやったこと、あるよ。外でやると緊張とスリルで早くイクよね。イッちゃうよね」

腐敗が過ぎて性別不明の屍体が呟いたとたんに、金属じみたざわめきがもどる。彼女が腐敗臭に耐えられず、嘔吐しはじめた。とたんに屍体たちはふたたび静まった。

彼が逃げ場をさがして恐るおそる周囲を見まわす。その視線に気付いた屍体が、若干の自嘲をにじませて呟く。

「逃げられないって。誰も逃げられない。だって、この世界、圧倒的に私たちのほうが多いんだから。腐った屍体が、地球上の六割を占めるんだよ」

「それにしても寂しいよ」

寂しいよ。寂しいよ。寂しいよ。寂しいよ。寂しいよ。寂しいよ。寂しいよ。寂しいよ。

寂しいよ。寂しいよ。寂しいよ。寂しいよ。寂しいよ。寂しいよ。寂しいよ。寂しいよ。

寂しいよ。寂しいよ。寂しいよ。寂しいよ。寂しいよ。寂しいよ。寂しいよ――。

「なんで無理やり蘇らされたんだろう」

「背中を刻まれて、首を刎ねられて、それでいいじゃないか。なんで、それで終わりにしてくれなかったんだろう」

「なんで、死んだのに、俺には、意識があるんだろう」

「死んだのにな。ほんと、なんで意識があるんだろう」

「意識だけならまだしも、あちこちが凄く痛いよ」

「首が焼けるように痛いよ」

「内臓が溶け落ちて、凄く痛いよ」

「軀も痛いけれど、心も痛いよ」

「勘弁して。わたし、死んだんだから。もう死んだのよ」

「死が救いにもならないなんて」

「なんなんだよ、この悪意は」

「永遠の命を与えられた腐敗物――。神様ってのは最悪だな」

「神の悪意だ。神は、悪意だ」

「痛くて、痛くて、苦しくて、遣る瀬なくって、とても寂しいよ」

「ああ、寂しいよ。とても寂しいよ」

「なんで私はこれほどまでに寂しいのか」

「わたしたち、群れているのに、それなのに独り。痛み苦しみを感じるのはわたし自身。

誰にも代わってもらえない。たった独り。寂しいよ。すごく寂しいよ」

「生きてたときも、薄々独りぼっちだって思ってたけど、死んだいまは断言できる。僕はずっと独りぼっちだったし、これから先も独りぼっちだ」

「束の間って注釈がいるにせよ、抱きあって愛しあっている君たちに嫉妬しているよ」

「許せない」

「ぶっ殺す」

孤独を訴える腐肉が殺到した。彼と彼女の全身に歯を立てた。歯茎が腐っているので歯は即座に抜け落ちるが、それでもいくらかは傷がつく。なにしろ屍体は無数だ。次から次に全身を咬まれていく。

なかには深々と接吻して唾を吸い、かわりに濃緑色の膿を彼女の口中に注入する屍体もあった。ほとんどの屍体のペニスは腐って脱落していたが、形状を保っていても血液が循環していないので勃起はしない。それでも彼女にのしかかってその体勢をとり、ゆるゆる動作する屍体もあった。

彼に関しては得体の知れぬ怨みを直接、延々とぶつける屍体が多かった。彼は実態がはっきりしない抽象の怨嗟《えんさ》を押しつけられて、屍体共は力が入らぬなりにいかに彼に苦痛を与えるかに腐心した。

腐った屍体たちのしつこさは尋常でなく、生殺しは延々と続いた。

彼女が息絶えるまでに六時間、彼が息絶えるのには十時間以上かかった。彼と彼女が腐った屍体の仲間入りをするのかどうかは、いまのところ判然としない。

夜明けだ。屍体たちは油脂でべとつく黒焦げのアラハビーチを離れて、よろめきつつ国道五八号線にむかう。

どのみちこの先、世界中が屍体に覆われるわけであるが、さきがけとして沖縄本島は人口の六割以上にも達する腐敗した屍体に覆いつくされていく。

13

気象庁が機能していないから断言できないが七月も下旬、梅雨はあがったはずだ。それなのにここ数日、那覇は弱いシャワーのような、けれどみっしり隙間のない小雨に閉ざされていた。

屍体が跋扈している。

「雨の日は、臭いがまし」

「こんな鬱陶しい日に人間様はうろちょろしないって」

「最近の流行なんだね。首を高いところにおいて、首なしの胴体のみが歩きまわる」

「一応、奴らも首というか頭が指令を出しているみたいだな」

現実味のないヒカリが、現実味のない声をあげる。

「おもしろいね〜。リモコン首なし胴体」

ビルの屋上などにおかれた首が、視線の届く範囲で胴体を操っているといったところである。首を脇に抱えて歩くよりは、効率的な行動ができるということだ。

見おろす辻のソープ街を首なし屍体が蛇行しつつ行進している。おたんこ狩りに遭ったほうが比率としては多いのだから、致し方のないことだ。

マリンコー出現以降、生命の科学的論理は消え去って、すべてはオカルティズムに支配されている。

そもそも屍体たちのほとんどは、おたんこ狩りの時点でその肉体を消滅させているはずなのだ。

けれど経時的な変化に則って忠実に復元され、腐爛《ふらん》屍体として再生されて、いまや海から無限に湧く海産物だ。

ヒカリに執着した高校教師のように、屍体のある場所を特定し供養して終熄させるというわけにもいかない。

供養もなにも数が多すぎるし、オリジナルの屍体のほとんどは黒潮に乗って本土へ流れていってしまい所在不明で特定不能である。

屍体であるから、もう、死なない。

永久に、無目的に動きまわる。

筋肉組織などが腐敗しているから動作も鈍い。けれど腐敗が進行することもない。得体の知れない悪意が、骨格標本と化すのを止めてしまっているかのようだ。取り柄は屍体ゆえにエネルギー源を確保せずとも行動できることくらいか。

当初は、恐怖やおぞましさに距離をとっていた人間たちも、悪臭その他汚物としての嫌悪を抱きはしても、のろまなその動きを見切り、侮りはじめていた。彼ら彼女らは、屍体になっても、おたんこなのである。

多勢に無勢で屍体共に囲まれれば、まちがいなく死ぬしかないが、そして、どうやらそれで死んだ者は腐った屍体として再生しないようだが、成り立ちからして物理法則を無視して生まれた屍体たちは、頭部や胴体を細片化されても生きている。

腐敗状態、それによる行動の鈍化等の変化は物理的生物学的に正確なのだが、小指の先大にまで細かくされても、電動のミートグラインダーにかけてさらに超細挽き肉にされても、その肉はじわじわにゅるにゅる蠢いて、細挽き肉のまま、あるいはヒトデやナマコのように寄り集まって、あきらかに、ある意思をもって移動していく。

筋組織は、尺取り虫的に動く。

脳はなかなか腐敗が進まぬ部位だけあり、細片化した灰黄色の脳髄片が匍匐《ほふく》前進するがごとく同一の方向に向けて移動していく姿には、相当に神経を逆撫でされる。

問題は細かくしてしまうと、隙間から這入り込んでくることだ。昔ながらの風通しのよい赤瓦の琉球家屋など、直射日光によってジャーキー化してしまうのを嫌う腐肉細片に侵入されて、とても住めたものではない。

見おろす屍体共は雨に洗われ、腐っているなりに首の切断面が綺麗にあらわれている。頸椎と気道が目立つ。濁った色つきＣＴスキャン画像だ――と崎島は頰を歪める。その頰を幾筋か汗が伝う。

電気はいつのまにかこなくなっていた。プロパンボンベの備蓄はあるが、水道も止まった。ユタの館屋上の巨大貯水タンクはじわじわと雨水を飲みこんでいることだろう。しかし密度の高い雨が降る沖縄の七月にエアコンなしはつらい。

そっと横目で見ると、ヒカリはまったく汗をかいていない。崎島の寝室の壁際に設えられた本棚に整列している書籍に、視線をジグザグにはしらせている。

「気持ち悪い本棚」

「どこが」

「真っ白なんだもん」

「題名が嫌いなんだ」

「で、あえてカバーをぜんぶ裏返して、かけたってこと？」

「――ちょい神経症だとは思う。ふとした瞬間に背表紙に泛ぶ文字が怖いんだ」

今日から絶対いっしょに寝るというから、こんな汚い部屋でいいのか？　と、いままで誰も入れたことのない寝室に、ヒカリを案内した。

ヒカリといっしょに眠れば、自身の不能を意識せざるをえない。だが、ヒカリの体温を感じて眠れば、きっと悪い夢も見なくなるだろう。

悪書がないか点検する女教師のような背を見せて、ヒカリは本棚からランダムに書籍を引き抜いていく。崎島はヒカリのジーパンの臀の張り詰めたまろやかさから視線を逸らすことができない。

「乙郎」

「はい！」

不意をつかれて最敬礼だ。

「適当に抜いてみたけれど、ぜんぶ、物理学と量子力学の本、はっきりいってすべては宇宙絡みの本じゃない。これのどこが恥ずかしいの？　私にはわからない」

「——エロ本とかだったら露悪的に見せつけるけどな、こういった学術書関係は顔が赤くなるほど恥ずかしい」

「わかんない」

小首をかしげて、ヒカリは頬笑んだ。

「ほんとうは、なんとなくわかる。過剰なくらいに恥ずかしいものに敏感なのかな。すくなくとも、こういう難しい本を読んでいますっていう中学生じみた自己顕示っていうの、不細工からは抜けてでているよね」

「そう仰有っていただいて、胸を撫でおろしております。相転移についての項目だった。しばらく
　ヒカリは手にしていた書籍を適当にひらいた。相転移についての項目だった。しばらく文字を追った。なにがなにやらわからない。顔をあげる。

「相転移って、氷は水なり。水は水なり。蒸気は水なり——例のやつだね」

　蒸気じゃない。湯気は水なりだ——と崎島はささやかな抵抗を試みたが、声にならない声だったので雨音にまぎれてしまい、ヒカリは気付かない。つつっと近づいてきて、あえて崎島の耳許に息を吹きこむ。

「誤解してました。軍ヲタじゃなくて、宇宙ヲタだった〜」

「うるせえ。小説とかを読んでると、生きることと死ぬことを考えさせられてしまうんだよ。そんなことは過去に充分考えた。考えさせられた。同じ意味でノンフィクションも嫌いだ。だから宇宙関係の学術書。それなら数式がわからない俺の頭では満足に理解できないから、だから生きることと死ぬことで悩まなくてすむ」

「生きることと、死ぬこと」

　ヒカリは崎島の傍らにいき、息を揃え、五階からやや靄《もや》っている下界を見おろす。地上が地獄であるとすると、宇宙のことを語り合える五階は天国だ。

死ぬことのできない腐った悪鬼が、うねりながら波《なみ》の上《うえ》うみそら公園の方角にゆらゆら歩いていく。波の上うみそら公園から若狭《わかさ》緑地、若狭公園あたりまでが近ごろの腐った屍体の集合地となっていた。

屍体はそこでなにをするでもなく、漠然と首を抱えて立ち竦《すく》んでいるのである。

「乙郎が言っていたよね」

「なにを」

「死は孤独の象徴だって。屍体はあんなに群れているのに、寂しいよ、寂しいよ——ってお経のように唱えてる」

「死で断ち切られると思っていたら、腐って蘇って、永遠に孤独を味わわなくてはならない。おたんこだっただけで、とんでもない罰を受けさせられているもんだ」

「ゾンビって、なんなんだーって呆れてたけれど、そういうものだったんだね」

「あれは感染だろ。まだ人間様の理屈の範疇だ。でも、屍体共は論理外のロンリーガイ」

「——やっちゃったぁ」

崎島は恥ずかしげに、かつ不服そうに視線をあらぬ方向に投げ、黙りこんだ。この解釈不能な屍体を拵えた存在は、たぶん『おたんこ』が美意識にそぐわなかったのだ。ヒカリは崎島に密着して、屍体の行進を見おろす。

屍体はいきなり襲ってくるわけではない。それをいいことに、いまや人間たちによる屍体狩りとでもいうべきおぞましい行為が蔓延しはじめていた。

たとえば球陽《きゅうよう》ストリートと称される山里《やまざと》から謝苅《じゃーがる》に抜ける県道二四号線は複雑なカーブが連続する市街地の道路で、もともと沖縄の暴走小僧が自己顕示込みで好んで走る道だったが、謝苅は腐った屍体が最初にあらわれたアラハビーチに近いので、道路上にかなりの頻度で屍体が出没する。

なにをするのかといえば、もはや取り締まる組織が存在しないから、法定速度なるものは有名無実、自分が駆け抜けたい速度で走れるのだが、そこにゲーム感覚を持ち込んで屍体を幾体撥ねることができるかを競うことが流行しているのだ。

屍体の出現はランダムであり、運であるから賭けの要素もある。俺は球陽で十二体撥ねたぜ！　などと車体に首のないシルエットの撃墜マークを貼る者もいる。

撥ねれば腐肉や脂や膿が飛び散って、ワイパーも追いつかないが、やりたいならば轢《ひ》き放題だ。でもそれはすぐに飽きる。そこで球陽をどれくらいのタイムで走り抜け、幾体撥ねたかを夜毎競う。

ムシャクシャすれば自爆覚悟の速度で突っ走る、いわば屍体轢き放題ドライブに出かける者も多い。こうなると屍体ではなく人間を轢いてもお構いなしである。

ただし屍体は腐っていて柔らかいからラジエーターに肉片が詰まるくらいで車にとって実害は少ないが、人間を撥ねると硬く弾力があるので走行不能になる場合が多い。

轢かれても屍体は死なないが、人間はそれっきりという当然かつ奇妙な逆転が起きているが、人々は屍体という絶好のストレス発散の相手を見つけて、燃料の枯渇もなんのその、夜も昼もアクセルを床まで踏み込む。

制限速度は、速度ではなく人の心を制限するものだったのだ——などと、思わず臭い科白《せりふ》を吐きたくなるし、弱そうな屍体を見つけて棒や石で破壊する『屍体殺し』なる遊びが男女を問わず子供たちのあいだに蔓延している光景に出くわせば、なによりも悪魔の所業という陳腐な言葉がよく似合う、と崎島は嘆息する。

現在の光景を俯瞰してみれば、人々は未来に希望を抱けず、食料をはじめとするジリ貧の物資に発狂しそうな不安を覚え、いままで供されていた娯楽に類するものも一切消滅してしまい、我を忘れる行為といえば屍体損壊か強姦をも含めた性交くらいしか残されたものがない状態で、人々の孤独感は途轍もないものに育っていた。

自殺も多発している。いま死ねば、腐った屍体にならずにすむというだけのことで首を吊る。根底にあるのはやはり孤独である。この先なにがあるかわからない。腐った屍体のように、永遠の孤独を与えられてはたまらない。死ぬならいまだ——。

残された者はおたんこでないだけあって、現実をしっかり見据えてしまう。眼前の光景に願望や虚構を附与しない。ありのままを見て、深く絶望する。ある者は性と暴力に邁進《まいしん》し、ある者は首を括る。

いま地上にあらわれているのはまちがいなく地獄である。虎さんが言っていたように、手を汚さない最上位が、生き残った人々に悪を——真の孤独を植えつけている。真の荒廃をもたらしている。

物理的な人体破壊も恐ろしいが、未来という幻想を喪った状態で、独りで膝を抱えて眠る夜は、もっと恐ろしい。

ヒカリと崎島は例外であった。

今夜から、崎島とヒカリはひとつのベッドで眠る。崎島は指などの技巧に自信があったが、絶対にヒカリの軀には触れないと決め、自制心がどれほどのものか確かめるという若干顚倒した心理で心窃かに気負っていた。

ヒカリを腕枕してやると、幽かな髪の香りが柔らかく包んでくれた。密着してキスをして、熟睡した。

眠りを破られたのは、ラウドスピーカーと思われる割れた大音量のせいだった。

——辻遊郭の女衒《ぜげん》およびユタの館の詐欺師の皆様、おはよう、おはよう、もひとつおまけにおはようさんでございます。

ヒカリがちいさく呻いてサイドデスクの傷だらけの崎島の軍用と思われる自動巻き腕時

計に視線を投げた。

「まだ、六時前だよ」

んーと声にならない声をあげて崎島が上体を起こす。目脂《めやに》をこそげる。そっと見やったヒカリの顔はふしぎなことに朝の乱れの欠片もない。崎島など唇から頬に涎が垂れて乾いて蛞蝓《なめくじ》の銀の筋をひいているのだが。


――さすがにもう起きていらっしゃるでしょう、この爆音。じつにたちの悪い暴走族を同行させせまして、わざわざユタの館にお邪魔致しております。こら、キミたち、空吹かしはやめなさい。わたくしのスピーチがあちらさんに聞き取れないじゃないですか。

――ヤマギワ農法、すなわちヤマギワイズムでお馴染みのヤマギワ農園、皆様方のヤマギワ農園でございます。お馴染みといっても設立は数週間前にすぎません。御存じなくとも不明を恥じて首を吊る必要はございません。不肖わたくし、ヤマギワ農園、ヤマギワイズム主宰者である山際猛《やまぎわたけし》でございますう。


「山際猛――聞いたことがある」

「知り合い？」

「たぶん。人の名前、覚えられないんだ。本名と無縁の生活っていうのか。綽名《あだな》で呼び合う生活をしてきたんだ。もちろん顔を見ればわかるけどな。ま、知り合いってもたいしたもんじゃないだろう」

「けど、あっちはユタの館を名指しだよ」

——いやーな雨こそ上がりましたけれど、朝っぱらから曇天で蒸し暑いですよお。ユタの館の皆様におかれましては、そのような御密閉はエアコンも使えない昨今におかれましてはなかなかにしんどいじゃろうと御推察申し上げます。窓くらい開けやがれ！

崎島は苦笑交じりにベッドから起きあがって窓際に立った。軍隊じゃねえか——と胸中で呟く。

艶消しのカーキ色に塗られた街宣車を中心に無数の車両が拡がっている。がなっている男の顔は巨大なラウドスピーカーの陰に隠れてしまっていて判然としない。

鉄廃材を寄せ集めてつくられた屍体撥ね飛ばし用の大仰なカンガルーバー、いや鉄板を鋭い三角状に溶断し、先端をサンダーで磨きあげたハリネズミ状の槍を車体全体に巡らせ、米軍基地から盗んだのだろう、重機関銃や火炎放射器などを装着した装甲戦闘車が十数台、なかには屍体の首や腕を刺し貫いてぶらさげているものもある。

自動車のレシプロエンジンはせいぜい六、七千回転しかまわらないが、オートバイは大排気量でも軽々一万二千回転以上まわるものも多い。レッドゾーンまでまわせばその音圧エネルギーは尋常ではない。

常時高回転で走りきるから爆裂音さえ打《ぶ》ち咬ますことができれば低速は不要と割り切って、マフラーをぶった切ってエキパイのみとした改悪としかいいようのない乗りにくそうな大排気量の単車が五十数台ほど、屍体も入り込めぬほどに密集してユタの館を取り囲んでいた。

彼らは蒸す沖縄の夏に黒革の上下、先端に鉄板が仕込まれたブーツ、腰にサバイバルナイフ、肩や肘、膝に仰々しいプロテクターというでたちで、けれどヘルメットは被っていない。背には種々雑多なアサルトライフルを背負って弾帯を襷《たすき》掛《が》けにしている。全員がモヒカンや長髪だ。

——はい。わたくし山際猛、そしてヤマギワ農園のいちばん嫌いなワードは無・視。さらに付け加えさせていただけば、山際猛の人格的欠点は絶望的な短気でございます。短気は損気。重々承知しております。されど、ゆったり構えているとそのまま死んじまう御時世ゆえ、若干早すぎるとは存じますが、実力行使させていただきますよぉ。

——てー。

次の瞬間、ユタの館全体が烈しく揺れ、軋んだ。おもしろがっている気配の崎島に気を許して気構えずに立っていたヒカリが床に転がった。

崎島は街宣車のうえでバズーカを構えている男を捉えていた。

五階を狙わなかったのはバズーカの構造からくる後方爆風の関係で仰角をつけてロケット弾を発射できないからに過ぎない。

大きく息を吸って煙硝の香りを胸に充たすと、着弾は三階右側と当たりをつけて崎島は部屋を飛びだした。

性的な行為の一切を自制しはしたが、ヒカリと慈しみあって眠っていたから、全裸である。ヒカリも全裸だったが崎島のような行動はとれない。下着は穿かないが、しっかりジーパンに脚をとおす。

三階の中堅ユタ、新城 幸《しんじょうみゆき》の部屋が吹きとんでいた。壁に張り付いている、頭髪の生えている新城だった肉片を抓みあげると、内側には頭骨の一部もこびりついていた。

崎島は早くも遅くもない足取りで階下に降りていった。

入り口のシャッターをあける。ヤマギワ農園の連中は、着弾の靄の中から出現した全裸の崎島に毒気を抜かれている。

抜かりなくドアロックする崎島の背のおたんこの刺青に気付き、息を呑む。昨日今日刺したものではないことが一目瞭然の褪色ぶりで、しかもミミズがのたくったケロイドで化粧されていたからである。

崎島はゆっくり背後を振りかえった。首のレッドメディカルタグが控えめに揺れた。ユタの館は鉄骨がしっかりしているのか三階新城の部屋の窓が消滅して、そこから大量の塵と煙が吹き出している程度だ。

手の中の頭髪と頭骨のついた肉片を一瞥すると、崎島はガラス片を踏んで出血した足裏の痛みにやや眉を顰めつつ、街宣車に向かった。

「えーっ！　きんたま揺らしてるのってば崎島さんじゃないの！」

割れた音量のラウドスピーカーにより、驚愕が増幅されていた。崎島は朝方のせいか少々嗄《か》れて錆びた声で呟くように返した。

「豚蛙《トンカー》、やってくれたな」

スピーカーのスイッチを切って、街宣車の屋根から身を乗り出した中年スキンヘッドが哀願の口調で言う。

「その綽名で呼ばないで！」

「俺のねぐらと知っててやったのか」

「まさか！　崎島さんちだって知ってたら、逆に貢ぎ物をもって参上してたよ」

「古臭えM1の二・三六インチで、よかったよ。まったく大層な貢ぎ物だ」

崎島はだらけきった睾丸と陰茎を揺らせながら街宣車のはしごをのぼった。戦闘車と単車乗りたちの視線がおたんこのケロイド状の刺青に集中する。

「すまねえ、崎島さん。土下座する。ほら、てめえらも全員頭さげやがれ！」

平伏する一行をしばし見おろし、バズーカを傍らにおいた男の顎を軽く蹴って顔をあげさせる。

「射手は、おまえだな」

「――はい。撃ち込めと命令されたので」

「そこに誰かいるのでは、という想像は働かなかったのか」

「――ヤマギワ農園において山際さんの命令は絶対ですので」

「ふーん。豚蛙も偉くなったもんだな。こっちこい、豚蛙」

肥満で横幅は人並み以上だが、背丈は人並み以下の、腕などに皺の目立つちいさな軀をさらに縮めて山際が首をすくめて崎島の前に立った。

「相変わらず御立派で」

「まあな。いい風情してるだろ」

「きんたまが伸びきっているのが恐ろしい」

「ん。で、これだがな」

崎島が手の中に握り込んでいた肉片を山際の眼前に突きだす。

「あの部屋に寝ていた女のパーツ。骨と髪の毛つき。食え」

「え――」

「えじゃねえだろう、供養しろ。食え」

一同静まりかえって固唾を呑んでいる。山際はきつく目を瞑《つむ》って顔面をしわくちゃにした。禿頭にまで複雑な皺が寄っている。

幾度か乱れた深呼吸をすると、崎島の掌に接吻するかのように近づいて、髪の毛の生えた肉片を口に入れ、目尻に涙をにじませた哀訴の眼差しで崎島を見あげ、咀嚼し、肉にこびりついた骨が細片化されていく乾いた音を周囲に響かせ、完全に飲みこんだと口を大きくひらき、崎島に確認させた。

崎島は山際の黄ばんだ乱杙歯《らんぐいば》に絡んだ頭髪を確かめ、抓みあげ、吹きとばした。

「よし。本来ならばおまえを処分するところだが、腹いせに実行犯を処刑する。いいな」

「はい。よろこんで！」

「相変わらずおたんこだな。それを口にしちまったら、誰もついてこなくなるだろうが」

「崎島さんに逆らえるほど心は強くないですよー。もう、ボキボキに折れてます。でも、まさかこんなとこに崎島さんがヤサを構えてるなんて――」

「俺だって、てめえが沖縄くんだりまでやってきてるとは思いもしなかったよ。ベネズエラだったっけ？ ヤープー商い、ブイブイいわせてたんじゃなかったか。豪邸建ったって聞いたぜ」

「望郷の念てやつですか。この騒ぎに、いても立ってもいられなくなりまして」

「そういうガラか。しかも北陸出身だったっけ？　豚蛙に沖縄はなんの関係もねえじゃねえか」

「本土はどこもダメです。先が見えてます。限界です。仕舞いです。この先、日本は北海道か沖縄しかないです」

「しかし、おたんこ狩りの標的にもっともふさわしいおまえが息してるとはな」

「はい。なぜかハジかれました」

「おたんこで死んだ方がましだったって、とことん思い知らせてやるからな」

山際がぎこちなく俯く。

「まずは実行犯処刑」

崎島は街宣車を取りかこんだ面々をゆったり見まわし、ラウドスピーカーのスイッチを入れさせた。

「マッドマックスな兄ちゃんたち。愉しい公開処刑をじっくり御観覧しろ。って豚蛙の口調が移っちまったぜ」

崎島はバズーカを撃った若者を立たせた。彼の横で平伏したまま見あげている混血の若者の顔面を加減せずに蹴って、折れた幾本もの歯が中空に血と肉片を引きずって雑な放物線を描くのを見送って、爪先でロケット弾を彼の眼前に転がし、怒鳴りつけた。

「とっとと装塡しろ」

若者は口から下を真っ赤に染めながら、顫える手でロケット弾をバズーカに装塡した。

崎島は構えると、射手に命じた。

「口。思い切りあけろ」

射手は涙と鼻水と涎を垂らしつつ、顎をガクガクさせながら口をひらいた。崎島は唇が裂け、上下の歯がへし折れる音に、愉しそうな笑みを泛べ、前屈みになって全力でバズーカをその口中にねじ込んでいく。

いつのまにか若者ふたりが射手が後ろに傾いて倒れてしまわぬよう、肩と背を押さえる役を買って出ていた。

「二・三六インチ。這入っちゃうもんだな。ま、顎、はずれてるけど」

崎島は若者ふたりに手伝わせて射手を直立させると、躊躇わずに、ごく軽くトリガーを引いた。

ロケット弾は男の頭を突き抜けて、薄墨の煙の尾を引いて彼方のソープのビルの二階を破壊した。

「あちゃー、やっちまったよ。あれはなんて店だ？　昭和女学院かな。あとで菓子折もって謝罪に行こう」

背後ではランチャーから噴出した燃焼炎と燃え滓《かす》をまともに浴びた男たちが七転八倒している。

崎島は、顔の中心に綺麗に大穴があいて頭部が数倍に脹らんだ射手の髪を掴んで雑に持ちあげ、街宣車の下に落とした。

暴走族たちは顔をそむけて屍体を遠巻きにした。

「で、なにしにきたの」

自分が質問されていることに気付かなかった山際が、周章狼狽しながら釈明した。

「ヤマギワ農園設立にあたり、大量の物資を隠匿、いや秘匿、じゃねえや備蓄なさっているとのことで、御協力を仰ごうと思って」

「それだけじゃねえだろ」

「――はい。できうるならば要塞物件として知られたユタの館をヤマギワ農園に接収させていただいて、那覇の拠点にしようかと」

「で、早朝バズーカか」

「――はい」

「部屋ひとつ綺麗に掃除するだけの力加減てのか、程よい炸裂ぶり。接収目的だから完全破壊しちまわないように爆薬の量を加減したな」

「その通りでございます」

「おまえ、昔からそういうの、得意だったもんな」

「お褒めにあずかりまして」

「褒めてねえよ。俺だったら連続して撃ち込んで瓦礫《がれき》にしてお仕舞いにしちゃうな」

「崎島さんならしかねませんね」

「アホ。威圧するんだったらまずは有用有効なものを塵に変えて周囲に見せつけるのが一番だって言ってるんだよ。そしたら辻のすべてをモノにできるじゃねえか」

「なるほど！」

「なるほどじゃねえ。てめえ、俺を塵にする気か」

「まっさかぁ」

「しかし近所迷惑な奴だな。あとで御近所に俺がどんな気まずい思いをさせられるか、あー、やだやだ」

崎島がぼやいていると、暴走族が割れて、その中心を崎島の服を携えたヒカリが平然とした足取りでやってきた。

全員、崎島とヒカリを見較べて、絶対に手を出してはいけない対象に触れてしまったことを直覚させられた。

崎島は照れた眼差しでヒカリを一瞥し、蟀谷のあたりをボリボリ掻いて訊いた。

「で、なんだ？　ヤマギワ農園て？」

「屍体農場です。ヤマギワ農法です。ヤマギワイズムです。浦添に宏大な敷地、確保してます。お誘いしますから是非いらしてください。もしよろしかったら崎島さんの御屋敷を建てましょう。屍体ですが、でかいままじゃ使い道がありません。だから重機で屍体共を掻きあつめて、四方を鋼板で囲った巨大水槽内にて爆破するんです。破片になっても屍体は永遠に体温があるというか、屍体だから体温じゃねえな、堆肥とか腐葉土みたいに発熱することに気付いたんです。で、なんなんでしょうかね。破片のほうがはるかに熱を発するんです。永遠に腐り続けているせいか、けっこう屍肉のくせに熱いんですよ。じつは密閉しなくても屋外放置でなんと六十度以上に達するんです。で、その熱をなにかに利用できないか思案中ってわけです。さしあたり屍肉が外に出られないように日光を通すアクリルかなにかで囲ったなかに肥料もかねてばらまいて、農作物を栽培しようかと。たとえば温野菜の促成栽培とか、どうでしょう」

「温野菜？　最初っから温かくてどーすんだよ。そこまでバカが加速してるとはな」

「温野菜の意味、取りちがえてます？」

小首をかしげてあくまでも真顔である。もちろん山際は、わざと温野菜云々と言っているのだ。自分を一段低く見せて生き延びる彼なりの処世である。

「ま、おまえなりに考えたんだもんな。基本のアイデアは悪くねえよ。ていうか腐れの発熱に気付いたってのは、たいしたもんだよ。屍体っていえば、冷てえって先入観があるもんな。腐敗による屍体の熱も重複すればかなりのもんだろう。たとえば屍体熱温泉。あまり入りたくもねえか。でもヤマギワ農園の福利厚生にはいいんじゃないの」

「即座に拵えます」

「まてよ、屍肉片をだな高断熱材で囲って温度上昇させて、地熱発電ならぬ屍肉発電までもっていけたらすごいぞ。ある種の永久機関じゃねえか。ヤマギワ電気じゃねえか」

「はい！」

街宣車の上にあがっていたヒカリは黙って話を聞いていたが、崎島の傍らに寄り、黙って服を差しだす。崎島は、こんな蒸し暑い朝は全裸がいちばんと一応逆らう科白を吐きつつもトランクスを穿き、チノーズに脚をとおし、Tシャツに腕をとおして、スニーカーの踵を踏んだ。

山際が崎島とヒカリを見較べて、感極まった表情で言う。

「悪魔と恐れられた傭兵のなかの傭兵に、こんなところでふたたびお会いできるとは！」

ヒカリが目を見ひらいた。

「悪魔は、乙郎だったのか〜」

傭兵という言葉に反応した崎島は舌打ちすると、加減せずに山際を殴りつけた。その一撃が引き金になり、崎島は自らの拳を傷めぬ程度に加減して機械的に黙々と山際を破壊し続け、山際が昏倒するとその顔を全力で踏み抜いた。頭骨が歪み、頬骨がぎしりと罅《ひび》割れそうになった瞬間、狼狽したヒカリがすがりつき、必死で止めた。

「殺さないで！」

「お互いに過去は消したはずだ。重宝な奴だったが、いまだに言わなくてもいいことを口走ってしまう悪癖から抜けていない」

若干足から力を抜いたが、まだ山際の頬骨は街宣車の屋根に密着して軋んでいる。もう誰もまともに崎島の顔を見られなくなっていた。平伏の度合いを深めるばかりだ。

「おい、豚蛙。返事できるか」

「——は、い」

「以後、俺を紹介するときは、僻地《へきち》旅行家と言え。アタマに世界をつけて世界僻地旅行家がいいな」

「はい」

「世界僻地旅行家としてアフリカ、東欧、フォークランドにも詳しいくらいまでは言っていい」

「はい」

「傭兵以外の仕事を明かした時点で、おまえは最悪の死に方をする」

「はい。——いま殺してもらったほうが」

「そうはいくか。生きる苦しみをとことん味わえ」

「はい」

顔をあげた山際は、青黒いカボチャ並みに顔を腫らし、耳から出血し、鼻が潰れ、唇は無数に裂けて街宣車の屋根に幾本もの歯が散り、目は両方とも白目が出血して真っ赤に染まっていた。

「豚蛙、マリンコーの三分の一ミニチュアみてえだな」

「崎島さんはマリンコーと出くわしたんですか」

「背中の刺青、マリンコーに刃物でなぞられた。殺されはしなかった。俺の背中はマリンコー発祥の地とでもいうべきものかな。おたんこ狩りは、ここからはじまった。息はしてるけど、俺が初代おたんこだ。威張ってんだか卑下してんだか、訳わからん」

「さすが、崎島さん」

「おべっかはいいから、手当てしてもらえ。朝に吐かす科白じゃないけど、今夜はシャブでも撲《ぶ》って、眠るなよ。腫れが引かなくなっちまうからな」

「御厚意、感謝します」

「ん。部屋を片付け、新城の肉を集めるためにおまえんとこの若い衆を幾人か貸してくれ」

「いくらでも、喜んで」

「――十二人はよくないな。おまえんとこ、ユタになれそうな女はいるか」

「沙霧《さぎり》、崎島さんに仕えてくれ」

戦闘服の女が崎島の前に片膝をついた。

「おまえ、新城の部屋で暮らせ」

「はい」

「二度寝、するか。ヒカリ、行こう」

「傭兵以外の仕事って、なに？」

頓着せずにヒカリが問う。崎島はどうしたものかと思案の眼差しを中空に投げ、抑揚を欠いた声で答えた。

「金儲け。傭兵自体は千人万人殺しても実年収五百万の世界に過ぎない。で、あくまでも譬《たと》え話だが、一人殺して億っていう仕事もあるそうだよ。さ、行こう」

崎島はヒカリの肩にそっと手をやり、あっさり背を向けた。ビルの高所に据えられた首たちが目だけを動かして崎島の一挙手一投足をくまなく見守っていた。

14

崎島はヤマギワ農園に夢中になってしまった。屍体の再利用というアイデアは、これからの時代のサバイバルに最高だ。

なにせ資源は無限といっていい。パック詰めにして永久湯たんぽとして北海道東北で売り出してはどうかなどと愚にも付かぬアイデアを捻りだして悦に入っている。

ただし、崎島は表立って動くことはせずに常に山際を立て、ヤマギワ農園はあくまでも実務その他すべて山際に主宰させた。

崎島にはまったく頭が上がらない山際であるが、発想や配下の支配、経営的才覚はすばらしく、浦添の二百七十万平米以上のキャンプ・キンザー＝牧港《まきみなと》補給地区をヤマギワ農園用地として収奪し、人員を拡大していき、見るみるうちに沖縄本島における最大武装勢力を拵えてしまった。

崎島はそんなヤマギワ農園から一切搾取もせず、たったひとつだけ、虎さんのところの児童養護施設〈ヒカリ〉の食料調達だけを命じた。

山際の好意で児童養護施設〈ヒカリ〉の警護にヤマギワ農園の精鋭五十名ほどが配されたが、九月もなかば、虎さんから連絡があった。やや上ずった声で、もう護衛はいらないというのである。

ヤマギワ農園に入れ込んで〈ヒカリ〉のことがややなおざりになっていた崎島は、暴走族からわりと改造の度合いの少ないハヤブサを借りた。

ノーマルならば最高速三百キロ超にしてゼロヨン加速が九秒六、ゼロ発進で時速百キロまで二・六秒という超越的な単車だが、マフラーがないので六千回転から唐突に吹けあがって、以降前輪が地面につくことがないという凄まじく操りづらい代物だった。

もっともたかだか二百キロ台の車重に一・三リッター超のエンジンを積んでいるのでアイドリングでも走らせることはできるが。

激烈な排気音に崎島はヒカリに耳栓をさせたが、当人は難聴覚悟でおもしろがって発進させた。リアシートのヒカリは半泣きだ。

しばらく走らせているうちに、崎島は悟った。左右に自在に動く前輪に屍体を激突させてしまえば二輪という形状ゆえ、ぶれて操縦不能に陥って転倒するのがオチだ。

けれどオフロードバイクで障害物を乗り越えるときに前輪をリフトさせるのと同様、前輪をウィリーさせたまま走れば、固定された後輪で屍体を轢くだけで、ほとんど進路を乱されずにすむのだ。

方向転換は一輪車の要領である。問題はウィリー走行が崎島のオートバイ操縦能力をはるかに超えた速度で繰り広げられていることで、ヒカリは振り落とされないように必死で崎島の腰にしがみつく。

無事、児童養護施設〈ヒカリ〉の建物が見えてきたのは奇跡といっていい。帰りは私が操縦するからと目尻に涙をにじませたヒカリが崎島に迫る。崎島は曖昧に肩をすくめてやり過ごす。

あえて〈ヒカリ〉の敷地内にまで入らずに光が丘公園で一時停止した瞬間、崎島の眉間に縦皺が寄った。

もともと男ユタとして売り出した崎島である。多少の霊感はあった。けれど過去のものとは一線を画す強い霊感が働いた。

ヒカリが怪訝そうに訊く。

「どうしたの」

「結界が張られている」

「――〈ヒカリ〉に?」

「ああ。それが――」

崎島は口を噤んだ。ヒカリが物問いたげに覗きこんだが、崎島は、きつく結んだ唇をひらく気配がない。

〈ヒカリ〉全体を覆った結界の波動は、ヒカリが、そして崎島が胸からさげているレッドメディカルタグが放っている禍々しくも棘々しく、得体の知れぬ凍りつくような冷気を孕んだものと同様であった。

真空だ――。

胸中で呟いて、崎島は結界を越えた。皮膚全体に鋭い痛みをともなった鳥肌が立った。振りかえれば、風もないのにやや腰のない髪が四方八方に散って、乱雑に絡みあうのをもてあましたヒカリが途方に暮れていた。

「なに、これ？」

縺れてしまった髪を手ぐしで整えながら、怪訝そうに周囲を見まわす。崎島は一切説明せず、いっせいに叩頭《こうとう》したヤマギワ農園の精鋭たちを無視し、小走りに駆け寄ってきた虎さんに一礼し、囁き声で言った。

「凄まじい結界です」

「やはり、そういった類いのものですか」

「はい。侵入を試みた者は、死ぬでしょう」

「――それが、じつに無残なもので」

崎島と虎さんは同時に微妙な溜息をつき、早くも子供たちに囲まれたヒカリを期せずして見やった。ヒカリはまとわりつく髪を整えつつ、子供たちとの交歓に夢中で崎島と虎さんの視線に気付かない。

「ですか？」

「でしょうね」

ヒカリと結界に関する遣り取りはそれだけで、崎島は結界に触れて死んだ者を見せてくれと虎さんに頼んだ。虎さんはきつく目を閉じて硬直してしまった。

「だいじょうぶですか」

虎さんは、先ほどと同様の言葉を繰りかえした。

「――それは凄まじいものですので」

漠然とではあるが、崎島はそれを瞼の裏側に見てしまっていた。

「たとえば、反転しているとか」

「御存じなんですか！」

「子供たちは気付いていますか」

「いえ。まず〈ヒカリ〉の外に出ていませんし、うまい具合に遮蔽物っていうんですか、物陰に転がっているので」

崎島はヤマギワ農園の肚《はら》の据わっていそうな強面数人にシャベルなどをもってついてこいと命じた。

結界からでるとき、崎島は鳥肌だけですんだが、虎さんとヤマギワ農園の者たちは烈しく痙攣した。平然としている崎島を泣き笑いの眼差しで見つめ、ヤマギワ農園の強面が卑下した。

「俺ら、凡人なんで――」

「どこが、だよ」

ポンと肩を叩かれて、彼は感激の面持ちで崎島に従った。〈ヒカリ〉の周囲は亜熱帯のジャングルにちかい。ビロウの群生を掻き分けて、第一の侵入者の屍体の前に立った。

当然腐敗がはじまっていて蛆と薄緑の膿に覆われていたが、頭から胴まで真っ二つに割れて、奇妙なことにそれが解剖されたかのようにすべての部分が反転している。つまり皮膚が内側に、臓物が外側に露出しているのである。

かろうじて神経線維でつながっている眼球を崎島が蹴った。眼球は阿檀《あだん》の実に当たって跳ねかえり、崎島の頬を掠めた。

崎島は苦笑いしているが、傍らで強面が、そして虎さんが嘔吐しはじめた。虎さんは勇を鼓してこの反転屍体を一人で確認したのだろう。が、そのときはここまで腐敗していなかったのだ。

列挙してしまえば酪酸、プロピオン酸、アセトイン、ジアセチルなど、分解された脂質からも各種の低級脂肪酸やカルボニル化合物やアミン、メチルメルカプタン、硫化水素、インドール、スカトール、アンモニア等々人が耐えることのできぬ悪臭物質の大量複合が襲ってくるのである。崎島だって口中に厭な唾が湧いてはいるが、過去の経験から多少の慣れがある。

「難儀だが、ささっと埋めちまおう。土をかけるだけでいい」

強面たちは涙と鼻水を垂らしながら沖縄特有の赤茶けた土を、赤茶けた反転屍体にかぶせていく。結局、この日土をかぶせた屍体は二十七体にのぼった。

腐った屍体で慣れているとはいえ、軀に染みついてしまった腐臭をシャワーで流し、一息ついた。ヤマギワ農園から派遣された警備の強面はソファーに座っても胃のあたりを押さえて上体を屈めたままだ。崎島は呟いた。

「二十七体か。食料目当てか。それともロリか。バカな連中だ」

「崎島さん。俺、正直、吐きすぎて胃が痛いです。どうやったら人間を手袋ひっくり返したみたいにできるのか――」

「まったくだ。あんな裏返ったもん、人が目の当たりにしていいもんじゃないよな。あの屍体、それぞれに工夫が凝らされてるのに気付いたか？」

「いえ、とてもそんな余裕は――」

「あきらかに愉しんでいるというか、遊んでやがる。いかに複雑な裏返しができるかを競っているかのような。最初の一体は、未熟で切断面があったじゃないか。でも、次からはどんどん洗練されてった」

物理法則は徐々に覆されていき、完全に消え去った――という言葉を呑みこんで、皮膚に傷をつけずに内臓等を反転させた抽象画じみた、あるいは頭部や下肢をやはり皮膚の内側で真逆にもってきたパズルのような、いやメビウスの輪じみた屍体に思いを馳せていると、強面も屍体の数々の形状を反芻してしまったのだろう、ふたたび嘔吐しそうになって苦しげに上体を折った。

「もう警護はいいから。みんなを引き連れて早くヤマギワ農園にもどれ。誰もここに侵入できねえよ」

「はい。あれを見るまでは退屈な仕事だってどこかで投げてたんですけど、驚きました。まいりました。あんなおぞましい――」

言いよどんで、吐きだすように続けた。

「結界があるなら俺たちなんていてもいなくてもいっしょだ。いざというときは、ここに逃げ込まさせていただきます」

「うん。結界は入れていい者とそうでない者をきっちり判断するからな。おまえはだいじょうぶだよ」

「ありがとうございます。失礼します」

「ん。山際に礼を言っておいてくれ」

警護代表が辞去すると、すぐに虎さんが入ってきた。ヒカリは子供たちと戯れているという。崎島は柔らかな表情でねぎらった。

「よく、耐えましたね」

虎さんは泣き笑いの表情で、額の汗を拭った。

「一応責任者ですから。でも、緊張の日々のあげく、ここには生きている屍体さえも近づいてこないという、じつになにも起こらない奇妙な平和の連続に怪訝になって敷地外に様子を見に出て、初めてあの屍体を発見したときは、呆然としました」

「そのころは、結界の出入りに苦痛を伴うようなことはなかったんですか」

「ああ、ありました。多少ピリッとくる感じでしたね。はっきりいってなんとも言えない不快感でした。悪寒が疾るような――」

虎さんは手の甲をごく軽く抓んでみせた。崎島は頷いた。

「子供たちを敷地からださないという判断はよかったです」

「安全面を徹底しようということで閉じ込めるかたちになっていたんですけれど、じつは内緒で出ようとした子がかなりの不快感を覚えたらしく、泣きながらもどってきました。それでよかったと思います。万が一あんなものを見せてしまっていたら――」

「ですね」

同意する崎島に、やや腰がひけた感じで虎さんが問いかける。

「あの」

「はい」

「やはり、ヒカリが？」

「そうだと思います。子供たちを守りたい一心で無意識のうちに念を送っていたんでしょうけれど、辺野古まできてしまったら、いよいよ波動とでもいうべきものが強烈になってしまったようです」

崎島は光が丘公園でのヒカリの反応を叮嚀《ていねい》に思い返して、続けた。

「あきらかに結界の様子とリンクしていましたから。間近まできて、ちゃんと子供たちは守られているのだろうか、だいじょうぶなのか——といった感じで気が気でないというあたりから波動が増したようです。結界を抜けるとき本人は髪が乱れる程度でしたけれど、俺は全身鳥肌です」

「私は烈しい痛みをともなう痙攣を必死で怺えました」

「許された者が、結界の正統な門から出入りするのでさえもこれですからね。許されない者は、絶対に侵入できません」

「——凄まじい力ですね」

崎島は同意し、苦笑気味に言った。

「はい。しかも当人にはまったく自覚がありませんから」

「ヒカリは、いろいろなことに自覚がない子でした。いや、ある面では自覚や感受性がありすぎて、痛々しいくらいだったけれど」

「『力』は、幼いころからあったんですね？」

「はい。当人に自覚はありませんでしたが。危ういことがたくさんありました。でも、幼いうちは、ヒカリが一瞥すれば、相手はなにもできなくなりました」

「幼いうちは？」

「ものを深く考えないうちは、力をダイレクトに発揮していたんですけれどね、成長するに従って、だんだん周囲に合わせるようになって。みんなとちがうのはいやだっていう羞恥心絡みとでもいいましょうか。人並みを志向するっていうんですか」

「なるほど」

虎さんの眉間に深刻な皺が刻まれる。

「ひとつ疑問なんですけれど」

「結界の屍体の状態でしょう？」

「はい。まさか——ヒカリの趣向ではないですよね」

「それは、ありえませんね。強烈な結界に触れて死した者の亡骸《なきがら》に、便乗しているなにものかがあります」

「悪魔」

「それも、下位でしょう。技較べといったところか」

崎島の口調に、今日はじめて虎さんが笑った。

「ついに崎島さんも悪魔を認めた」

「そうですね。そういった存在を措定《そてい》しないと解釈がつきませんから」

お互い顔を見合わせて、ふーと息をつく。不安げに虎さんが問う。

「結界の内側には、悪魔は這入ってこられませんよね」

「断言はできませんが、断言してしまいましょう。這入ってはこられません。なにせ、ヒカリの結界ですから」

虎さんの肩からあきらかに力が抜けていった。崎島はソファーに背をあずけた。いつもは大股開きだが、めずらしく足を組んで中空に視線を投げて考えこむ。

事実ありのままを語って、さらなるヒカリの覚醒を促すか。それともいまのままで、ヒカリの感性にまかせるか。

虎さんにも相談すればよいことだが、なぜかこれから先のヒカリの覚醒に関しては誰にも告げてはならないという霊感がはたらいていた。目覚めるのも、無意識のままにまかせるのも、すべてはヒカリ次第だと崎島は決めた。

なによりも結界がレッドメディカルタグと同質の、しかも比較にならぬほど強烈な力で成り立っていることが直覚できている。レッドメディカルタグに類する呪物が存在するのか。それとも——。

もし呪物が存在する、とすると、面倒だ。誰かがそれを盗みだして自らのために用いれば対処不能になる。

虎さんがじっと見つめていた。訝しげだった。崎島は曖昧な笑みにまぎらわせて、とぼけた。

一方で内心、呪物は存在しないと直観しはじめていた。呪物はヒカリという存在そのものだ。

いまや夜毎、全裸でベッドで睦《むつ》みあうが、性器に触れることは一切ない。お互いの暗黙の了解である。

いや、ヒカリはときおり、崎島の股間に触れるが、どちらかといえば子供の好奇心であり、その指先にはいたわりがある。同時に、これが屹立《きつりつ》すれば一緒にはいられなくなるという気配も幽かににじむ。

ともあれ、いまの仲睦まじさがあれば、充足している呪物としてのヒカリは誤った方向には逸脱しないだろう。

いや、ヒカリが過ちを犯す可能性自体、ありえない。

過ちを犯しかねないのは——俺だ。

崎島は、自戒を新たにした。父母を知らぬヒカリを肌と肌を密着させて乳幼児期の代償行為として和ませるのはかまわない。

だが、絶対に性的な快感を教え込むような直接的なことをしてはならない。

そもそもヒカリが俺を選んだのは俺が不能であるからだ——。

崎島は自らの器質的不能に安堵し、感謝する気持ちにさえなった。

思い返せば、腐った屍体と化した先生のことを相談しにきたこと自体、崎島との出逢いを演出するための、ヒカリの無意識が働いていたような気さえする。

ヒカリには一切自覚がないが、自身が必要とするものを常に的確に選択しているのではないか。

「穿《うが》ちすぎか――」

苦笑すると、虎さんもなんとなく誘われて頬笑んだ。結界の外の屍体も埋めたし、すっかり気が楽になりましたと頭をさげてきた。応接室の窓が、こん！　と鳴った。

背伸びした満面の笑みのヒカリがちいさな拳でガラスを叩いている。ヒカリを招じ入れると、結界の屍体のことを話さなければならないから、このまま帰ってくれと虎さんが囁いた。

「じゃあ、そろそろおいとまします」

「食料その他、お気遣いを感謝しています」

「いえ、食料はヤマギワ農園からですし」

「一度お礼に伺います」

「あ、それはやめておいたほうが無難です」

農園で働く者は、防護服に防臭マスクをつけて屍肉片を扱う作業をしているのだ。野菜等は徹底洗浄に加えて五十キログレイのガンマ線照射で完璧な殺菌を施して食中毒や感染症が起きぬよう管理を徹底しているが、食料の成り立ちは絶対に知らないほうがいい。

細片化された屍肉は堆肥や腐葉土といった微生物分解による発熱とはまったく別の作用で、ひとところに集められると尋常でない高熱を発することが確認されていた。

山際の目論見どおり、野菜類その他、やたらと生育が早く、通常の倍以上もの大きさにまでなる。味はゴーヤーなど若干えぐみが強い場合もあるが、じつに密度が濃く、野菜本来の味がする。

アグー豚は本来体重百キロ程度だが、その野菜屑に屍肉片を混ぜたもので育てたものは倍近い大きさに育ち、しかも脂肪はコレステロール値が本来のアグーよりも半分程度にもかかわらず、クラッとくるほど旨い。屍肉片は便といっしょに排泄されるため、洗浄再利用が可能だ。

アグーで味を占めた山際は山城牛《やましろぎゅう》の育成にも乗り出しているし、屍肉パックで適温にまで温めた水でスッポンその他の養殖なども考えているようだ。

もともと沖縄においては生育がよかったバナナなどの熱帯植物も、屍肉片栽培が見事に合致し、なんと太さは腕ほど、長さは五十センチにならんとするすばらしく甘い物が収穫できる目処がたった。

崎島が思いつきで口にした屍肉発電だが、断熱完全密閉してしまうと、スカウトした技術者が驚愕するほどの発熱量だった。

熱による屍肉の乾燥を防ぐのと大量の蒸気を発生させるために、屍肉パックである程度温めた海水を散布するという方法で、いまやヤマギワ農園の総電力をまかなうことさえできるようになってきていた。

屍肉熱によって発生した蒸気が無数の細管を辿っていき、圧縮されてタービンが回った瞬間は、じつに感動的だった。

山際は発電がはじまった直後、真っ先にユタの館に電気を引いてくれた。おかげでエアコンも冷凍庫も蘇った。

ただし、これら諸々がつくられている現状は、目の当たりにしない方がいいにきまっている。屍体の爆破細片処理からはじまってミンチ化等々、システマチックに淡々と進行してはいるけれど、やっていることはとんでもないことだ。

察しのいい虎さんは、崎島の含みのある眼差しに頷き返し、窓の外で背伸びしているヒカリにくしゃくしゃの笑顔を向け、早く行ってあげなさいと崎島を促した。

「帰りは、あのオートバイは絶対にいやだ」

渋面で訴えるヒカリに崎島は肩をすくめ、職員に向かって単車は取りに人をやりますから車を貸してくださいと頭をさげた。

職員が車を用意してくれているあいだ、崎島は園庭を駆けまわり、ときにヒカリにまとわりつく子供たちをじっと観察し、やがて眉間を両手ではさみこむようにして呟いた。

「減ってないか」

「なにが?」

「子供たち」

「どういうこと」

「俺は兵隊さんだったころ、どんなに乱れた情況でも、即座に手持ちの兵隊さんが幾人いるかを判断してきた。正確な人員の確認と配置は、作戦の根底だからな」

「ふーん」

「前回来たときから、微妙に、だが確実に減っている」

「親許に引きとられたんじゃないの」

「虎さんは、八方手を尽くしたが、所在不明の親ばかりで、結局はほとんど人数は変わらなかったって苦笑していたぞ」

「園庭に出ていない子もいるのでは」

「大人気のヒカリさんがいるのにか」

「——霊感に引っかかるの?」

「そうだ。あきらかに子供が減っている。虎さんが言うには結界からでた子供はいないはずだから、結界の内側で、減っている。奇妙なのは、統括者である虎さんや職員がそれに気付いていないということだ」

そこに頼んだ車が二人の脇に横付けされ、会話は立ち消えになった。車内でヒカリは姿勢正しく両手をステアリングに添えて、黙り込んでしまっている。

ヒカリは乱れて額にかかった髪をざっと整えただけだったが、車内にいても結界を抜ける瞬間には崎島の全身に凍えた鳥肌が立ち、自動車のメーター類は狂ったように跳ねて踊りまくった。

松田《まつだ》の変電所を過ぎたあたりで、口を噤んで真正面を睨みつけていたヒカリが、いきなり声をあげた。

「園長先生や他の先生が園児がいなくなっていることに気付かないなんて、絶対にありえない。おかしい！」

　絞りだすような調子で続ける。

「私だって気付いていないし！」

　崎島はヒカリの感情の波立ちを抑えるためにしばらく無表情をつくっていたが、ヒカリの呼吸が落ち着いてきたのを見計らって、促した。

「――歳が下の子から、ちょっと勘定してみろ」

「歳が下から。たけ。聡《さとし》。由美《ゆみ》――」

　ヒカリは車を路肩に急停止させた。

「由美、いなかった！」

「でも虎さんも職員もおまえも誰も気付いていない」

「なんで――」

「他にもいなくなった子がいるだろう」

　促されて、ヒカリは指を折って数えはじめた。六人、いなくなっていた。崎島は六という数字に厭なものを感じていた。確か悪魔の数字ではなかったか。

「なんで乙郎にはわかったの?」

「たぶん俺は部外者なんだよ。結界内において、部外者なんだ。だから見えてしまった。わかってしまったってことだ」

ヘッドレストに両手をまわして凝った肩を伸ばしつつ、続ける。

「本来ならば結界の内側に俺を入れたくなかったはずだ。でも、侵入を防ぐ手立てがなかったんじゃないかな。おまえといっしょだったから、俺には手を出せなかったというニュアンスを感じているよ」

小声で付け加える。

「結界は外部からの侵入者を防ぐ目的もあるが、内部の者を外に出さないための結界でもある」

「結界だけど——」

「うん」

「ひょっとして私がつくったのかな」

すがるように見つめてくる。瞬きせずに崎島を凝視している。覚醒がはじまったのだ。漠然としたものではあるだろうが、ヒカリが自身の力を悟ってしまったことを崎島は少し悲しく感じた。率直に頷いた。

「じゃあ、私が閉じ込めたあげく、子供たちを消してしまった？」

「消す理由がないだろう」

「だけど――」

「おまえの結界を利用というか、悪用しているものがいる」

「もどって園長先生に報告する」

「だめだ」

「なぜ！」

「パニックが起きる」

崎島は言葉を尽くしてヒカリを諌め、慰めたが、じつはパニック云々ではなく、園児消失は自分とヒカリ以外に知る者がでては絶対にならないという霊感に支配されていた。

「神隠しのようなものかもしれないし」

「じゃあ、由美たち、もどってくるかな」

もどると断言できないことがつらい。ヒカリは崎島の横顔に泛んだ苦悩を見てとって、唇を真一文字に結んで考えこんだ。

「乙郎の言うとおりにする」

崎島が視線をやると、ヒカリは深く頷いて崎島の手を握りこむようにした。

「いまだけでなく、いつだって乙郎の言うとおりにする」

照れ笑いに似た笑みを泛べる。

「だって、結界とか言っても、私自身はなにも実感がないし、乙郎のように霊感があるわけでもないし」

「――俺は多少感じるだけ。ヒカリは実際にできてしまう。天と地の差だよ」

「じゃあ、私のほうが偉いね」

「うん。これも俺の霊感だが、ヒカリがすべてだ」

「愛の告白みたいだ」

「そうだよ。愛の告白だ」

ヒカリの方から軀を寄せてきて、深く熱い接吻をした。

15

ヒカリが園長先生に代わって山際に食料のお礼を言いたいとのことで、ユタの館にもどる前にヤマギワ農園に寄った。

崎島はいまさらといった感じで、キャンプ・キンザーのゲート詰所を転用した監視所で、すっかり打ち解けた暴走族連中と冗談を言いあっている。

山際は崎島に殴打されたあとがまだ治っておらず、目の下や頬などの鎮痛消炎剤が痛々しい。ヒカリの来訪にあわててコップの水につけていた俄《にわか》作りの入れ歯をはめた。

ヒカリは俯いて崎島の暴力を謝罪した。山際は大仰に手を左右に振り、照れを含んだ満面の笑みで応えた。

「詳しいことを言ってまたアレされちゃったら大変だからぼかすけれど、僕は崎島さんに五回、命を助けてもらってるんだ」

興味がないわけではないが、過去を問えばまた崎島がむちゃをしかねない。ヒカリにも崎島の怒りのツボがどこにあるのかよくわからない。だから不明瞭に頷いた。

「崎島さん、普段はすごく冷たいんだよ。突き放すっていうのかな。でもね、部下がほんとうに危ないときは必ず助けにきてくれる。あくびまじりにやってくる」

「あくびまじり」

「緊張感、ないんだよねー。でも、信じられないくらいに的確。超能力者かって感じ。必ず救ってくれる」

「当人は、多少の霊感があるって言ってますけど」

「やっぱり！」

「でも、なんか自信なげというか、自分の力を確信していないというか」

「僕が知り合ったころからそうだったなー。一見気弱に見えるんだよね。でも、誰よりも肚が据わってる。死ぬことを恐れていない」

山際は我に返り、口を押さえた。

「もう、喋りません」

「すみません。訊きません」

ヒカリは叮嚀に児童養護施設〈ヒカリ〉に対する食料援助の礼を述べた。山際はまたもや照れ、囁き声で言った。

「絶対に施設の人たちに製造過程を語っちゃダメですよ」

「はい。言わぬが花」

「お、ヒカリさんはいい言葉を知ってるね。知らなければ、一層美味しく食べられる」

山際は上体をねじって、背後のデスクにおいてある棒状の油紙の包みを差しだした。

「いよいよ軌道に乗りそうです。試食してみましたが、芯がしっかりしているくせに蕩《とろ》ける甘さです」

巨大バナナだった。大きすぎる。もてあましてしまう。

「バナナって、ある種の完全栄養食品ですからね。けれど野生種は、種がびっしり詰まっていてとても歯が立たない代物だったそうです。それを東南アジアの人々が突然変異で発生した種なしバナナを掛け合わせて、ついに完全な種なしに改良したんですね。家の周囲にバナナの木を五、六本。同じくパンノキも五、六本。するといちいちそれらの面倒を見なくても勝手に生育する。もう一年中食物に不自由しないそうです。で、東南アジアや熱帯太平洋諸島の人々は食にあくせくせずにのんびり暮らして現在に至るそうですよ。食のバリエーションは限られているにしても、飢えずにすむというのはすごいことですよね」

山際の長広舌《ちょうこうぜつ》に巧みに相槌を打ちつつ、ヒカリは長さ五十センチほどのバナナの包みを困惑を隠して受けとり、脇に抱え、また遊びにきますと頰笑み、山際のもとを辞去した。

詰所にもどると、しっ、と人差指を立てられた。侵入者、いや二体の侵入屍体が詰所近くの簡易ガソリンスタンドの一台しかない計量器の前に立ち尽くしていた。

めずらしく、ふたりとも首がついていた。おたんこ狩りの犠牲者ではなく、巻き添えで命を喪ったのだろう。腐敗もほどほどで、男女であることがわかる。

男と思われる方が給油ノズルをはずし、女の口に挿し入れた。見守っている者たちは目を見ひらいた。

「ガソリン、飲んでるぜ!」

腐敗して穴のあいた部分からガソリンがコンクリの地面に滴りおちる。男は委細構わず女にガソリンを飲ませる。女の腹部が妊婦のように膨らんだのを見てとって、こんどは自身がノズルを咥えた。

体組織が破壊されているから全身にガソリンが回るのだろう。ふたりは一回りほども浮《む》腫《く》んで、詰所を見つめてきた。

ふたりの行動をじっと窺っていた崎島は詰所とスタンドの照明をつけ、備え付けの曳光弾を装塡した銃を手に、ふたりに近づいていった。崎島を追ってヒカリやヤマギワ農園の者たちがついていく。

ふたりがなにをしようとしているかは重々承知していた。だから確認のために問いかけるにせよ深刻な物言いはしたくなかった。猥談で盛りあがっていて侵入に気付かなかったと軽口を叩きそうになった。

もちろんよけいなことは言わず、崎島はごく穏やかな声で問いかける。

「これで撃てば火が付くというか、軀が爆発するが」

「それが望みだ。ここにくれば粉々にしてくれるのではないかと――」

崎島は真顔で頷く。ここでは引火する恐れがあるから、もっと広いところにいこうと誘う。ふたりはお互いを支えあい、よろめきつつ軀中からガソリンを滴らせ、崎島に従う。

水不足でまばらになった芝生のうえで、ふたりはきつく抱きあった。崎島はしばし思案したが、率直に告げた。

「おまえたち、細片になっても意識が消えるかどうか、なんともいえない」

「――そうか」

「人間にとって正しいとされてきた科学や常識、すべて崩壊しているからな」

「――無目的にうろつくのにも飽きた。つらすぎる」

「私たち、ふたりで死にたいんです」

崎島は肩をすくめた。死ねはしないだろうが、ふたりにとってはよけいなことだ。黙って後退し、恋人同士から距離をとる。

ふたりはきつく抱擁した。

ガソリンでもっとも膨らんでいる女の腹部に崎島は狙いをつけた。

瞬間、立ち昇るふたつの焔が交わり、螺旋状に複雑に絡みあって夜空に立ち昇った。ヒカリはその美しい朱色に息を呑み、きつく両手を組んだ。

周囲の樹木の葉のひとつひとつまで照り映えで染めあげて、上昇した焔がおさまっていくと、ふたりは崩壊して、まるで夜が沁みこんだかのような幾重にも重なった冥《くら》く青い放射状の焔になって散っていく。

ガソリンの匂いも甘やかで、まだヒカリの頰に熱が残っていた。皆、地面で控えめに燃えているふたりを黙って見守った。

そろそろ頃合いと、ヤマギワ農園の若者が一輪車をもってきた。細片化したふたりをプラントに投入するつもりだ。

「まて」

崎島が押しとどめた。四方に散った肉が、じわじわと集合していく。やがて彼と彼女の肉片は一緒になって小山をつくり、さらに複雑に蠢いてひとつに混ざりあっていく。

崎島はスコップを持ってこさせ、芝に穴を掘った。絡みあい、慈しみあう肉片を一欠片も残さぬよう叮嚀に穴の中に落としていく。崎島が土をかぶせようとした瞬間、彼と彼女の肉が、一瞬、歓喜に震え、迫りあがったように見えた。

ふたりは地中で誰にもじゃまされず、永遠に絡みあい、溶けあい、愛しあう。この心中には誰もが心窃かに羨望の念を抱いた。

ユタの館にもどった。崎島は個人的に長嶺さんに相談があるから一人で寝室に行けとヒカリに命じた。

ヒカリは不服そうに唇を尖らせたが、帰りの車中で乙郎の言うとおりにすると決めたのだからと頷いた。

「そのかわり、眠る前に宇宙の話を聞かせてくれるって約束して」

「おまえ、俺の解説好きを承知で言ってるのか」

「うん。乙郎の本棚をときどき覗いているうちに、すごく知りたくなってきたの。でも、なーんにも訳がわからない。初心者向けにお願い」

「わかった。宇宙について話せるなんて、わくわくしてきたぞ」

崎島とヒカリは見つめあって掛け値なしの笑顔を泛べた。けれどヒカリは名残惜しそうで、笑顔はすぐに引っ込んでしまった。崎島が酸っぱい顔をすると、気を取りなおした。

「沙霧さんのところに行っていい？」

爆死させられた新城幸のかわりにユタの館の十三人目を引き受けさせられた山際の女で

ある。崎島は当然のこととして、ヒカリに心酔している気配だった。

「仲いいな、おまえたち」

「彼女も親がいないんだよね」

そうか、と崎島は頷いた。ヒカリが脇に抱えていた油紙の包みを差しだした。長嶺さんにお土産とのことだ。崎島は一房のバナナを背に担いで長嶺さんの部屋を訪れた。

ヤマギワ農園から電力が提供されるようになって、長嶺さんは過剰にエアコンを効かせるようになった。崎島は胴震いし、勝手に温度をあげる。

「だめだよぉ、乙郎。冷やしとかないと」

「なにを？」

「空気」

長嶺さんの眼差しには含みがあった。冷却には理由があるらしい。崎島は温度を元どおり下げ、憎々しげに言った。

「ったく、風邪ひいちまうよ」

「乙郎はバカだからへーき」

「はいはい」

油紙に包まれたバナナを突きだす。

「土産」

「ありゃまー」

「すごいでしょ」

「うん。昔ね」

「はい」

「これくらいの頬張ったことがあるよ」

「頬張る？」

黒目をあげて思いを巡らせ、唐突に気付き失笑した。

「ほんとですか。世の中、すごい男がいるもんだ」

「まあね。それを受け容れちゃうあたしもすごいけどね。でも、あんましよくなかったなあ」

「適度なサイズってありますよね」

「それ。適材適所」

微妙に違うような気もするが、逆らわない。味見してくださいと巨大バナナをむいて、折れないよう中心に手を添え、長嶺さんの口許に近づけてやる。

大口をあけ、目を細めて頬張る長嶺さんを見守っていると、微妙に面映《おもは》ゆいものが込みあげた。長嶺さんは舐めるように咀嚼しながらくぐもった感嘆の声を放った。

「乙郎も食ってみ。こりゃあ、美味いわ。信じがたい美味さだ」

どれ、と反対側から一口囓ってみる。確かに目眩がしそうなくらいに甘い。甘さの奥にグルタミン酸でも仕込んであるかの強烈な旨味もある。しかも果肉がしっかりしていて歯や歯茎にねっとり絡み、じつに食べ応えがある。

バナナに独特の蒸れた臭いはなく、屍肉の腐臭がこういう具合に変化するのかと感慨に耽ってしまうほどに爽やかで鮮やかな芳香が強い。

長嶺さんと崎島は向かいあって双方から超ロングバナナを食べ続け、ほとんど接吻しそうになるくらいにまで顔を近づけあって、すべて平らげてしまった。

「乙郎とキスする気はないからね」

俺だって――と笑いつつ、崎島は児童養護施設〈ヒカリ〉の結界の現状について詳細に説明した。

外敵侵入を防ぐ目的で、ヒカリが無意識のうちに力を発揮して結界を立ち上げたようだが、なぜか虎さん以下園内の者を幽閉するためのものにも変貌してしまっていて、しかも園児たちが六人消滅していて、関係者は誰も気付いていないということを語ると、長嶺さんはこともなげに答えた。

「これからも消えるよ。もちろん子供たちが消えた理由も知ってるよ」

「ほんとうですか！」

「でも、訳は言えないね」

「なぜ？」

「乙郎とヒカリが〈ヒカリ〉に入ったときだね。いきなり波動が強くなった。で、部屋を冷やして、しのいでるわけ」

「今日、波動とやらが強くなった？」

「そう。放置しておけないって悟ったみたいだよ」

「誰が？」

「言えない。いま、この場で死にたくないから」

長嶺さんの口調はごく軽いけれども、本音であることが伝わってきた。

「じゃあ、ヒントだけ。ヒカリ以外のなんらかの邪悪な力が働いている？」

「邪悪。なに、それ。パンにはさんで食べると美味しいのかね」

「謎かけ？」

「無駄口」

「長嶺さん。切迫してるんだ。ヒカリはいまのところ俺の言うことをきいているけれど、これ以上園児が消失したりしたら」

「ヒカリはいい子だから、乙郎には逆らわないよ。言うとおりにする。どんなにつらいことがあっても。園児のこともね」

長嶺さんの眼差しは真摯にして、一切の揺らぎがなかった。ヒカリを信じきっていることが伝わった。

「だから乙郎は絶対に園児が消えたことを誰にも言ってはダメ。ヒカリとあたしと乙郎だけの秘密だ。それが守れなければ、すべてが終わる」

そう断言されると、返す言葉がない。

「とにかく消えちゃったことに関しては、ヒカリは無関係」

崎島は長嶺さんの山羊に似た濁った黒い瞳に自分の顔が映っているのを凝視し、長嶺さんが真実を口にしていることを理解した。ところが、長嶺さんは瞬きすると思案気味に崎島から視線をそらし、呟いた。

「ヒカリは無関係だけれど、まったく無関係というわけでもない」

「どういうことですか」

「いろいろ複雑でね。あたしの頭じゃ、整理がつかないよ。ていうか、死にたくないじゃないか」

「そこを、なんとか」

「いやだね。死ぬ気はないから。口走っちゃったら即死だもん。死ねないよー」

「そうですか。そうだよな」

「じゃあアドバイスってやつ。これだけは言っておいてあげる」

「はい」

「乙郎、ヒカリを大切に。あの子はなにがあってもおまえを絶対に裏切らない。乙郎にできることは、どんなときだってヒカリを信じること。信じきるんだ。たとえ死にかけているときでも、だよ。おまえにとってヒカリは救いの女神なんだから」

長嶺さんは大きく息を吸い、しばし崎島を凝視した。

「なあ、乙郎。おまえは最後の人類になるんだよ」

崎島は思わず自分の顔を指差して、呆気にとられた。

「俺？」

「そう」

「最後の人類？」

「すごいねえ、乙郎は」

「なんだかな——」

おちょくられているとしか思えない。

けれど長嶺さんの眼差しと口調の奥底からは、人類滅亡を見据えている確固たるものが感じられた。

同時にヒカリはどうなるのか、顫えあがるような不安に襲われた。ヒカリは最後の人類になれないのか。俺はヒカリを看取るのか。首から力が抜けていって、支えきれなくなってしまった。

「これは言ってもいいのかな」

「言ってください！」

「あのね、ヒカリはいっしょ。いつだって、いっしょ。最後の最後までいっしょ」

けれど最後の人類と名指しされた崎島は、釈然としない。大きく息を吸って問いかけようとした。長嶺さんは首を左右に振った。

「もう、喋れない。あたしも乙郎も、いますぐ死ぬわけにはいかない。そうだろう？」

「——うん」

「内緒だけれど、あたしは誰よりも全部見えてるんだ。すべて見えている」

両手で頬をはさんで、確信深げに頷いて続ける。

「だからこそ、言えない。明かせない。電波がきてるだけじゃないんだよ。近ごろは電波が張り巡らされてもいるんだ。だからせいぜい部屋を冷やしてるんだけどね」

「空気が冷たいと、電波は滞る？」

「どうだろね。凍るといいね」

「室温十七度じゃ、凍らねえよ」

「わかってないねえ、乙郎は。とにかくせいぜい部屋を冷やして白い息がでるくらいにして、ヒカリと抱きあって布団かけて寝ろ」

「はいはい」

長嶺さんは中指で鼻屎《はなくそ》をほじり、ベッドサイドのテーブルになすりつけ、指先についた鼻毛を崎島に向けて吹いた。渋面の崎島を見つめて長嶺さんが言う。

「あたしが喋ったことが電波に乗っちゃうとまずいわけだ。盗聴されたら、結末が変わっちゃう」

長嶺さんはくっついている眉毛をくいっともちあげて、満面の笑みで言った。

「だいじょうぶだよ、乙郎。ハッピーエンドってやつだよ」

中指を立てて、崎島の鼻筋を撫でる。

とたんに崎島は充電された。俯き加減の首筋に力が入った。直後、鼻筋を撫でたのが鼻屎をほじった指であることに気付き、ふたたび首から力が抜けた。

「バナナ、ありがとね。ちょい、ときめいたよ。も少し若かったらあのまま乙郎も食っちゃってたところだけどね」

頓着しない長嶺さんに崎島は柔らかな照れ笑いをかえし、叮嚀に頭をさげて辞去した。バズーカでドアが吹きとんだままの部屋をそっと覗くと、ヒカリが沙霧と額を突き合わせるようにして親密に語らっていた。

声がちいさいのでなにを喋っているのかはよくわからない。けれどお互いに笑顔で、ときに大きく肩を上下させて笑い声をあげる。しばらく見守っていると、沙霧のほうが崎島に気付いた。

「幽閉してるわけじゃない。ドアなしだろ。おまえは山際のところに行っていいんだからな。ただ、ユタの館は十三人いなければならない。単なる俺の趣味でこだわりだが、そうでないと落ち着かないんだ。だから帰ってきてくれ」

「はい。ヤマギワ農園よりも、ここのほうが居心地がいいので」

「──他の部屋に移るか？」

「いえ。新城さんの供養のためにも、ここにいさせてください。声が聞こえるんです。新城さんだけ残して一族全員、マリンコーにやられてしまったそうです。だから、今回のことはお父さんお母さんをはじめ家族に会うために必要なことだったって」

「そうか。沙霧」

「はい」

「おまえは、いいユタになっただろうな」

「そうでしょうか」

「さすがにこんな情況だ。ユタの館に運勢を見てもらおうとやってくる奴もほとんどいない。なにせ、おたんこはすべて消滅して、変にクレバーな奴ばかりだからな」

「そうですね。みんな悧巧というか小悧巧な感じで、ワンクッションない人ばかり」

「人類におたんこは必需品とまでは言わないが──」

「ですね」

軽く頷きあって、ヒカリに行こうと促す。階段でヒカリは崎島の腕をとってきた。

「オッパイ、こするんじゃねえ」

「乙郎こそ腕を私のオッパイにこするんじゃねえ」

ゆっくり、ゆっくり、一段ずつのぼっていく。崎島の耳朶を咬むくらいにまで唇を寄せてせがむ。

「ねえ、宇宙の話」

「気が早《は》ええな。じゃあ、とても不思議な話をしてあげよう」

ヒカリがすっと真顔になった。冷やかしや暇つぶしで話を聞きたいと言っているのではないことが強く伝わってきた。

「電子。わかるか?」

「素粒子だっけ? 原子とか分子を構成してるんだよ」

「そうだ。原子分子電子、なんとなくミクロの粒のように感じられるだろ」

「だね。私をとことん細かくしていくと最後にあらわれる粒」

「ところが電子は粒のくせして、波のように振る舞うんだ。まちがいなく波の性質をもっている」

「なんか、聞いたことがある。粒にして波」

「ところが、電子の奴、人間が見ようとすると、必ずちいさな粒になってしまう。だから電子の波を見た者はいない。電子は人の目を意識するんだよ」

「え——」

瞳を見ひらいたヒカリを一瞥し、これからなにを語ろうか思案する。最新の量子論から判明してきたミクロの世界の不可思議つながりで、ビッグバン以前、あるいはユニバースではなくマルチバースについて——超弦理論に絡めて無数にあるとされる宇宙を解き明かすのに、もっとも思考しやすいであろういわゆる人間原理を語ろうと決めた瞬間、崎島は息を呑んだ。

いま現在の世界の、いや宇宙の仕組みは、じつは人間原理ではなく——ヒカリ原理で成り立っている。

直観は揺るぎなく、すぐに確信に変わっていき、崎島は階段の途中で立ちどまってヒカリの色素の薄い青褪めた靄のかかった瞳の奥を凝視した。

16

「アインシュタインがいきなり立ち止まっていっしょに散歩中の友人の物理学者にまくしたてたんだ。『君は、君が見あげているときにだけ、月が存在していると、ほんとうに信じるのか？』って」

腕枕を動かしてヒカリの頭を支えなおしてやり、付け加える。

「もちろん、アインシュタインは知ってるよな」

「相対性理論の人。——名前と相対性理論ていう言葉を知ってるだけだけれど」

「うん。相対性理論は量子論と並んで、物理学の二大革命って言われている。ほぼ同時期に相対性理論と量子論は提唱されて、発展してきたんだが、アインシュタインは量子論が大嫌いというか、正確には確率解釈が許せなくて、そんなもんを認められるかって苛立ってたんだ」

長嶺さんのアドバイスに従ってエアコンの温度を最大限下げているが、まだ室内には沖縄特有の残暑の熱気が居座っていて、空気に湿り気と重みがある。

「量子論は、不確定性原理っていうんだけれど、自然の本質は曖昧であるっていうことを明らかにしてしまったんだ。ニュートン以降の古典物理学は最初の条件を決定すれば、それ以降の物質の運動はすべて機械的に確定されるっていう決定論だった」

崎島は腕枕していないほうの腕で空中に左から右に一本の線を引いてみせる。

「つまり決定論は、時速百キロで走る車は、一時間後には百キロ先に到達しているっていう、じつに俺たちの感覚に合ったものなわけだが、量子論は決定論でいう最初の条件が何一つ決められないし、その未来も可能性は複数で、どれが実現されるかは確率と偶然で決まるっていうんだ」

「確率と偶然。なんだかギャンブルみたい」

「うん。それに強く反撥したコチコチの決定論者アインシュタインは、こんな科白を吐いた。『神はサイコロを振らない』――この場合の神は物理学を指しているんだけれどね」

「意外。アインシュタインて、もっとぶっ飛んだ人かと思ってた」

「じつは皮肉なことにアインシュタインは相対性理論ではなく、光量子仮説でノーベル賞をもらってるんだけどね。アインシュタインは量子論を否定しているわけではなくて、確率解釈が許せなかったんだね」

「ふーん。で、量子って、なに？」

「量子っていうのは、物理量の最小単位のこと。量っていうのは重さや長さ、時間や速度や硬さや温度などのこと。たとえば二つの物があると、その重量の差によって、こっちの方がより重いといった具合に順番がつけられるだろう。ところが、たとえば色――。赤と緑を並べて、赤は緑より重いとか長いとか硬いっていう関係で順序をつけることはできないね。だから色は、質」

「うーん、いきなり、わからないぞ。わかったようなわからないような」

「エネルギーってアナログ的に連続していると思われていたんだけど、なぜか値がとびとびになっていることがわかって、量として順番がつけられることがわかったんだ。それで量子って表されるようになった。電子や素粒子なんかのミクロの世界の仕組みや法則を追究するのが量子論。おおむね一ミリの一千万分の一、物質を構成している原子の大きさよりも、さらにちっちゃな世界を扱う」

「見えない世界だね。見えない世界の学問をアインシュタインは嫌ってたの？」

「嫌ってはいなかったけれどね。承服できなくて許せない部分があったってこと。話がずれるけど、相対性理論は俺が光とおなじ速さで動く場合とか、重力が空間を曲げるほど強い場合とかの人間の実生活とはあまりというか、まったく縁のないところでの現象を明らかにしたものである一方で、コンピューターとかスマホとかのいわゆるハイテクってやつは量子論なしには成り立たない。半導体とかだな」

「量子論ていうのは、実用的なんだね」

「うん。実用的である一方で、いまやビッグバン以前を解き明かすことのできる重要な学問でもあるんだ。マリンコーだの腐った屍体だの、物理現象がむちゃくちゃになっちまってるときに口にするのも虚しいが、高精度百量子ビット程度ではなく、完全で完璧なエラー耐性量子コンピューターが完成するまで生きていたかったなあ」

「縁起でもない。人がいなくなっちゃうわけじゃないから、きっと量子コンピューターも完成するよ」

　だが崎島はその日がこないことを直観していた。たとえ研究者が生き残っていたとしても、もはや人類に与えられた時間はごく限られたものであるということを、唐突に悟らされたのである。それでも崎島は解説をはじめた。

基本的にいまのコンピューターはすべてフォン・ノイマン型で、すべての情報を『0』と『1』の二進数に置き換えて処理するが、量子コンピューターの概念は『0』と『1』が重なり合った状態をつくり、それぞれに情報をもたせ、並行処理して演算できるという量子論の多世界解釈によるものだ。

0と1しかない世界から、0と1のあいだにある種の無限がある世界――。0と1が重なる？　ミクロの世界には、実際にそれがあるのだ。

量子アニーラーから始まって、と崎島は説明しはじめたが、自身の願望が重なっているせいもあって話が飛躍し、難しくなってしまったことに気付き、軌道修正した。

「素数って習っただろ」

「その数以外に割ることのできる数をもたない数だっけ」

「1は素数に含まれないけれど2、3、5、7、11――と無限にある。素因数分解、わかるか？」

「わからない。忘れた」

「851を素因数分解すると23×37。23×37の掛け算は誰にでもできるけど、851を素因数分解するには1から851までの数でひとつひとつ割り算していくという面倒な方法しかないんだ」

ヒカリは崎島の腋窩《えきか》に顔をつっこんで、私はバカだから——と自嘲した。崎島はかまわず続ける。

「この素因数分解ってのが難物でな、たとえば三百桁の数を素因数分解するには、いまあるスーパーコンピューターを使っても十五万年ほどかかるんだ」

「十五万年——」

「テラ＝一兆ヘルツのプロセッサーを使ったとしても、十五万年。ところが量子コンピューターだとテラヘルツ程度の計算だったら一瞬。一秒かからない」

「なんか別世界」

「で、量子コンピューターを使った量子暗号というのが考えられている。暗号だけでなく貨幣に応用したら誰も偽造できないし、盗むこともできないという完璧な機密保持ができる。究極の代物だ。さっき階段で話しただろう、人が見ると必ず粒になってしまうので電子の波を見た者はいないっていう不思議な話。ミクロの世界の物質は観測されると状態が変わってしまうから、そして量子暗号の情報は重ね合わせて送られるから、誰かが覗き見したとたんに重ね合わせが消滅してしまうわけだ」

「いよいよ、なにがなんだかわからない」

「いま使われてるRSA暗号とかのデジタル署名なんかとは比較にならない究極のセキュリティの話だよ」

ややカビ臭いエアコンの冷風がようやく部屋全体にゆきわたった。なぜこんなに温度を下げるのか――と、崎島とエアコンの室内機に交互に視線を投げて起きあがったヒカリだったが、崎島に意図があることはわかっているのでよけいなことは訊かず、ブランケットにくるまって身を縮めている崎島を一瞥し、薄手の羽布団をとってきて崎島の軀を覆ってから、潜り込むようにして密着し、訴えた。

「ほんとうにね、なにがなんだか、わからないよ」

「うん。俺が尊敬してやまない佐藤勝彦《さとうかつひこ》先生が書かれた入門書〈「量子論」を楽しむ本〉によると、量子論が明らかにしたミクロの世界では『人が見ていないときの電子はあっちにもこっちにもいる』し、『物質は常に曖昧な位置と速度をもっている』し、『未来は厳密な法則に従って一つに決まっているわけではなく、確率にすぎない』んだ。そんな感覚的には受け容れがたい自然の真の姿をあらわにしたんだ」

潜り込んで密着していると、すぐに二人の体温が溶けあってほどよく温《ぬく》もってきた。感覚的に受け容れがたい自然の真の姿とやらだが、ヒカリの理解を超えている。話がどう関連するのかも判然としない。

「――いま乙郎が言ったことは、見ているときにだけ月があるというのかっていうアインシュタインの話につながるの？　これが私の知りたい宇宙の話につながるの？」

「そう。電子は人が見ていないときは波であるって話したよな。正しくはエンタングルメントって言うんだけれど、人が見る前は電子の波と電子の粒子が重ね合わせの状態で共存しているんだ」

もう、ヒカリはなにも言わずに肌をすり寄せる。ほとんど理解できない内容だが、一生懸命になって説明しようと頑張る崎島が愛おしくてならない。

「ヒカリが売っていたアイスクリンが一個、入っている箱を用意しよう。真ん中に仕切りを差しこんで二部屋に分けることができる箱だ。箱に仕切りを差せばアイスクリンは右か左どちらかにあるに決まってるよな」

「うん。早く食べないと溶けてしまいます」

「ははは。で、箱を開けてみたらアイスクリンは右側にありました。なんの問題もないよな」

「ないね。アイスクリンにかぎらず、物は右か左かどちらかにいるよね」

「じゃあ、こんどは電子が一個入った箱を那覇で用意しよう。それを二つにぶった切る。で、一方を那覇に置いといて、もう一方をロサンゼルスに運ぶ」

「どちらか片方は、空箱ってことだね」

「ところが、人が箱の中を覗くまでは那覇とロスの箱の中には、それぞれ一個の電子の波と粒子が重ね合わさって共存しているんだ」

「え？　那覇とロスは別の場所だよ。箱の中に入っているのは、ぶった切れちゃった二つの電子ってこと？」

「いや、あくまでも一つの電子が那覇とロスにあるんだ」

「えー、なんだ、それ」

「状態の共存。重ね合わせ。電子や光は一つしかなくても、同時に複数の状態をとることができるんだ。理解し難いことなんだが、ミクロの世界では、箱をぶった切っても一つの電子は同時に複数の場所に存在できるってこと。ただし電子が増えるわけじゃなくてね、ぶった切られた右の箱と左の箱の中に一個の電子がそれぞれ共存しているんだ」

ヒカリは口をすぼめて、なにも言わない。どんなものだろう？　と目で問いかける崎島に、ヒカリが目で先を促す。

「那覇で電子を閉じ込めて、二つに割った箱の一つをヒカリはロスに運ぶ。で、ヒカリはその片方を、開ける。ヒカリが箱を開けて中を見たとたんに波は収縮してロサンゼルスの箱にだけ、一つの粒の電子が見つかる」

崎島がヒカリの頭を優しく撫でる。

「粒は、そこにあらねばならない」

一呼吸おいて、続ける。

「けれど波は非局所性だから、その場にあるわけではない」

さらに一呼吸おいて、付け加える。

「波束《はそく》の収縮性は、量子性の真骨頂だ」

「侮ってた」

「俺のこと?」

「そう。そんなことを考えて生きてるなんて思ってもいなかったよ」

「なんか恥ずかしいが、開き直る。凄いのは人に箱を開けられて中を見られたという情報が那覇とロスに瞬時に、時間ゼロで伝わるってことだ。距離は関係ないんだ。なんの媒介もなしに同期して振る舞うわけだ。信じ難いことだが何百万光年も離れた惑星に箱が置かれていたって、電子の情報は瞬時に伝わる。光速を超越どころじゃない。量子論によるとミクロの世界では時空を超越してしまうわけだ。この量子エンタングルメント=量子もつれは、たとえばサイコロが量子力学的粒子のようにもつれていたら、何億光年離れていようが、いや距離とは無関係に、いつだって必ず同じ目が出るということだよ。この量子テレポーテーションは一九八〇年代に証明されたんだが、生前のアインシュタインはこの非局所性を信じずに『不気味な遠隔作用』って吐き棄てたんだ。アインシュタインは特殊相対性理論で自然界には光の速度、秒速三〇万キロメートルを超える速さ、情報伝達はあり得ないとしたわけだが、それを否定されてしまったんだから、心穏やかじゃないよな」

「でも、それって、なんか量子コンピューターにつながる速さだね」

「うん。ミクロの世界の量子の不思議で不可解な振る舞いは、マクロの世界に生きている俺たちには理解不能といっていいが、じつは俺もヒカリも、誰もかも、そして地球は、月は、宇宙は、すべての物質は、この量子からできあがっているわけだ。つまりマクロの世界はミクロの世界から成り立っている」

「原子。さらにそれよりちっちゃい量子」

「人が見る前は電子の波と電子の粒子が重ね合わせの状態で共存しているけれど、観察されたとたんに粒として存在するって話をしたよな。粒は、そこにあらねばならない。だからパチンコ玉の位置は特定できる。けれど波は非局所性。海辺の岩礁に打ち寄せる波は拡散してあちこちに廻りこんで普遍的にあるので、波の実体はどこにあるって断言するのは難しいだろう。でも砂という粒子は、一粒抓みあげて、ここにあると断言できるわけ。すべての不可思議は、波と粒という相反するものが共存しているという俺たちの感覚では有り得ない真実から発してるわけだ」

腋窩を擽《くすぐ》るようにヒカリが頷く。

「粒と波の重ね合わせの状態はヒカリの言うギャンブル、確率と偶然に支配されているわけで、『未来は厳密な法則に従って一つに決まっているわけではなく、確率にすぎない』から時速百キロで走っていても一時間後の未来に百キロ先にいる保証は一切ないし、目的地に到着している保証もない。マクロと、それを感じる俺たちが大雑把だから、時速百キロは一時間後には百キロ先ってわけだ。それどころか『人が見ていないときの電子はあっちにもこっちにもいる』し、『物質は常に曖昧な位置と速度をもっている』わけだ」

ヒカリが顔をくいっと持ちあげる。

「なんとなくわかってきたぞ、月に対するアインシュタインの気持ち」

「ミクロでつくられているマクロの世界だからな。月だってミクロでつくられたマクロだもんな」

「人が見ていないときのミクロはあっちにもこっちにもいて位置も速さも曖昧でわからなくて、誰かが見ていないと粒になってくれないから、夜空に浮かぶ月だって、誰かが見あげないと存在していない」

崎島は天井に漠然とした視線を投げながら頷く。

「そういうこと。でも俺もヒカリも、見ていないときだって月はあるって信じてるよな」

「うん。見たときだけ存在するっていうのは凄く変だよ」

「さすがのアインシュタインも、これには承服しかねたわけだ。ところが――」

「ところが」

「うん。アインシュタインの死後だけれど、こういったことがどんどん証明されていってしまってね」

「量子論が正しかった――」

「うん。もっとも、月に関していえば巨大だから波としての性質が弱い。物質波がほぼ一点に収縮してるってことだから、マクロである月はある一点に存在してるってことで、まあ、まちがいはない。正確には『誰にも見られていないときの月は、さまざまな場所に存在している』ってことなんだけれど」

「あっちこっちにあるのか～」

「量子論が明らかにしたのは、客観的事実なんて存在しないってことなんだ。言い換えると自然は観測されたときにはじめて状態が決まるってこと。誰も観測していないときは、なにも決まっていない。ま、見たときに、つまり観察したときに月がちゃんと夜空に浮かんでいれば、俺たちにとってはなんの問題もないよな」

「ま、そうだね」

「では崎島教授の大雑把な解説で、ヒカリ君は理解はともかく量子の不可思議かつ不可解な振る舞いの基本を知ったというわけで、次の授業に移ります」

ヒカリは崎島の胸板に頰を押しつけて、その心臓に向けて声をかける。

「理解してないけど、いいの？」

「いいの。だって俺にだってよくわかっていないから」

「なーんだ、ホッとした」

「量子論、そして量子物理学から派生するあれやこれやは、ホーキングやペンローズといった天才でないとほんとうの理解は難しいだろうな。なにせ数式の世界だし」

ヒカリが大きく顔を動かし、崎島は肋骨に心地好い痛みを覚える。

「それ！　私も乙郎の物理の本を盗み読みして、なんか一ページの十五列くらいにわたって訳のわからないカッコ閉じの数式が並んでいて、こりゃ無理だってやめちゃったの」

崎島の口許に、得意げな様子に似た笑みが泛ぶ。

「あの手は、俺にもまったくわからないことを宣言致します」

「私といっしょか。安心したよ」

崎島は笑みを引っ込め、真顔になった。

「――ヒカリは直観的に摑んでいるんだよ」

「なんのこと？」

「――なんでもない」

「変なの」

「ま、それについては追い追いわかってくるはずだ。そんな予感がする。で、不可解不思議な量子論はきりがないのでいったん終了ということで、もうひとつの物理学の不可解不思議、人間原理に授業は移るのであった」

「人間原理？　人の原理？　なんのこと？」

「宇宙の仕組み。それがね、あまりにも人間にとって都合がよくできあがっていてね、はっきりいって異様なんだ」

「都合がよくて――異様？」

「宇宙が有り得ぬほどに平べったいことに気付いた物理学者がいた」

　ヒカリが目だけあげて崎島を一瞥した。宇宙は丸いのではないかと言いたいのだろうと崎島は推しはかって微笑した。

「地球は丸いけれど、俺たちには平べったく感じられるだろう。こういう喩えは話がずれちゃうからやめるけれど、どういうわけか不自然なことに宇宙は見事に平べったいんだ。これを平坦性問題っていう」

「宇宙はほんとうに平べったくて、それは相当におかしなことだっていうんだね」

「そう。宇宙が膨張していることは知っているだろう？」

「――なんとなく」

「宇宙は減速しながら膨張していくのか、加速して膨張していくのか」

　じつはもうひとつのシナリオがあるのだがと付け加えようとしたとたんに、声がした。触れてはいけない――と声がした。崎島は加速膨張と減速膨張だけを語る。

「いまのところ宇宙は加速膨張していることがわかっている。でも、いつか加速にブレーキがかかって膨張が減速するかもしれない。そうすると宇宙は一点に収縮してつぶれてしまう」

「マジですか。つぶれちゃうのか」

眉間に縦皺を刻んだヒカリの表情がなんともかわいらしい。

「逆に、加速膨張の勢いが強くなる可能性もある。そうなっちゃうとすべての物質がバラバラになってしまって宇宙は引き裂かれてしまう」

「つぶれるか、引き裂かれるか――」

ヒカリは真顔だ。宇宙の将来について不安にちかいものを感じている。崎島は、これからの話は長く難しくなるがなるべく端折《はしょ》らずに説明することにした。

「こういったことは宇宙にある全物質の重力――収縮する力と、膨張させるエネルギーの力の関係で決まるわけだが、宇宙がどうなってしまうかの鍵は、重力源となる物質の密度にあるんだ。物質の密度が一定の値を超えてしまえば重力が膨張エネルギーを上回ってしまうから宇宙は加速膨張をやめて収縮に転じる。この境界線を『臨界密度』っていう。この臨界密度と実際の宇宙の物質の密度の比をΩ《オメガ》であらわすんだが、Ω＝1というのが俺たちの宇宙の臨界密度で、見事に平べったいということなんだ。ところが宇宙がΩ＝1になるということはまさに奇跡で、宇宙を平坦なまま巨大に膨張させるのは数学的にも非常に難しいことが証明されてる。もし宇宙の最初のころにΩが1よりもほんのわずかに大きな値から始まっていたら加速度が足りないから宇宙は一気につぶれてしまっていたし、逆にΩが1よりもほんのわずかに小さな値から始まっていたら一気に膨張しちゃってスカスカになってしまうから、俺たちのいる銀河とか恒星――天体なんてつくられる余地がなかったはずなんだ。アインシュタインの偉大なる相対性理論によれば時空間は重力で曲がる。だから空間の曲がりは平坦ではなく、正と負のどちらかの値をとるのは当然のことで、そこには無限の値があるのが論理的には当然なんだ。けれど曲率が正負、どちらの状況であっても地球なんてできあがる余地がない。だから俺たちは存在できないよね。ところが、なぜか宇宙が始まってからおおよそ百三十八億年、いまなおΩの値は1なんだ。でも、そのためには宇宙の始まりの膨張速度を百桁の精度で微調整しなければならないという途轍もない技が必要なわけだ」

「百桁。想像がつかない」

「億は九桁。兆は十三桁。兆の上の京《けい》という単位は十七桁。兆の一万倍。そこから先は、俺にもよくわからん。百桁――。まともに思い描けない」

「うーん。細かいにも程があるね。誰だ、そんな微調整をしたのは。神様か」

「神様を持ちだすと、すべての話が終わってしまうぞ」

ヒカリは崎島の鼻筋を翫びながら頷いた。

「そうだね。それになんか神様は無関係な気配がする。で、私なりにまとめてみると、縮む方向に曲がってしまう場合と、ひと息に膨張する方向に曲がってしまう場合の確率のほうがはるかに強いのに、なぜか百桁の精度で微調整されて――」

いったん言葉を呑んで、ポンと手を叩いて続ける。

「こういうの、チューニングっていうんじゃないの？　カブがほしくて入り浸っていたオートバイ屋さんのメカニックの人が、よく微調整だ、チューニングだって言ってたよ」

「そうだ。チューニングだ。快調に走るオートバイと同様に宇宙はΩ＝1に巧みにチューニングされてるんだ」

「で、有り得ないくらいに見事にチューニングされた宇宙は曲がらずに平べったくて、平坦だっけ？　平坦に膨張していって、その結果、星ができて、銀河ができて、私たちが存在する——ってことでいいんだよね」

　崎島は頷き、嬉しそうにヒカリの髪に指先を突っこんでくしゃくしゃにした。

「多分ね、ほとんどの宇宙は正か負のどちらかに曲がっていて、人間が存在する余地なんてないのが当たり前なんだ」

「ほとんどの宇宙？」

「その話は、また先で」

「なんか引っかかるな」

「質問。三角形の内角の和は？」

「一八〇度。中学で習った」

「平行線は決して交わらないってのも、習ったよな。ユークリッド幾何学だ」

「なんか懐かしい。あのころは真面目に勉強してたし」

「じつはね、三角形の内角の和が一八〇度になる宇宙ってのは、あるいは平行線が絶対に交わらない宇宙っていうのは、まさに希有《けう》な存在なわけだ」

「それは人間原理ってやつで、私たちの宇宙が例外的に平べったいからだね」

「そう。正の曲率をもつ宇宙では三角の内角の和は一八〇度よりも大きくなってしまう。球体、ボールの上に三角形を描いたイメージだ。負の曲率をもっていれば当然逆になる。乗馬の鞍の上に三角形を描いた感じだな」

「鞍って膨らんだボールとちがって、逆反りだったよね」

「そう。そこに三角を描けば角が尖る」

「なんとなくイメージできた。で、私たちの宇宙は正と負、どっちでもなくて見事に平べったいわけだ」

「うん。ボールでもなく鞍でもなくて、彼方まで永遠に続く平べったいテーブル、あるいは無限に続く横スクロールのテレビゲームの画面が俺たちの宇宙。マリオの横スクロール画面は、宇宙なんだ」

一呼吸おき、思い入れたっぷりに続ける。

「いいか、ヒカリ。想像してごらん。途轍もなく広大な宇宙空間に、途方もなく大きな三角形が描かれていることを。その三角形は歪みが一切なくて、内角の和が一八〇度ぴったりであることを」

崎島は薄く目を瞑り、脳裏に超銀河団が拡がる宇宙空間に超巨大な直角三角形が浮かんでいるところを想像した。すぐにヒカリが同期した。ヒカリの脳裏にも藍紫に沈む漠たる宇宙空間を圧する巨大な直角三角形が泛び、Ω＝1の平坦な宇宙のほとんどを占拠した内角の和一八〇度が鮮やかな銀白色の光輝を放ちはじめた。崎島とヒカリはしばしユークリッド幾何学が成立する宇宙のヴィジョンに酔いしれたが、崎島がふと我に返る。

「ここで寄り道してると人間原理の解説が滞るし、さっき口にした『ほとんどの宇宙』に踏み込むと宇宙の実体のあまりにあまりな信じ難い事実に啞然呆然慄然しちゃうから、人間原理にもどす。次は重力。N＝10の36乗ってやつ。自然界には四つの力が存在することがわかってる。鬱陶しいが一応説明しておく。重力はわかるな。伝達粒子は重力子。電磁気力は電気力と磁気力。伝達粒子は光子。で、電磁気力はなにをやってるのかというと電子と原子核を結びつけて原子をつくる力になり、さらに原子同士を結びつけて分子をつくる力になっている。重力は当然のこととして電磁気力も電気と磁石で俺たちにも馴染みだよな。で、三番目の弱い力はごく短いミクロの距離にだけ働く。弱い力なんていうネーミング、そのまんまじゃんといったところだが、弱い力を媒介する力の粒子はWとZ。すべてのクォーク、レプトンに働く。粒子の種類を変える力をもっているんだ。四番目も、やっぱそのままのネーミングの強い力は電磁気力の百倍もの力を持っていて、伝達粒子はグルーオン。クォークを結びつけて陽子や中性子をつくり、陽子同士の間に働く電気的な斥《せき》力《りょく》に打ち勝って、中性子とともに原子核をつくる。ま、弱い力と強い力はミクロの世界で働くから重力や電磁気力とちがって俺たちには直接感知することはできない。——眠くならないか？」

「ぜんぜん。わからないなりにおもしろい」

「じゃあ、調子に乗る。重力、弱いよね」

「弱い？　空間を曲げちゃうくらい強烈なんじゃなかったっけ」

「でも、電磁気力の磁石。机の上に金属のクリップを置いて、そこにかざせば引力を振り切ってクリップをくっつけてしまう。重力はちっぽけな磁石の磁力にも勝てないし、空気が乾燥しているときには静電気が暴れる。パシッとくれば否応なしに電磁気力パワーを肌に直接感じさせられてしまう」

「静電気はきついよね。なるほどね」

「微細構造定数というのがあるんだけれど強い力は1。弱い力は0・04。電磁気力は0・01だ。ところが重力は10マイナス38乗という桁違いの弱さなんだ。二つの陽子に働く重力と電磁気力の強さを比べると、重力——万有引力は、プラス電荷をもって反撥しあう電磁気力の強さの10の36乗分の1しかない。Nというのは電磁気力の斥力であるクーロン力を重力で割ったもので、N＝10の36乗だ。とにかく論理的に説明不能な不自然な弱さってことで物理学者は頭を抱えている」

「うーん、数字はわからない。けど、とにかく重力は途方もなく弱いってことだね」

「そう。重力は弱いくせに目立つよね。太陽のまわりを地球が回り、俺たちは重力で地球の上に立っている。すべては重力に支配されているみたいに感じられるもんな。でも重力が目立つのはね、じつは引っ張る力、引力しかもっていないからなんだ。引っ張る力が俺とヒカリ、そしてすべての物質にはたらき続けているから悪目立ちする。電磁気力は強力でも磁石からもわかるとおり引力と斥力をもっているから、つまりプラスマイナスで打ち消し合うから気にならないいんだな」

「強い力と弱い力は？」

「さっき言ったようにミクロの世界でしか働かないから、俺たちには感知できない」

なるほどといった柔らかな表情で、ヒカリは崎島の乳首のあたりに頰ずりし、囁くように言う。

「電磁気力はプラスマイナスで打ち消し合うし、強い力と弱い力はミクロの世界なので私たちにはわからない。弱っちいくせに重力だけがひたすら引力として宇宙に影響を与えてるってことでいいんだよね」

「そう。で、問題になるのはこの特異な重力の弱さ。たとえば仮にNがN＝10の36乗から10の30乗になったとする。たった6乗の差なんだけれど、これで重力は俺たちのいる宇宙の百万倍の値をもつんだ。そんな宇宙はどんな様子になるかっていう話。重力百万倍は、あちこちの宇宙を論理的に分析していけば当然のこととして有り得るんだけどね」

「あちこちの宇宙」

崎島はヒカリの呟きを無視して続ける。

「仮に俺たちの宇宙のNが10の30乗、重力が百万倍だとしたら、人間の大きさの生き物はつぶれてしまう。しかも宇宙空間に星が拡がることができないから各々の重力が影響しあって惑星系の成立も難しいし、万が一、惑星系がつくられたとしても星の寿命は百万分の一になってしまう。太陽だとたった一万年で燃え尽きて寿命が終わってしまう」

「あ、わかった。人類の起源は三十万年前って新たな発見があったっていうニュースを見たよ。一万年で燃え尽きちゃう太陽のまわりを地球が回ってたら、とてもじゃないけど人なんて発生？　することなんて無理だよ」

舌足らずで幼い言葉だが、崎島は嬉しくなって腕枕している二の腕にぎゅっと力を込めて同意した。

「そうなんだ。なぜか、どうしたことか、繰りかえしになるが、四つの力のなかで俺たちに常時作用する重力だけが極端に弱い。だからこそいまの宇宙があり、人類が存在してるわけだ。けれど、なぜN＝10の36乗という人間様にとってじつに都合のよい数値で重力が存在するのか、論理的に皆目わからんのだ」

「皆目わからんのか」

「わからん。理屈からすればクーロン力と重力の比はまったく異なる値でもかまわないのに、まさに人間のために誂えたような数値になっているんだ」

「うーん。人間原理。不可解だね」

崎島は頷き、けれど数値的なことをいくら口にしても真の理解のよすがにならぬことに思い至り、譬え話を付け加えることにした。

「ナントカの何乗って数字がよくでてくるよな。ちなみに電磁斥力の強さは重力の10の42乗倍なんだけど、ちょい力こぶをつくってごらん」

ヒカリは上体をおこし、けっこう筋肉質なんだよと得意げに右腕を曲げた。崎島は雑に手をのばしてヒカリの上膊を囲い、その長さを示した。せいぜい二十センチ強といったところか。

「ヒカリの力こぶの周囲の距離が重力の強さとすると、その10の42乗倍という強さはどれくらいの距離に換算できると思う？」

まったく判断がつかないとヒカリは強く首を左右に振った。

「ヒカリの腕の周囲の長さの10の42乗倍の距離は、じつは遥か宇宙の果ての、俺たちが見ることもできない光さえ届かないところを超えてしまう。でも数学者や物理学者でないかぎり、10の42乗倍といった数字からこういったことをイメージするのは、まあ無理だよな」

「うん。それにしても斥力に比べて重力がそんなに弱かったなんて――」

「まだまだ続くぞ」

「どんとこい」

自分の胸ではなく崎島の胸を加減せずに叩いたヒカリを抱き込んで、耳に息を吹きこむようにして揶揄する。

「どんとこい、なんて死語だろ」

「そうかなあ」

「よし。こんどはε《イプシロン》だ。原子力エネルギー、核融合率。太陽が輝いているのは二つの陽子と二つの中性子が核融合してヘリウムの原子核ができあがるからだ。でも融合したのにヘリウムのほうが軽くなる。その軽くなった分がエネルギーとなって地球に降り注ぐ。この核融合でどれだけ質量が軽くなるかを示す値がε。陽子と中性子が融合してエネルギーとなる核融合率は0・007。もしεが0・006未満だと宇宙は水素だけしかないものになってしまう。じゃあ0・008だとどうなるか。陽子が原子核をつくるときに中性子がいらなくなってしまうんだ。これも宇宙をかたちづくる複雑な元素をつくることができない」

「0・006と0・008のあいだ、0・007に見事にチューニングされてるのね」

「そう。0・006パーセントと0・008パーセントの狭間のエネルギーの値。いったいなんなのだ、このファイン・チューニングは」

「0・007だから人がいるってことだよね」

「そう。地球の生物は炭素からできあがっている。0・007だから炭素ができあがった。炭素原子ってのは四方向に伸びた結合手をもっているから立体構造をつくることができる。立体構造――人間だ。窒素原子は三本だから平面構造のみ、酸素原子は二本だから直線構造しかつくれない」

「うーん。わからないなりに昂奮してきた」

「が、夜も更けてきた。駆け足で行くぞ」

「駆けなくていい。ゆっくりがいい」

「わかった。しかし外では腐った屍体どもがうろついてるってのに、俺たちはこんな素敵な時間をもっている」

「素敵って言葉、似合わない」

「うるせえ」

笑いながらヒカリはエアコンに視線を投げる。

「なんで、こんなに冷やしてるの？」

「長嶺さんの命令。ユタの館には電波が張り巡らされているらしい。で、電波を凍らせるためにエアコンを思い切り下げろって」

「この程度の温度で、電波って凍るの？　そもそも電波って凍るの？」

「俺もね、言ってやったんだ。――室温十七度じゃ、凍らねえよ」

「だよね」

「でも、すっげー小バカにするように返された。――わかってないねえ。とにかくせいぜい部屋を冷やして白い息がでるくらいにしてヒカリと抱きあって布団かけて寝ろ」

「あ、長嶺さんの言うとおりだよ。もっときつく抱きあうために、白い息がでるくらいにしよう」

「もう最低温度設定だよ」

「残念」

「こんなことも言ってた。――あたしが喋ったことが電波に乗っちゃうとまずいわけだ。盗聴されたら、結末が変わっちゃう」

「盗聴。誰が？」

「わからん。が、張り巡らせた電波で俺たちが喋ってることがどこかに伝わってしまってるわけだ。それを防ぐのが、低温てことらしい」

「多分、長嶺さんが正しいんだよね」

「うん。本音で指針として万全の信頼を置いている」

ふたりは、気負いなく黙りこんで、わずかに密着をきつくした。崎島とヒカリの心は完全に共振していた。

——乙郎、Ωの説明だったっけ、宇宙の終わりについて、一点に収縮してつぶれてしまうっていうのと、逆にすべての物質がバラバラになってしまって引き裂かれてしまうっていうのだけで、三つ目の宇宙の終わり、相転移には触れなかったよね。

——うん。触れてはいけないって、おまえの声がしたから。

——私、そんなこと言ってないよ。

——聞こえたんだよ。

——あれ？　乙郎先生の講義において劣等生の私が、なんで三つ目の宇宙の終わり、相転移なんてことを知ってるんだろう。

——ほんとうはすべてを知っているんだろうな。論理ではなく、感覚的というか、超越的直観とでもいうべきか。

——ないよー、そんなもの。

——あるんだよ。三つ目の終焉《しゅうえん》、相転移を知っていたじゃないか。

——確かにそうだけれど、それじゃ、私じゃない誰かが喋ってるみたいで気持ち悪いな。

——まちがいなくヒカリだったよ。

——どういうことなのかな。

——どういうことって、いくら部屋を冷やしても盗聴される可能性があるってことだろ。

──相転移は禁句なんだね。

──そういうことらしい。

腕枕している崎島の二の腕に配慮して、ヒカリがそっと頭の位置を変えた。崎島はあらためてヒカリを優しく抱き込んだ。耳を澄ます。路上を徘徊する腐った屍体の気配を感じとる。ヒカリが声にだして呟いた。

「臭いは耐えがたいけれど、なんか切ないよね」

「ああ。切ない」

「なんで、あんな思いをしなければならないんだろう」

「地獄」

「そうか。地獄は地球上にあったのか」

「もともと地獄だったけれど、はっきり絵解きされてしまったって感じだな」

ヒカリがちいさな躊躇いをみせ、その胸に刻まれた傷痕を人差指の先でなぞりながら崎島を窺う。

「怒らない？」

「なにが」

「絶対に怒らないって約束して」

「ん。指切り」

「――乙郎は戦争のとき、地獄をいっぱい見た？」

「見たというべきか、なんというべきか」

「どっちなの？」

「不条理な感じは戦場のほうが強烈だけど、戦争してないところも、けっこう地獄。ゆるやかでなだらかな地獄ってのも、けっこうきついもんだよ」

「どういう意味？」

「生きること、それ自体がね」

「私には乙郎って人が、そんな否定的な人には感じられないけれど」

「そうか。俺の根底にあるのは、どうせ人は死ぬってことだな」

「どうせ、人は死ぬ」

傷痕に左右に指先をはしらせながら、上目遣いでヒカリが訊く。

「なげやり？」

「いや、ぜんぜん」

「そうか」

「うん。死に方はいろいろ。けれど人は必ず死ぬ。だから、俺は逆に楽天的。だから、俺は自殺だけはしない」

「いろいろな死に方に、自殺はない」

「うん。見苦しいからね。死ぬことを怖がりすぎているから自殺しちゃうんだよ」

「でも、追いつめられて苦しくて、どうしようもなくなって死んじゃう人の気持ちもわかるけれど」

「どうしようもなくなっても、生きようと足掻く。絶対に自分で心臓を止めない。絶対に自分で意識を消滅させない。苦しみは自分自身ですべて引き受ける。しなくてもいい苦労と言われればそれまでだが、俺はあえて修羅場に赴いて死にそうな苦労をたくさん重ねてきたよ。でも、生きるために徹底して足掻いてきたんだ」

「なんで、そこまで」

「理由は、ない」

崎島は口を噤む。ヒカリも黙り込む。崎島が思い出したように言う。

「強いていえば、運命。古いラテン語の運命の語義は『囁かれたこと』で、古いギリシア語では『割り当てられた持ち分』。俺の考える運命というのは抜き差しならないものではなくて、つまり決定論的な運命ではなくて、量子論的な運命にちかいかもしれないね」

理屈として理解できたわけではないが、ヒカリは大きく頷いた。運命とは——囁かれたこと。強く胸に刻んだ。

「さて、人間原理の講義の続きだ。真空を押し広げる斥力λ《ラムダ》にいきます。斥力λは理論を裏切って、なぜか重力と同様に予想を大幅に下まわる微弱ぶり。λの値が極小だからこの宇宙が成り立っているのだが、なぜ、こんなに小さいのかが大きな謎だ」

「引っ張る力も、斥《しりぞ》けあう力も、ファイン・チューニングされて極小なのか」

「そう。次はQ」

「はや！」

「Qってのは、星や銀河、そして銀河の集合である銀河団といった宇宙の巨大構造のまとまり具合をあらわす値。星や銀河、銀河団といった構造は重力で結びついている。その結合の緊密さ、つまり重力結合エネルギーと星や銀河の静止質量エネルギーの比をあらわしたのがQ。Qの値が大きいほど構造はまとまって緊密になって、ちいさいほどゆるやかになっていく」

「で、この宇宙のQの値は？」

「おっ、慣れてきたな」

「薫陶《くんとう》のおかげです。薫陶でいいんだよね」

「いいんだよ。で、この宇宙の銀河団のQは十万分の一。可能性としては充分に有り得ることなんだが百分の一や十分の一だったら、銀河団はすべてくっついちゃってブラックホールになっている。逆にQの値が十万分の一よりも小さかったらスカスカで構造そのものが生まれなかった」

「これもファイン・チューニングだね」

「うん。ではDに移ります」

「はや！」

「ははは。Dはディメンション。次元です。俺とヒカリは上下、左右、前後の三つの方向に広がっている三次元空間に生きています。三次元に過去から未来に進むしか芸のない直線的な一次元の時間を加えた四次元時空で生きています。四次元時空――。なぜか四次元時空。物理学の理論でいけば空間も時間も任意の値をとることができるんだけれどね」

「けれど、なぜか都合よく四次元時空」

「そう。二次元だったらDNAの螺旋構造がつくれないので人間様は生まれません。ホーキングがたわけた絵を描いているんだけど、消化管――口から肛門で分割されてしまっている二次元の犬。口から肛門で真っ二つ」

「私だってそうなるんだもんね。やだな、なんか。で、質問ですが三次元空間に一次元足した四次元空間だと、どうなるのですか」

「三次元空間は縦横高さ。そこに、もうひとつの方向が加わる」

「わからん」

「三次元に加わったもうひとつの方向が定められなければ、存在の位置決めができない。でも、方向がもうひとつあるのは悪いことではないって思うかもしれない」

「四つの方向があれば、なにかいいことがありそうな気もする」

「ところが三次元空間と四次元空間では重力のはたらきが違ってきてしまう。三次元空間だと重力の強さは距離の自乗に反比例。ところが四次元空間だと距離の3乗に反比例するわけ。結論は銀河の中心に近づくにつれて重力に引っ張られて螺旋状に回転して中心部に落ち込んでいってブラックホールだらけになって、俺たちのいられるような宇宙は成立しないし、なによりも電子が原子核のまわりをまともにまわれないから、原子そのものができあがらない」

「つまり人間もできあがらない」

「そう。四次元以上の空間では物質的な構造ができあがらないってことがわかっている。他にも電磁気力が四パーセント、あるいは強い力が〇・五パーセントほど強かったら、酸素や炭素は合成されないし、原子核を構成する陽子と中性子の質量の度合いが逆だったら原子は成り立たない。〇・二パーセントほど中性子が重たいから俺たちをつくっている原子が存在している。これらもじつに際どいファイン・チューニングだ。人間様のために誂えたかのような宇宙の諸々の不思議、人間原理講座、終了」

「はや！」

ヒカリが目を見ひらいて、おどける。抑えた声でねだる。

「ほとんどの宇宙とか俺たちの宇宙とかあちこちの宇宙とか——まるで宇宙が幾つもあるみたいに言ってた。それを聞かないと寝られないから！」

「強圧的ですな。では、いやいやながら語りましょうかね」

「語れ！」

「はい。じゃあ、超端折って。人間原理、ちょい信じ難いだろ。なぜ、人間にとってこれほどまでに都合よく宇宙ができているのか」

「うん。不思議すぎる。宇宙の神秘。やっぱ神様いるのかなって」

「残念。神様はいません。この不思議を一挙に解決するのが、超弦理論。四次元時空プラス余剰次元、六次元。そこから派生するマルチバース」

「マルチバース？」

「ユニバースはいわゆる宇宙。正確にはユニは単一だから、単一の宇宙。マルチは複数。マルチバースは複数の宇宙」

「まさか宇宙は幾つか、あるの？」

「幾つかじゃなくて、無限にある」

「え――」

「始まりの宇宙を①とします」

「はい」

「宇宙①の真空エネルギーは正なので、必ず指数関数的に膨張してインフレーションを起こします。アインシュタイン的な古典力学なら、これでお仕舞い。でも量子力学で明らかになったトンネル効果というものがありましてですね、宇宙①から宇宙②にバッツバッツするのです」

「はあ」

バッツバッツが相転移であることはヒカリにもわかったが、もはや崎島の言っていることはなにがなにやらといったところで、まさに、はあ——としか言いようがない。

「沸騰した水。泡がボコボコできるだろ」

「できるね」

「あれと同じように宇宙もバッツバッツすると、たくさん泡ぶくができると思えばいい。宇宙という泡は宇宙①から宇宙②、宇宙②から宇宙③と、次々に宇宙を生み続ける。それどころか宇宙③の泡も新たな宇宙Ⅰ、宇宙Ⅱと際限なく宇宙を生むってわけで、インフレーションは永遠に止まらない。すると、どうなる？」

「無数の宇宙ができあがる」

「ピンポーン。入れ子構造になった宇宙も含めて、無数の宇宙ができあがる」

「——正解した気がしない」

「ちなみに宇宙の種類は10の500乗あるということだ」

「また気の遠くなる数字だ〜。そんなたくさんの宇宙があるなんて」

「ちゃう、ちゃう。あくまでも種類。宇宙の種類。宇宙の数自体は無限」

ヒカリは呆れ果てた顔つきで仰《の》け反ってみせた。崎島はニヤリとして、言う。

「さてと。人間原理にもどろうか」

「無限にある宇宙と、なんの関係があるの」

「無限にあるなら、しかも種類が10の５００乗もあるなら、ちょうど人間様に都合のよい例外的な宇宙――たまたま宇宙の真空のエネルギー密度が理論値よりも百二十桁、百二十倍じゃないよ、百二十桁。つまり1のあとに0が１２０個倍小さい、ごく一部の特異な宇宙にだけ観測者＝人間が生まれたって、なんら問題はないだろ。無限ということは、数学的になんでもありということだから。その中には、まったく別の宇宙で、寸分違《たが》わぬ俺とヒカリがこうしてくっついてお喋りしてる――ということも確実に、ある」

「そうか！　人間原理って、宇宙が人間様に合わせてくれたって考えると超不思議なんだけど、そうじゃなくて、無限にある宇宙のなかで、たまたま人間が生まれるような環境の宇宙に、人間が生まれたってことなんだね――」

「そう。で、いっちょまえに宇宙を観測してる。で、なーんで俺たちにこんなに都合のよい宇宙が存在するのかって、びっくり仰天。ま、たぶん他の宇宙のほとんどは、観測者のいない宇宙だろうね」

「うーん。宇宙は無限にあるのか」

「泡宇宙は、最初から無限に広いともいえるな」

「そうか――。で、余剰次元？　六次元てなに？」

「――もう、勘弁してくれよ。頭が煮えてきちゃったよ。しょせん素人、ちゃんと理解できてるかどうかもあやふやなんだからよ」

「六次元！」

「宇宙は十次元でね、四次元時空に六次元くっついてるの。六次元の方向にかたちやサイズが違うと10の500乗の違った宇宙ができあがるの。それはね、いろんな構造をもつDNAや蛋白質が、すべて原子分子の配置を記述する量子力学のシュレーディンガー方程式の解になってるんだって。式は単純でも、解は極めて多様になるんだって。以上、野村泰《のむらやす》紀《のり》先生の受け売り！　もう喋らねえ！」

いきなりヒカリは崎島のうえに馬乗りになった。鋭い眼差しで睨みつける。喋り飽きたんでしょうと咎める。崎島はわざとらしくあくびしてみせる。目尻の涙を小指の先でこそげ、ヒカリを見つめかえす。しばし険しい真顔が続き、やがて頬が和らぎ、二人は弾けるような笑い声をあげた。

17

跳弾が額ぎりぎりを掠めた。

ちゅいん――という弾丸の跳ねる音から一呼吸遅れて崎島の髪の生え際あたりに跳弾にこもっていた熱が伝わった。フルメタルジャケットの真鍮《しんちゅう》の金気《かなけ》の臭いも鼻腔に忍びこんできた。

射手の位置が特定できていれば弾道は予測できる。けれど発射されて岩や壁などに当たって跳ねた弾丸の行く末は、予測不能だ。戦場では予見できぬ跳弾によって傷つき、死にゆく者がかなりいた。

まだ完全に明けていないので薄暗い。崎島は額を中指でこすり、いま、こんなところで死ぬわけにはいかないと呟いた。どうせ終末が見えているにしても――だ。

まだ薄暗いので煙幕を放散させなくても匍匐して迂回しながら進めば射手の背後に到ることができるが、すべてを早く終わらせたい崎島は、塹壕がわりの窪地に仰向けになってタバコを喫っている山際に、豚蛙発煙手榴弾と手話で伝えた。

たとえ手話でも豚蛙と言われるのがいやな山際は不服そうに口を尖らせつつも首をねじまげて目標地点を一瞥し、タバコの煙で風向きを読むと仰向けのまま慣れきった手つきで素早く発煙手榴弾を投擲《とうてき》した。

即座に深紅の煙が立ち昇り、東からの風に分厚いカーテンが引かれた。山際は腰を低くしたまま最短距離を一息に駆けた。

銃を撃つ訓練は重ねてきたのだろうが、発煙手榴弾を焚かれたというのに真正面しか注視していない。実戦経験のないことが一目瞭然で、崎島が背後に仁王立ちしていることに男は気付かず、赤い煙がピンクに薄まっていくその先を凝視している。気温は十度程度だが、その首筋を汗が伝い落ちていく。

崎島は男の後頭部に狙いを付けたが、弾丸がもったいないと思いなおし、ブラックライフルの銃身側のグリップを手にした。

構えた直後、ブラックライフルは軽量化のために銃床に発泡プラスティックが充填されていたはずだという曖昧な記憶がよみがえった。そうだとすれば、殴打には向かない。躊躇《とまど》いは死につながる。

即座に振り抜いた。

弾丸をケチってライフルを壊してしまうという本末転倒が起きたら笑い話になると割り切って、全力で頭部、蟀谷のやや上を真横に薙《な》ぎ払った。

頭頂部を狙わないのは頭蓋の厚さと、左右に逸れれば肩口を破壊する程度に終わってしまうからだ。振りおろすよりも横に薙ぐほうが銃床の軌道が大きくなる――力を込められるということもある。

崎島の的確かつ超越的な瞬発力は、射手の頭部をほぼ消滅させていた。斜め横に裂けて割れた頭から脳漿《のうしょう》を潤滑液にして千切れた脳が灰色の芋虫じみた動きで落ちていき、男の肩にまとわりつく。

男は膝をついたまま、まだ死んだことに気付いておらず、銃を赤色の煙幕の彼方に向けている。崎島は確認済みの周辺にあらためて念入りに視線を流し、残党の有無を確認して山際に合図を送り、頭部の消滅した男の武器弾薬を一処にまとめあげた。

暮れも押し迫った未明の襲撃だった。〈琉球王朝〉と称するヤクザを中心にした、沖縄に残されたヤマギワ農園に対する唯一の対抗勢力にして琉球国粋主義者たちの暴力集団の一斉蜂起だった。

国粋主義者が主体であるから当然、沖縄出身ではない山際の勢いに対する反撥も過剰なまでに加味されていて、折々にゲリラ的にヤマギワ農園を襲っていたが、ついに総力戦をしかけてきたのである。

〈琉球王朝〉の気合いは充分だったが、ヤマギワ農園は崎島と山際が希望者を募って一日四時間の軍事訓練を行っていた。男女問わずサバイバル必須の状況であるから八割以上が軍事訓練に参加していた。

なかでもこの急襲に対応しているのは匍匐前進により肘から下膊にかけて分厚い胼胝《たこ》ができているほどのヤマギワ農園きっての精鋭たちである。ヤクザや不良の寄せ集めの俄兵士に勝ち目はなかった。

崎島に頭部を破壊された男は、退却の指示がうまく伝わらずに逃げ遅れて独り窪地に潜み、自棄《やけ》気味に狙撃を繰りかえしていた。銃撃自体は筋がよく狙いは確かではあったが、ヤマギワ農園の兵士はすべてを見切ってしまっていて、撃つだけ撃たせて弾薬を消費させて仕舞いにしようと適当に挑発して消耗を待っていた。

けれど夜毎、ヒカリと夜更かししている崎島は早朝に起こされた鬱憤から、ふたたびベッドに潜り込みたい一心で発煙手榴弾を焚かせ、一気に片をつけてしまった。

皆が崎島のもとに集合した。〈琉球王朝〉側の屍体があちこちに転がっている。〈琉球王朝〉が仕掛けてきたのはある種の特攻だったが、気力ではいかんともしがたい実力差により敵前逃亡が始まってしまい、総崩れとなった。ヤマギワ農園の兵隊に死者は皆無だ。プロとアマの差は尋常ではなかった。

山際が目視でざっと〈琉球王朝〉側の死者数をカウントする。総員をかけて攻撃してきたとすると〈琉球王朝〉側にはまだ百人超の人員が残っていると判断した。傍らで崎島が大あくびした。

「俺は二度寝するから、後始末よろしく」

言いながら、崎島は頬に附着した肉片を口に抛《ほう》り込む。咀嚼する崎島を上目遣いで見やって山際が眉を顰める。

「深読みすればさ、供養のためってこともあるんだろうけどさ」

「なんのことだ」

「顔や軀に附着した肉の欠片を食うこと」

「供養はねえよ。人間の肉ってのは旨いんだよ。おおむねユッケ。ときどき香ばしい焼き肉になってることもある」

「崎島さんの癖をとやかく言う気はないけどさ、昔から心配してたんだ。基本、脳味噌は食わないほうがいいよ」

「ん、あ、そうか。これは脳か。俺がかち割ったんだから脳に決まってらあな。まだ寝惚けてるわ。ま、道理で脂身だ。おまえら知ってるか。脳味噌ってな、躍り食いすると、単なる脂身なんだぜ」

「だから、クロイツフェルトヤコブ病だったっけ？　クールー病だったっけ？　脳を食うと認知症みたいになっちゃう可能性があるらしいよ。死んじゃうんだよ。どうせなら普通の肉を食いなよ」

「Ｏｈ！　ｎｏってか」

「ダジャレかよ」

二人の遣り取りに唖然とするばかりの兵隊たちをよそに崎島は思案顔になり、山際に囁き声で相談した。

「眠るつもりだったけどよ、残りは百人程度か」

「そんなもんだろうね」

「野郎共がまた細かいことを仕掛けてきたら鬱陶しいよね。こんな時刻にまた起こされたら俺、味方を撃っちゃうよ。この際、完璧にケリつけちゃうか」

「それが、いいね。たぶんコザに逃げもどって籠もってるだろうからね。奴らってば、一軍《ひといくさ》して、自分《てめえ》ら基準で俺たちが態勢を整えるために一呼吸おいて攻めてくるって勝手に思い込んでるだろうから、間髪いれずに一気に潰しちゃおうよ」

「よし。戦車、だすべ」

「いいねえ。ヘリコも飛ばそうか」

「いいねえ。とことん戦争だ。あと、逃亡した奴を匿《かくま》った親や親類縁者、お友達その他皆殺しな」

「いいねえ、ジェノサイド」

「これで豚蛙、琉球はヤマギワ王国になっちゃうぜ。おまえが王様だ」

「豚蛙って言わないでよ。お願い」

「わかった。以後気をつけます。豚蛙」

渋面をつくった山際の額を満面の笑みで軽く弾いて、崎島は目で頭部を破壊した男の武器弾薬を示す。

ヘリだ戦車だと派手なことを吐《ぬ》かしはするが、崎島は男の武器弾薬をきっちり一処にまとめていた。山際も当然といった顔つきで兵隊たちに敵の武器弾薬その他すべてを集めろと命じる。

崎島たちを乗せた装甲車両が嘉手納基地北側の格納庫群のひとつに滑りこむ。薄暗い格納庫内には濃緑から薄緑のグラデーション半分、そして残り半分が大胆にカーキに塗りわけられた超巨大な戦車が鎮座していた。

崎島と山際、そしてこの戦車の操縦をまかされた元自動車整備工の若者は、T-84 Oplot＝テー・ヴォスィムデスャート・オプロートの傍らに立ち、感に堪えぬといった表情で三メートル近い高さの戦車を見あげる。ちなみにオプロートとは砦という意味だ。その姿はまさに動く要塞である。

戦車の操縦技術をとことん叩き込まれた元自動車整備工が、腕組みしてあらためて問いかける。

「なんで嘉手納にウクライナの重戦車が」

「世界最速。たぶん陸軍からの依頼だよ。水平対向ツーストロークディーゼルにして六シリンダーピストンの6TD-2の技術を実機で確認といったところか」

「KMDB、O・O・モローゾウ記念ハルキウ機械製造設計局の水平対向エンジンは、スバルやポルシェとちがって、向かいあうピストンが一つのシリンダを共有してるんだよ。で、動的バランスを取るために圧縮側のストロークをやや短く取るっていう巧みな小技まで用いてあるんだ。水平対向ピストンはカム一本で超強力な圧縮比を得られるし、コンパクトに仕上げられる。真のボクサーエンジンだね。先祖をたどるとドイツのユンカース社の航空機用垂直対向ディーゼルに至るらしいけれどね。ガソリンエンジンでも二〇世紀初頭のゴブロン・ブリリエってフランスの自動車もこの形式を採用していたんだけれどね、とにかくコストがかかるわけだ」

「排気量一六・三リッター、ターボチャージャー、ダイレクトインジェクション。燃料を選ばないマルチフューエル直噴ディーゼル。一二〇〇馬力二六〇〇回転。最大トルクが三〇七キログラム二〇五〇回転。ボア一二〇ミリ、ストローク一二〇×二。これはスクエアってのかな、それともロングストロークなのかな。ま、いいや。ピストン排気容積一六・三リッター。エンジン乾燥重量は一一八〇キロ。図抜けてるぜ」

細かい数字まですらすら並べあげる傭兵たちの蘊蓄《うんちく》に、エンジンオタクである元自動車整備工がうっとり聞き惚れる。

崎島と山際は実数零点単側波帯変調インターカムのヘッドセットをかぶって砲塔にあがり、二機の重機関銃を背もたれ代わりに座りこんだ。排ガスを吸いたくないからできるかぎり速く走れと命じる。尾部インターホンから操縦席に指令が伝わると、T‐84は派手に黒煙を噴いて倉庫から走りだした。

戦車を先頭に装甲車両等が五十台以上、オートバイ百三十台が従う。その威容は完全に軍隊のものである。逃げ遅れた腐った屍体が戦車に踏み潰されて、さらに装甲車両にミンチにされる。先行していた一般車両が異様な圧迫に慌てて歩道に乗りあげ、あちこちに車体をこすりつけてかろうじて停車する。

——北中城《きたなかぐすく》から高速に入っちまえ。どれくらい速度がでるか試してみろ。

——了解。最高速チャレンジします。

料金所手前で戦車の動きが一瞬躊躇いをみせた。料金所のブースを破壊しなければ通り抜けられないからだ。崎島たちが砲塔の上にいなければ全速前進で破壊してしまえばいいだけのことだが、ブースのコンクリ片でも落下してはと速度を落とす。

かまわず行けと崎島が伝える。崎島と山際は一応ケブラーのヘルメットをかぶり、縁を指先で押さえて上目遣いで落下物に備える。

返答代わりに排気口からバフッと派手に黒煙を噴きあげて、T－84は一速全開で料金所に突入した。屋根の構造物の面積がいちばん少なく、落下物も最小ですますことができる左端のETC進入口を突き進む。

分離帯に右側のキャタピラが乗りあげてオプロートは大きく傾いたが、織り込み済みなので崎島たちは砲塔上の重機関銃に腕をまわして体勢を保った。分離帯を削るキャタピラから派手に火花が散る。

料金所ブースはあっけなく崩壊し、折れ曲がった鉄筋が枯れた植物のように露出した。コンクリートの小片にヘルメットをノックされ、崎島たちは舞い散る石灰臭い埃を目を細めてやり過ごす。

高速道路の一車線の道幅は料金所の通過幅と同様、おおむね三・五メートルだが、防護スカートを合わせて全幅が三・八メートルほどの超巨大な重戦車である。二車線使わないと走行不能だ。

沖縄道に突如侵入してきたオプロートは車線をまたいで、派手に黒煙をたなびかせて轟音とともに侮れぬ加速をみせて迫りくる。軽自動車など煽られてしまうほどだ。

路面が荒れているところではキャタピラが食いついて舗装が剝がれ、捲れあがって周辺に放射状に飛び散る。その瞬間、地面が爆発したように見える。走行中の車両は狼狽気味に一斉に路肩に寄せて逃げた。

——マニュアルには整地で最高速六〇から七〇キロとありましたが、もう九〇キロを超えてます。

——兵器ってやつは、常にスペックを過少申告するもんだ。こいつも七割程度に低く見積もってあるはずだ。

——一〇〇キロ超えました！　一〇七キロ。最高速は一〇七です。

——ん。キャタピラだから、舗装路上はカーブで滑る。スピンしたら側壁に激突だ。俺たちを殺さんでくれよ。

車重四八トンが時速一〇〇キロを超えて走行しているのである。高速に入って最初の陸橋を抜けて道が左にゆるやかにカーブしているあたりの直前でオプロートはじわりと速度を落とした。

会話が操縦席に伝わらぬようインターカムのセッティングを変更し、崎島と山際は風圧を避けるため進行方向に背を向け、二人だけのお喋《しゃべ》りに興じる。

「昼がすこし塩《しょ》っぱい。沖縄ってのはどこも潮風だ。明ける前はすこし肌寒かったが、こんな季節なのに高温多湿の気配がする」

「崎島さんは、いつだって空気を、風を気にするよね」

「それが生き残るコツなんだ」

「はじめて出会ったコンゴも途轍もない高温多湿だった」

「コンゴのねっとり絡みつく熱と湿気にくらべれば、海風が抜ける沖縄は天国だよ。しかし二十年以上前になるのか。典型的な紛争ダイヤモンド地帯だったが、地獄だったな」

「地獄でした。生き地獄だった」

ほぼ最高速で戦車が高速道路上を徘徊していた腐った屍体を撥ねた。戦車の車体は砲弾などが着弾したとき、上方に撥ねあげて遣り過ごすことができるように絶妙な傾斜がつけられている。つまり空力的にとても優れた形状をしているのだ。流体力学に則って、腐肉は綺麗にオプロートの外壁に沿って上昇していった。散り散りになった腐肉が砲塔上に舞いあがる。

さすがに腐肉は食えねえな——と呟き、うんざりだといった表情で崎島が後ろ髪に附着した腐肉を刮《こそ》げ落とす。

山際はまだヘルメットをかぶっていたので腐肉はメットの曲面で整流され、スムーズに飛び去っていった。料金所通過後、崎島はヘルメットを投げ棄ててしまっていたので腐肉が直撃だ。鼻を抓みながらも山際は腰の水筒を手に腐肉を流し落としてやる。

「お互い、二十歳前のガキのころからの長い地獄暮らしだったが、なんのことはない、足を洗っても地獄だった。いま現在のこのシュールな地獄は、いったいなにが原因なんだろう」

「わからない。わかりません」

「黙示録にしては、なんか剽軽《ひょうきん》な気配さえ漂ってるしなあ。なんか趣味であれこれ、凝りまくってるみてえでな。ほんと、わからない。なにをどうしたいのか、まったくわからない」

ぼやく崎島を横目にしばらく山際は思案顔で沈黙していたが、溜息まじりに呟いた。

「このわけのわからなさを機会に、もう戦争やら麻薬商いといった殺伐としたものから逆に足を洗おうって襟を正して沖縄にやってきたのに、なぜか戦車に乗っかってる」

崎島は頭上をつかず離れずで飛んでいるヴァイパーに視線を投げた。米軍はかなりの数の兵器を放置したまま恐慌気味に撤退していった。山際は抜かりなくそれらの兵器をヤマギワ農園のものとしていた。

撤退時、沖縄に残った米兵もかなりいた。要は食料を押さえた者に従うしかないという簡単な理由からであるが、彼らのほとんどはヤマギワ農園に吸収されていた。だからその気になれば戦闘機だって飛ばせる。

山際は本土に、そして近隣周辺諸国にヤマギワ農園の方法を一切隠し立てせずに伝えていた。拡大路線に走れば破綻するだろうが、沖縄島程度の規模を保つならば、腐った屍体という無尽蔵のエネルギー源により案外労せずに生存が可能であると。

どのみちヤマギワ農園の遣り方を完全に秘匿するのは無理であるのだから、情報を得たい他勢力と武力衝突が起きぬよう先手を打ったのである。

もっとも日本の米軍基地のほとんどを引き受けていた沖縄である。自衛隊の武器もそのままだ。結果、残存兵器の所有率からいっても、武力にかけては本土は当然のこととして、周辺諸国からもヤマギワ農園は抽んでた存在であった。

台湾や中国、韓国、北朝鮮、フィリピンなどにヤマギワ農園を真似てつくられたコミューンが成立していた。なかでもとりわけ中国は強力な武装をしている。

けれど過日、ヤマギワ農園は中国側と不可侵条約を結んだ。戦えば共倒れ――というのが双方の認識だった。支配被支配ではなく、共存共栄の道を選んだのだ。

やがて中国コミューンは覇権主義に傾くかもしれないが、紛争が起きる前にこの世界自体が終わってしまっていることを崎島は直観していた。だから山際の苦労は徒労であると断じていた。もちろんそれを口にしたりはしない。

哀れなことではあるが、〈琉球王朝〉の襲撃は煮詰まって行き場を喪ってしまった国粋主義の悪あがきから発した自殺の側面もあった。期せずして山際と崎島は〈琉球王朝〉の無謀、自暴自棄に思いを馳せていた。

「沖縄の奴らにカミカゼは似合わないな」

「これでも説得や交渉は続けてきたんですけどね。好条件も提示したし」

「ヤマギワ農園につけば、少なくとも食には不自由しねえのに、破裂しちゃったな。人間てやつは飯が食えればいいってもんじゃねえっていう典型だ」

「ヤマギワイズムってのはヤマギシズムの影響がないわけではないけれど、僕なりに考えたもので、この終末っぽいおかしな世界であるからこそ農業主体ののどかな共同生活を目指そうっていう願いを込めたんですよ」

「どこがのどかなんだよ。そもそも俺んちにバズーカ撃ちこむような奴がヤマギシズムとか吐かすのは、それはヤマギシズムに失礼だ」

「こんな世界になっちゃったんだから、安定のための多少の武力行使は仕方ないですよ」

崎島が嘲笑気味に首を左右に振る。

「そういうことじゃないだろう。俺もおまえも兵隊さんから抜けだそうと眦決して、けれど抜けねえんだよ、兵隊さん」

「——抜けないですね。確かに抜けない」

山際は祈るように手を組んだ。

「それでも本音で、もう戦争は終わりにしたいもんです」

「俺たち、たくさん殺したもんな」

「殺しましたねえ」

「殺したなあ」

「でも」

「でも？」

「罰って受けてないですね。いい加減、神様とかが怒りそうなもんだけど」

「〈ヒカリ〉の園長が神様はいないって言ってたぞ」

「そうか。いないのか。僕は小心だから、死んでった奴らの断末魔を夜毎、夢に見るんですよ」

「ナイーブなもんだ」

「いつ罰を受けるかなってビクビクしてたんですけど、したい放題の崎島さんも僕も野放しでいまに到る。罰せられてない」

「うん。俺から受ける暴力以外はな」

「なんなんだろ。崎島さんから殴られたりすると、怨むよりも諦めちゃう」

「それを世間様はマゾと呼ぶ」

「そうか。マゾだったのか」

嘆息気味に呟き、苦笑気味に頬笑む山際を一瞥して、崎島は細く長い溜息をついた。

「そもそもな」

「はい」

「罰とか言ってんのはな、抽象を怖がってるんだよ。抽象を怖がってるだけなんだよ」

「難しい。わからない」

「基本認識っていうのか、戦場では俺もおまえも本当に怖いのは幽霊じゃなくて、生きてる人間だって確信してただろ」

「ああ、確かに。幽霊は引き金を引けない」

「怖いのはいつだって実体だ」

崎島は俯き、眉間を抓みあげ、また溜息をついた。水平対向とはいえディーゼルの振動がでないわけではない。さほど振幅は大きくないが、トーションバーでは吸収しきれないキャタピラの発する揺れも尋常でない。山際は小刻みに揺れている崎島の端正な横顔を凝視する。殴られるのを覚悟で問いかける。

「なにか悩みがあるの？」

「ああ」

にこり笑って、崎島は山際のヘルメットを投げやって、禿頭を撫でさすった。

「おまえの頭のように光ってる」

「なんの謎かけだろ」

崎島は笑んだままだ。山際は小首をかしげていたが、ポンと手を叩いた。

「ヒカリさんだ！」

「正解。俺は得がたい実体を得てしまったってことだよ」

「のろけ？」

「アホか、おまえは。ったく」

「ごめん」

「昔から不可解だったんだ。豚蛙は頭がいいのか、悪いのか」

「子供のころからバカ扱いされてきたよ」

「バカではないんだよな、ずれが大きいだけだよな」

「——慰めになってないって。それより、なんでヒカリさんを得て、溜息が洩れちゃうのかな」

「俺はな、おまえ以上にずーっと抽象に生きてきたんだ。抽象を弄んで生きてきたといってもいい。だから弾丸という実体も怖くなかった。実体を抽象化してたからな」

「いまは、弾丸が怖くなった？」

「いや、変わらん。ただ、当たりたくないという思いは切実になった」

「ヒカリさんを得たんだもんな。そりゃあ、変わるよな」

「――それでまいってるんだよ」

「まいることはないでしょう」

「――ヒカリを喪うことを考えるとな」

「また縁起でもない。実体を得ちゃうと杞憂まで背負い込んじゃうようだね」

杞憂で終わるならば、単なる不安が噴出しているだけならば、そんなものは時間が解決してくれる。崎島は終極の予感に内心、打ちひしがれ、顫えていた。

乙郎が『最後の人類』になるという長嶺さんの予言を言い換えれば、ヒカリの最後を、ヒカリの死を崎島が看取るということではないか。

崎島は自身の不能を念頭において呟くように言った。

「だいたいおまえたちが思っているよりもずっと純愛なんだよ」

「それは感じてるよ。肉っぽさがないもん。だからすごく恰好いいし、羨ましい」

肉っぽさがない――。山際は崎島とヒカリの恋情の本質を直感的に悟っているのだ。侮れない。

「僕は恋愛らしい恋愛をしたことがないから崎島さんが妬《ねた》ましいよ」

「俺だって恋愛なんてしたことがない」

「誰から見たってラブラブじゃないか」

「ラブラブなんて死語だろが」

崎島は山際の肩をぐいと抱きこんだ。

「もう、この話はやめだ」

「うん。それがいいね」

「いいか、豚蛙。〈琉球王朝〉のヤサを包囲したら、おまえは得意の演説をぶちかませ。コザの住民の皆様にヤマギワ農園の理念とすばらしさを念入りにお伝えしろ。すべての琉球の野郎とネーチャンに伝わるように一世一代の演説をかませ」

「――それはいいけど、崎島さんは肝心要のとこで豚蛙ってわざと言うんだよな。いつもそれをされるからね、僕ね、すごく傷ついているんだ。確かに生まれついてブタガエル的顔貌でしたよ。それは否定できない。ガキのころから理由もなく嫌われ者だったし。さんざん虐められたし。でも、こないだ崎島さんに頭蓋骨変形させられちゃって、いまやつぶれたヒキガエルみたいな顔だもん。頭蓋の歪みの偏頭痛よりもね、鏡を見るのがいやでいやで。そんな僕の演説の絶頂で、崎島さんが豚蛙って脇からマイクにむかって囃《はや》すのが目に見えてる」

「わはは、よく読んでるなあ。山際君。キミの気持ちはよーくわかった。顔面相似形についてそんなに悩んでるなんて俺には理解できなかったよ。鈍感な自分を恥じて、豚蛙は封印する」

「ほんとうに！」

「ああ。以後、山際と呼び棄てる。実力的にはいまや山際の足許にも及ばぬ崎島様の唯一の自分を保つ方策が呼び棄てだ」

「なんか信用していいのかなあ」

「はっきり言うぞ」

「うん」

「俺もヒカリも、おまえに生かされてるんだよ。山際はヒカリを生かしてくれている」

「それは違う。僕は幾度、崎島さんに助けられたことか」

「ん。じゃあ、チャラということで。これからも世話になるぞ、山際」

「はい！」

山際が勢いこんで手を差しだした。崎島はいったんその手をはたいたが、思いなおして雑に握った。山際は両手で崎島の手を握りこんだ。戦車の砲塔の上で山際の掌の熱をもてあまし、崎島は照れ笑いする。そろそろ沖縄南インター出口、コザだ。空は灰色に濁って沈んでいる。

18

国道三三〇号線、サンサン通《どお》りを重戦車が行く。

コザの十字路を直進してしばらく行ったところにある周辺でも目立って高い十階建てのマンションを〈琉球王朝〉は接収と称して奪いとり、ユタの館を真似て要塞化していた。

美里大通《みさとおおどお》りのいちばん左端に寄せた戦車の砲塔の上から首をねじ曲げてマンションを見あげ、崎島と山際は苦笑した。

「構造上、まともにふさぎようのない開口部だらけのマンションだぜ」

「しかも、後ろ、公園だよ」

「奴ら、ほんとうに素人だったんだなあ」

装甲車が公園に整列して完全に退路をふさいだ。戦車の上でヴァイパーがホバリングしている。艶消しの黒も禍々しい三砲身のM197機関砲がガナー＝機関砲を扱う操縦士のヘルメット表示照準システムの動きを感知し、回転式銃座がじわりと動いてマンションの五階に照準を定めた。

まだ早朝である。けれど凄まじい轟音に近隣の者が集まり、遠巻きにしている。さらにその背後には、腐った屍体が成り行きを見守っている。

接収したマンションに籠もる〈琉球王朝〉の面々はヤマギワ農園の素早さに啞然とし、戦車や攻撃ヘリ、そして無数の装甲車両とオートバイの群れに包囲されて息を潜めて固唾を呑んでいるしかない。

ヤマギワ農園に対抗する武器は重機関銃とバズーカが数挺、あとはライフルや短銃、手榴弾といったていたらくの〈琉球王朝〉である。未明の突撃がいかに無謀であったかをいまさらながらに思い知らされ、いかに有利な降伏条件をヤマギワ農園側に提示すべきかを幹部たちが額を突き合わせてやり合いはじめた。

そこに、ラウドスピーカーで増幅された異様なまでに囂しい山際の銅鑼声が打《ぶ》ち咬まされた。

——おはよう、おはよう、もひとつおまけにおはようさんでございます。未明にお会いしたばかりではございますが〈琉球王朝〉の皆様方におかれましてはさぞや御機嫌麗しゅうと存じあげます。ヤマギワ農法、すなわちヤマギワイズムでお馴染みのヤマギワ農園、皆様方のヤマギワ農園でございます。

——御賢察のとおり、お礼参りにやってまいりました。いきなりではございますが、そこから出てはいけませんでございます。即座に死んじゃいますから。しっかり息を潜めて頭でも抱えていなさいね〜。

――琉球の大義に死す。いいですねえ！　素敵です。微力ながら御協力いたしますから。人はパンのみにて生きるにあらず。マタイ福音書四章でしたっけ。ならば大義に死にやがれ。

――我々は御提案申しあげました。ヤマギワ農園のプラントとノウハウをお分け致しますから、それでこれからの沖縄の発展を一致協力して成しとげようではないかと。〈琉球王朝〉にはコザを仕切って、住民の方々の福利厚生を担っていただきたいと。

――食料だけでなく、コザに電気プラントを完成させるまでは電線引っ張ってやるから、ヤマギワ電気の電力までをも提供してさしあげますよという、琉球国士様方の顔をブッ立ててやった大幅妥協の御提案まで致しましたが、おまえら足りないのか、意地っ張りが過ぎちゃったのか、見事に蹴りやがったでございますね。

――住民の方々は琉球の大義なんてどーでもいいんですよ。飯が食えて、電球が光ればいい。ヤマギワ農園、ヤマギワイズムの思いはただひとつ。沖縄島すべての人が餓《う》えずに仲良く暮らしていければいい。いま、わたくしは真顔ですよ。真顔で言ってるんです。繰りかえしますね。沖縄島すべての人が餓えずに仲良く暮らしていければいい。

——ところが、おまえら、夜も明けぬうちに愚かにも攻めてきやがった。万が一、プラントに被弾でもすれば、いま現在、ここ、コザの住民の皆様方に供給している食糧が途絶えることだってあるのです。なぜ、なぜ、な〜ぜ、御自身の正義だけにしか思いが至らないのですか。な〜んで若者を先頭に突撃させたのでございますか。気力気合いでなんとかなると思ってらしたのですかあ。特攻がいかに効率が悪いか。勇者とは真っ先に死んじゃうバカの別名でございます。内緒ですけど、ヤマギワ農園の死者ゼロでございます。あんたらの死者、概算七十名ほど。どうせまだ狼狽え、混乱して、どんだけ犠牲者があったかなんて把握しておられぬでしょうから、一応お伝えしておきますね〜。

——ヤマギワ農園は武装してはおりますが、基本的に自衛のためですから、ちょっかいはだしませんですぅ。アメ公がいなくなった基地は戴きましたけれど、接収されていた軍用地は地主様にお返し致しましたしね。〈琉球王朝〉様に対しても、こちら側から手出ししたことはございませんし。

一呼吸おいて、増幅された咳払いが周辺に炸裂し、山際のぼやき声が響いた。

——ねえ、崎島さん。なんか能書き垂れてるのかったるくなっちゃったよ。

——アホ。宣撫《せんぶ》工作の一環じゃねえか。

——語るよりも見せろ、だよ。

——それも一理あるかな。なんか今朝の豚蛙はキレがねえもんな。

——豚蛙って言わないって約束したじゃないか！

——あ、すまん。長年の習慣というものは怖いものです。恐ろしいものです。

——絶望的だよ！　やりとり、ぜんぶマイクが拾ってるんだよ！　どーすんだよ！　約束守れよな！

——ビックリマーク蹴立てて迫るなよ。もう二度と言わないって約束するし。

——もう、信じない。崎島さんを信じない。

——こんなとこで内輪のケンカして、それを皆様に曝《さら》してる場合じゃないだろ。さ、機嫌をなおして——

ぷつっとラウドスピーカーの音声が途絶えた。オプロートの主砲が青白い火焰を吐きだした。

劔《つるぎ》状の焔が青から朱に変わった直後、〈琉球王朝〉のこもるマンションの中心部に拳大の小穴があいた。崎島の眼は、本来人が見ることのできぬすべてを冷徹に見守っていた。拳大の小穴は、しばし躊躇いを見せるように微振動し、けれどもう耐えきれぬといった風情で身悶えを大きくしていき、マンションの壁面に無数の罅割れを刻んでいった。あわせてヴァイパーが烈しく回転する三砲身の機関砲から無数の弾丸を放つ。崎島はその焼夷榴弾の意外に乱雑な軌跡まで細大洩らさず見つめていた。

崎島は他人事のように無限を俯瞰しているような気分だったが、構造上開口部が多く、強度に劣るマンションが崩壊するまで十数秒といったところか。〈琉球王朝〉の者たちはもはや原形をとどめていないのは当然のこととして、間近にいた野次馬のなかには命にかかわる火傷をしている者もあった。

崎島が豚蛙と口ばしってしまったことによりキレてしまった山際が、オプロートに搭載されているすべての一二五ミリ滑腔《かっこう》砲弾を撃ちこむように命じてしまったので、至近距離ということもあって砲弾はすべてマンションを突き抜け、遥か彼方の無関係な家屋その他に着弾し、諸々をランダムに破壊し、多数の死傷者がでた。

装甲車の乗員はともかく、滑腔砲弾や焼夷榴弾が万が一、流れ弾となって着弾することを怖れ、公園に集結して背後をふさいでいたオートバイの兵士たちは必死で伏せていた。彼らは頭上を抜けていく単調な、けれど単調であるがゆえに禍々しい花火を視野の端で見送り、マンションが消滅して射撃がやみ、あたりに立ちこめる煙硝の靄と塵状になったコンクリートで全身を白灰に染めあげられて、ようやく安堵の息をついた。

19

あきらかに人数が足りない。足りないなどというものではない。もはや崎島のように味方と敵兵の人数を一瞥しただけで誤差極小の数値をはじきだせる訓練を積んだ者でなくとも、児童養護施設〈ヒカリ〉に収容されている子供たちの数が大幅に減っていることが一目瞭然となっていた。

具体的には結界が張られる前に収容されていた子供たちの数、百五十名ほど。けれどいま現在は百名を割っているのではないか。三分の一が消え去ってしまっているのだ。

三月に入って沖縄は一息に春爛漫だ。気温は平均すると十九度くらいか。昼間の陽射しには夏めいた鋭さも加わっているが、とてもしのぎやすいよい季節だ。

幾何学的にひっくり返った、現実にはありえない屍体が転がっていることはもうないだろう。崎島はヒカリをともなってあえて児童養護施設〈ヒカリ〉の外周を見回りすることにした。

深紅の打上げ花火のような大紅合歓《おおべにごうかん》はしおれてきてしまったが、純白の琉球百合《ゆり》が、なだらかな丘の頂点にある児童養護施設〈ヒカリ〉の周囲を覆いつくす勢いで飾って、斜面から上昇してくる思いのほか強い風にてんでんばらばらにその純白を揺らせている。

もともと百合にしては淡い香りが魅力なのだが、いささか常軌を逸した群生である。強風に攪拌《かくはん》されていることもあるのだろうが、その噎《む》せかえる芳香が強烈すぎて崎島は顔を顰めた。

内側に入ってしまえば人数の異変には気付かぬだろうから、外から遊ぶ子供の姿をヒカリに見せようという崎島の思惑だった。柵越しに子供たちを見れば、異変に気付くのではないか。

そもそもヒカリは崎島との遣り取りで子供の消滅を知っているのだ。子供の人数が足りないことに気付いた崎島が、ヒカリ自身に指折り数えさせて六人、消えていることを確かめさせた。

だが、それ以降、ヒカリが児童消失について口をひらくことはなかった。ヒカリ自身に意図があって沈黙しているのか。なんらかの力が働いてヒカリは神隠し？　についての記憶を消去されてしまったのか。

崎島は平静すぎるといっていいヒカリの様子に、絶対的な力が働いていると推測している。ヒカリを抑えこんでしまっているのだとしたら、超越的な力だ。

だが崎島の霊感や直観に引っかかってくるものは一切ない。

長嶺さんがエアコンを最低温度に設定して電波云々と言っていたが、崎島には電波の欠片も感知できない。あれと同様だ。崎島のアンテナはたぶん寸足らずなのだ。あるいは断線しかかっている。

崎島は自身のチープな霊感を嘲笑う。海風に乱れて揺れる無数の琉球百合のダンスから視線をはずすことができぬまま、ときおり気まぐれになにやら感知するのでは役に立たないと自嘲する。

立ち尽くす崎島に、ヒカリが怪訝そうな眼差しを投げる。頬にヒカリの視線を感じた崎島は、いよいよヒカリの力が強まっていることを確信する。熱の質が高まっている。さらにクオリティーがあがっている。気功師が発する掌の熱といったものとはまったく別種かつ別格の力だ。

ヒカリの眼差しには刺さるといった棘々しいものは一切ない。だが崎島はヒカリに見つめられると実際に波動を感じるのだ。

それはゆるやかで嫋《たお》やかな、けれど密にして極めて高低の幅のおおらかな波で、一点に集中することなく全体を包みこむ。絶妙な視線の愛撫だ。鮮烈な、心地好い熱をもつ。

熱は放射状に拡がって、脳内で瞬時に淡い桜色に変換される。現象としてはそれだけのことなのだが、与えられる至福の境地は尋常でない。いまこの瞬間も、心地好くなっている場合ではない――と崎島はあえて筋肉を硬直させた。

ヤマギワ農園でもヒカリに見つめられて恍惚の吐息をついて腰砕けになってしまう者があらわれた。ヒカリに好意の眼差しを向けられた者は、必ず至福に覆いつくされる。当然ながらヒカリさんは普通の人ではないという噂が立っている。

はじめてこの超越した精神的快を与えられたときに至福という言葉が泛び、崎島は無関係だとは思いつつも、神が悪魔を捕らえ、再臨したキリストがこの地上に蘇った義人と共に支配する至福千年＝千年王国説が奇妙なリアルさをもって迫りきて、抑えきれぬ昂揚を覚えたものだ。

千年王国説には前、後、無と三つの説があるのだが、要約してしまえばキリストは文字どおり一千年間にわたる絶対的な平和が続く王国の王となり、その千年の至福の後に罪人も復活し、悪魔との最後の戦いがあり、最後の審判がくだるという。

歴史的には千年王国説はナチス・ドイツに流れ込んで、ヒトラーは第三帝国を千年王国と称し、マルクス主義にも影響を与えた。モルモン教、エホバの証人、日本では大本教《おおもときょう》に千年王国説の影響がみられる。過去には抑圧された弱者を中心に拡大し、皇帝ばかりか教皇までをもアンチクリストとして糾弾するほどの力をもっていたこともある。

崎島が傭兵として参戦していたアフリカ諸国には、指導者が千年王国説を拠り所に革命組織をつくりあげることがあった。強者にとっても都合のよい千年王国説ではあるが、虐げられた人々は常に自身の王国、千年王国を夢想するのだ。

ジブチ内戦で崎島はゲリラを組織する自称モーゼの生まれ変わりと親交を結び、彼のたどたどしいフランス語でさんざん千年王国について聞かされたものだ。

至福。

至福千年。

千年は人にとって無限といっていい幸福の時間だ。それを瞬時とはいえ実感させてくれるヒカリの力は神懸っている。

ヒカリの眼差しから与えられるものは真っ直ぐに心に作用する。至福という抽象が、具体性をもって心を慰撫するのだからたまらない。至福を与えられた者はヒカリに帰依《きえ》するしかない。

静かで穏やかで秘めやかにして柔らかな覚醒以降、児童養護施設〈ヒカリ〉に結界を拵えたという無意識の力業はともかく、ヒカリは力を自覚し、あえて加減して小出しにしている。安易に用いれば破壊と破滅に到るほどの強靭な力であるからだ。

だが、それなのに、目で見れば即座にわかる児童養護施設〈ヒカリ〉の児童消失という事実からは完全に隔てられてしまっている。絶対的な至福を与えられるヒカリを不能化してしまう力があるのだ。

これを成しているのは、いったいどのような存在なのか。崎島は琉球百合を見やったまま、呟く。

「一輪の可憐な百合の花ってイメージを裏切って、凄い繁茂ぶりだなあ」

「ねえ。もともと潮風が勢いよく這い昇ってくるところだからたくさん生えてたんだけれどね、ここまでたくさんだと、なんか白い発狂って感じだよ。よい香りもここまで重なると暴力だ〜」

「――白い発狂か」

「百合に失礼か」

「いや、確かに常軌を逸してるよ。意味は微妙にちがうけど、狂い咲きって言葉が泛んだもんな。白い発狂は言い得て妙だよ」

崎島はさりげなく園庭を駆けまわる子供たちに視線を投げる。ヒカリもつられて柵越しに子供たちの姿を追って目を細め、じつに嬉しそうな笑みを泛べる。

「天気もいいし、大はしゃぎだね」

「――うん」

はじめて訪れたとき、年長の子が仕切って遊具で遊ぶ順番を決めていた。いまは誰一人いない。誰も滑らない滑り台はその背丈をしょんぼり持てあましている。ブランコが海風に所在なげに揺れている。

結界の中に入らなくても、ヒカリには現実が見えていない。崎島は思案した。あらためて事実を告げるべきか。

なんらかの存在によって眼に遮蔽膜、あるいはシャッターをつけられてしまっているならば、しかも記憶自体を操作されているとするとしたら、この誰にでも気付く異常を告げることは、ヒカリにとって致命的なものを含んでいるという直観もはたらく。

悩んでいるうちに、ヒカリに強く手を引かれて白い発狂から離れた。握りしめるヒカリの掌の力に微妙に強引なものを感じ、思わず児童養護施設〈ヒカリ〉を取りかこんで侵蝕するかのように繁茂する幾万本にも達するであろう百合の花を振り返りはしたが、崎島は逆らわずに正門に向かった。

途中で崎島が腰を屈めてジーパンを汚した百合の黄色い鮮やかな花粉をはたくと、ヒカリも真似して花粉を飛ばした。

花粉はなかなか落ちず、コットンの織り目の奥に潜り込んでしまっていた。それでも周囲には黄色い煙幕がうっすら立ち昇る。

「百合花粉症があったら、どうしよう」

「ねえよ、そんなもん」

「――なんか、怖かった」

「百合の花か」

ヒカリは答えない。崎島もそれ以上問いかけない。

いつもどおり『残された』子供たちも、虎さんも職員も大歓迎だ。ヒカリはたちまち園児たちに囲まれた。虎さんがポンと崎島の肩を叩いた。虎さんにしてみればごく軽い接触のつもりだろうが、相変わらず鎖骨にまで伝わる重い圧力に崎島は苦笑気味だ。

「今年の琉球百合はすばらしいでしょう」

「——ここで見るのは、はじめてなので」

「あ、そうですね。平年の百倍、いや千倍、もっとかもしれません」

「やはり」

同意しつつ、千倍以上の繁茂をおかしいとは思わないのか——と、虎さんの淡いが大きく黒く丸い山羊の瞳に似た黒眼の奥を凝視する。虎さんは崎島の視線に乙女のように目を細め、うっとり呟く。

「おかげで園庭は当然の事として、室内までもが琉球百合の芳香に充たされ、つつみこまれています』

豪快な微笑というのも奇妙だが、純白の大きな前歯が覗けている虎さんの笑顔は崎島に強烈な印象を刻む。好意が一息に増すが、けれど虎さんがこの過剰な匂いを許容していることに対しては強烈な違和感を覚える。

試みに、崎島はごくさりげなく子供たちの輪のなかのヒカリに念をおくる。

崎島の念に気付いたヒカリが顔を向けた。崎島は手招きした。ヒカリは子供たちを引き連れて百合の香りを揺らせて崎島と虎さんの前に立った。崎島は無理やり笑みをつくり、一呼吸おいて鎌をかけた。

「――すばらしい香りだな」

「うん！　幸せだよ。腐ったアレの臭いばかり嗅がされてるじゃない。やっぱりここは最高。別世界。春の贈り物よ」

虎さんがヒカリの幸せという言葉に同調するように頷き、恍惚のにじんだしみじみとした口調で言った。

「私はこの芳香につつまれて毎日、千年王国を想い泛べていますよ」

「あ、私も園庭に入ったとたんに、ちっちゃなころ園長先生に教わった千年王国は、ここみたいに百合の芳《かんば》しさに覆いつくされているんだろうなって感動しました」

――千年王国！

表情こそ変えなかったが、崎島の鼓動が乱れた。通常ならば即座に正常な心拍にもどせるのに、心筋は引き攣ったまま不規則に血液を巡らせて収束せず、崎島は直立を保っていられるか若干の不安を覚えた。

「千年王国はキリスト様の王国。私はいつも思うのです。千年続くあいだ、キリスト様は独身を貫くのでしょうか」

「園長先生、それはキリスト様にとって大きなお世話ですよ」

「でも、素敵な王妃様を、奥様を娶《めと》っていただきたいものです。ヒカリは、そうは思いませんか」

子供たちが申し合わせたようにヒカリに眼差しを集中させた。ヒカリがなんと返すか注目している。子供たちの視線を浴びてヒカリは頰を両手ではさみこみ、含羞《はにか》んだ。

いや、崎島はヒカリの瞳の奥に含羞みを侵蝕する嫌悪を見てとった。気を取りなおしたヒカリが微笑をつくって言う。

「なんだか気恥ずかしいですけど、並んで立つキリスト様と王妃様の姿が泛びました。ただ──」

「ただ?」

「なぜかキリスト様のお顔がはっきりしなかった」

「王妃様のお顔は」

「見えました。──でも言えません」

「ヒカリの知っている人?」

「そうなんです! だからビックリ」

「追及はしませんよ」

神はいないと言った虎さんはどこに行ってしまったのか。これでは敬虔《けいけん》にして間抜けなキリスト教徒そのものではないか。

崎島は虎さんとヒカリの奇妙にのどかな和気藹々《あいあい》ぶりに張りさけそうな焦燥と苛立ちを

覚え、異議を唱えたかったが、どうにか抑えこんで肩を怒らせて耐えた。

同時にヒカリと一緒だからこそ、あるいはヒカリがつくりあげた結界だからこそ崎島は園内にいられるのだということを痛感していた。崎島はこの場において完全なる異物であった。

以前、園児たちに取りかこまれているヒカリを見守っていて、いまだかつてない孤独に襲われたことがあった。あれは、この凍えるような異物感の前触れだったのだ。

唇が乾ききっていることに気付いた。胃のあたりがどんより重い。呼吸も鼓動も乱れたままだ。脹脛《ふくらはぎ》が痼《しこ》って踵が地面にめり込んでいく錯覚がおきた。鳥肌がちりちり肌のあちこちを疾りまわっていく。悪寒がひどい。背筋を幾筋も汗が伝う。思わず目を閉じると、ぢんぢん痛む。眼球がひどく充血している実感がある。だらりと下がった指先が身勝手に顫えだして、それはやがて痙攣に変わって、しかも親指がくいと内側に曲がって、攣ってしまった。股関節のあたりから力が抜けていく。それは単なる脱力ではなく、筋組織や脂肪がゆるみはじめている兆候だった。

腐敗——。

ゆるみはあきらかに腐りはじめの心許なさだった。真の生き腐れが始まっている。

崎島は肉体にあらわれた際限のない負の連鎖に狼狽した。藤棚に背をあずけてどうにか立ってはいるが、腐った屍体になっていく実感に抑制は崩壊しかけている。

意識を保とうとかろうじて見あげた藤棚の藤は季節だというのに枯れ果てていて、乾ききって鈍い黒に変色した荊《いばら》のような蔓の隙間から沖縄ならではの重みさえ感じさせる碧い空が垣間見える。

毛虫？

白い。

蛆。

蛆だ。

藤蔓を無数の蛆が這いまわっている。

崎島の腐敗に合わせるかのように、蛆の粘液が落ちかかってくる。

「じつにわかりやすい幻覚だ」

ついに怺えきれなくなって声にだして呟いたが、ヒカリも虎さんも子供たちも崎島の異変に気付かず、親しみ慈しみあっている。キリストの再臨について語りあっている。とても仲良しな大家族だ。

「ならば、ぶち壊してやる」

大声を出したつもりだったが、囁き以下の掠れ声が洩れただけだった。それでも、ヒカリが視線を向けてきた。

人数、足りないだろう！　三分の一が消えてるだろう！

発声しようとした瞬間、崎島の脳天から尾骨まで錐揉み状の痛みが突き抜けた。

過去に幾度か拷問を受けた。けれど、いま与えられている苦痛は、痛みの質がまったくちがった。

拷問の痛みは精神を砕くためのものだが、あくまでも肉体を媒介とする。もちろん言葉による責めもあったが、それはあくまでもプロローグであり、神経組織をもつ肉体を傷めつけるのが本筋であり、主体である。

だが、いま崎島が必死に耐えている痛みは主に脊椎の上方から下部にむかって先を争うように駆けくだって刺し貫く肉体的苦痛に加えて、じかに精神を打ち砕く鋭利な白銀の棘を隠さず、崎島の心は無数の鉤針《かぎばり》で引き千切られていく。

崎島の心が血を流す。

それに抗って、限界まで反り返って声をあげようとする。

いい加減、目を覚ませ！　人数、足りないだろう！　三分の一が消えてるだろう！

その瞬間、長嶺さんの声が左耳を抜けて、右耳から飛びだしていった。瞬時のことだったが余韻が告げる。

『告げ口はダメだよ、おしまいは少しでも先にのばしたいだろ』

反射的に言葉を呑んだ。『おしまい』とは崎島がヒカリを看取る瞬間のことを指している。そうだ。おしまいは少しでも先にのばしたい。先のばししなければならない。

る。ふたたび藤棚に背をあずけ、切れぎれになった呼吸を正すためにぎこちない深呼吸をする。ヒカリが屈託のない笑顔で促す。

「そろそろ帰ろうか」

「――そうだな。帰ろう」

男児の正拳を掌で受けていた虎さんが振りかえって、能天気に受ける。

「もう、帰りますか。ヤマギワ農園の皆様方によろしくお伝えください。いつもたっぷり運びこんでくださるので、近ごろは食料があまり気味なんですよ。だから結界の外に放り投げるという語弊がありますが、園の外に踏み出したくないのであまった食料を近隣の方々のために門の外に出しておいています。手を合わせて持ち帰る人の姿を目の当たりにすると、なんともいえない安らかな気持ちになります。ありがたいことです」

それは人数が三分の二に減ったからですよと口を滑らせそうになったが、もはや強《したた》かな崎島にもどっていた。気にしないでくださいといった雑な会釈を返し、いよいよ粗大ゴミじみてきた軽自動車のドアをひらく。

そうか。食料を運ぶヤマギワ農園の奴らも園児消滅に気付いていないのか――と胸中で呟き、自分が腐敗していく実感を覚えたあの瞬間の恐怖を反芻し、軀のどこも腐っていないことを頭から足の先まで確かめていき、いろいろある負のヴィジョンのなかでも生き腐れは最悪だと渋面をつくり、いかにも愉しげに運転するヒカリの横顔を一瞥する。

「告げ口はダメ――か」

「なんのこと？」

「べつに」

「なんだよー、乙郎。教えろよー」

「告げ口はダメだろ」

「まあ、そうだね」

「以上」

「なんだかなー」

西日がきつい。けれど、ヒカリも崎島も目を細めることもなく平然と前方を見ている。

ヒカリは国道を左折し、宜野座バイパスに進路を変えた。

「海、見ていこう。私と乙郎の思い出の海」

左手をステアリングから離して、ヒカリが手をぎゅっと握ってきた。

硬い砂地の駐車帯に軽を乗り入れる。あのときは月のない夜だった。いまは西からの陽射しがあたりを黄金色に染め、長い影をつくっている。

防風林に踏み入ると、藪蚊が大量発生していた。藪蚊は禍々しいほどの密度で不規則な黒雲をなし、鼓膜に圧を感じるほどの羽音のうなりをあげている。

三月下旬に、藪蚊の大群である。ヒカリは立ち尽くして首をすくめている。崎島はなにものかによる嫌がらせの気配を感じとった。ヒカリと崎島の心が溶けあったあの夜に嫉妬しているというよりも、重複する藪蚊のうなりに悪意に充ちた嘲笑を聞いた。

おそらくは児童消失をヒカリの意識から消去している存在が、あえて崎島に挨拶代わりに叢立《むらだ》つ藪蚊の姿を見せつけているのだ。

ロマンチックな気分がぶち壊しだ！　と、ヒカリが鼻梁に威嚇する猫の皺を寄せた。

その鋭い表情が思いのほか美しく、崎島は見とれた。悪意の存在を忘れさせてしまうほどの力がヒカリに充ちていた。藪蚊たちは逃げだすようにふたりを避け、帯状に揺れて消え去った。

弓の湾曲をみせるちいさな遠浅の美しい浜だ。あの晩と同じく、凪いでいた。充満していた悪意は藪蚊といっしょに彼方に打ち棄てられたようだ。

思い切り伸びをするヒカリを背後から見つめて、あらためて宇宙はヒカリ原理で成り立っていると確信した。

この宇宙を成り立たせている物理現象のすべて、人間原理と称される不可思議のすべてが、じつはヒカリに奉仕している――という壮大にしてごくちいさくまとまった直観を崎島は抱いていた。

卑近なところにまでヒカリ原理を引きずりおろせば、北陸出身の山際がわざわざ沖縄にやってきたことからして出来過ぎだ。崎島がいることも知らずにユタの館にバズーカを撃ちこんだこと自体、偶然が過ぎる。

腐った屍体がゾンビ化せずに生前と同様の自我をもち、思考し行動すること自体がなにやらヒカリのために誂えたかのようだ。腐った屍体は生前と同様、常識的な抑制をもっているのだ。

しかも屍体ゆえに死ねないという宿命を負わされているばかりか、生きている横暴な人間たちに堆肥や動力源として永久機関的に扱われることに耐えかねて、近ごろは山原《やんばる》の奥深く逃げ込んでいるほどだ。

あれこれ並べあげていくとどこか妄信に過ぎぬ危うさを覚えないでもないが、崎島に言わせればもっともヒカリ原理を体現しているのは、肉体損傷による回復不能な自身の器質的インポテンツだ。

処女性に特別な意味を見いだすほど崎島自身は緩くはない。だが崎島といるということは、ヒカリは最強のボディガードを得たということであり、なおかつその純潔を穢されることはありえないということでもあると崎島は自負している。

理由は判然としないが、ヒカリは処女であらねばならない。崎島はそのためにあてがわれたのだ。

ヒカリ原理——。

諸々はこじつけめいていて、冷静に俯瞰すれば本来の崎島のような男からすれば苦笑いを泛べるか、バカらしいと吐き棄てて終わりにしてしまうような事柄だ。

けれど崎島は、ヒカリに対して宗教心に近いものを抱いてしまい、帰依してしまってい る。もはやすべての思考と感情はヒカリを主体にして作動している。

至福千年、千年王国のキリストはどうやら妻を娶ったらしい。崎島はある予感を胸に、口をひらいた。

「キリストは王妃と並んで立っていたんだろう。王妃はどんな女だった？」

ヒカリの背に問いかけると、ヒカリは背を向けたまま潮騒にまぎれてしまいそうな囁き声で答えた。

「聖母マリア様だった」

童貞のまま子を孕み、キリストを産んだ聖マリア。なかば予期していたからこそ大げさに仰け反ってみせる。

「キリストの王妃が聖母マリア？　それじゃ近親相姦じゃねえか。母子相姦だ」

「あのね、すごく言いづらいんだけれど」

「言えよ」

「うん」

返事をしはしたが、背を向けたままヒカリは躊躇っている。崎島はわざとらしく咳払いする。ヒカリは一息に言った。

「聖母マリアは私だった」

「――そんな気がしていたよ」

崎島は窃かな期待で胸を高鳴らせた。キリストという柄ではないが、聖母マリアがヒカリであるというヴィジョンならば並んで立つのは自分しかいない。

だが崎島は虎さんとヒカリの遣り取りをすべて記憶している。生得的なものと訓練のたまものだが、曖昧なところは一切ない。あんな状況でよく覚えていられるものだと自身の芯にある冷静さに呆れ、その自負が崎島を醒ます。

「キリストの顔がはっきりしなかったって言ってたな」

「じつはね、キリスト様のお顔に誰かが、誰かが――」

先ほどの躊躇いとちがって、困惑がにじんでいた。言い淀むヒカリの前に行き、目で促す。ヒカリは崎島を一瞥し、途方に暮れ、それでも包み隠さず言った。

「――誰かがキリスト様のお顔にうんちを塗りたくってしまっていたの」

意表を突かれた。

「なかなかの冒瀆《ぼうとく》だな」

「さすがに園長先生には言えないよ」

崎島は便臭を放つ黄土色のキリストを想い描き、自身がキリストという妄想を追い払った。その一方で不満がじわりと這いのぼる。では誰がキリストなのか。

だが、誰がキリストかという問いに答えなどでるはずがない。ヒカリにもキリストの顔が判然としないのだから、崎島の与《あずか》り知らぬ誰かとしか言いようがない。クソを塗りたくられるくらいならば、御免蒙《こうむ》ると崎島は気持ちを切り替えた。

「俺はヒカリに尽くして、尽くし抜いて死ねれば、それでいい」

言ってしまってから、崎島は柄にもなく口を押さえた。まさか自分がこんな科白を吐くとは——。

苦笑いでごまかすところだが、真顔を崩すことはできず、凝視するヒカリを睨みかえすように見かえす。

ヒカリの胸が烈しく上下している。崎島の本音に情動を烈しく刺激されているのだ。崎島は若干の羞恥を覚えているが、本心からの言葉なので昂然とヒカリを見つめている。

いきなりヒカリが抱きついてきた。

西日に黄金色に染めあげられて、ヒカリと崎島は深く熱く切なく狂おしい接吻をした。

ヒカリが崎島の背を掻き抱く。絶対に離してなるものかという切実が、崎島の背に突きとおって、ケロイド状に盛りあがった刺青を裂き、血と粘液がじわりと流れた。

「おおお、いいねえ、愛の姿だねえ」

「おったっちまうじゃねえかよ。たまらん」

「オッサン、次は俺の番な」

「まじかよ〜。好い女だ。シャレにならねえよ。こんな女とできるなんて」

いかにもチンピラといった四人の若造がはやしたてる。接吻に夢中で、尋常でない昂《たか》ぶりの渦中にあり接近に気付かなかった。駐車帯に駐めた軽に気付いたチンピラ共が恐喝でもするかと浜までやってきたのだ。

崎島は投げ遣りな溜息をついて、吐き棄てた。

「まったく三流の小説にありがちな絵に描いたような展開だな」

その言葉に同調するかのようにチンピラたちは板バネの金属音を響かせてフォールディングナイフを開いた。力みのない手指から、それなりに扱い慣れていることが伝わってくる。

薮蚊の大群にチンピラと、いかにも崎島とヒカリを小バカにした遣り口だ。おなじことをヒカリも感じているらしく、その頬からは血の気が引いて、ただでさえ白い肌が底暗くみえるほどに青褪めている。

「乙郎、私がやろうか」

「ヒカリはこんな汚いものに関わってはいけない」

「だって、腹が立つ！」

ヒカリの白い蟀谷に泛んだ淡い稲妻のような静脈にすっと触れ、崎島はもう片方の手をジーパンの臀ポケットに挿しいれた。ヒカリがすこしだけ顎をつきだして、崎島が手にしている物を凝視する。

「どんなパンツを穿いていても、いつもお臀のポッケが変な恰好に膨らんでるから、いったいなにを入れてるのかって好奇心満タンだったんだけれど、なーんだ、ペンチか」

「いまはもう気遣い不要なんだけど、習い性になっててな。警官に職質されてもラジオペンチを持ってることを咎められることはないだろう」

開いたり閉じたりしながら、続ける。

「充分に吟味した一品でござる」

「CRCの匂いがする。私たちの出逢いの香りだね」

「ああ、懐かしいなあ。おまえは要領よく事務椅子にCRCを噴いた。あのとき、もう惚れ込んでいたんだろうな」

チンピラ共など一切眼中にない崎島とヒカリの遣り取りだ。

崎島が手にしているのはロングラジオペンチと呼ばれる工具で、細かな電子部品をつかんだり切断するための精密作業用だ。狭い場所にも挿入できるように普通のペンチとちがって口先と呼ばれる先端が鋭利に尖っていてやたらと長い。

「こいつはそんじょそこらのラジオペンチじゃないぞ。KNIPEXだ。ドイツはブッパータルの工場でつくられたゲルマンの逸品だ。鍛造バナジウム鋼、オイル焼き入れ焼きもどし処理した最高のバナジウム鋼で、カッター部の硬度はHRC61という値を誇るし、なによりも口先長七三ミリは俺の使用目的にぴったりなんだぜ」

戦車のときにも、ずいぶん「蘊蓄」を披瀝したらしい。ヒカリは呆れた顔で、しげしげと崎島の顔を見つめる。

軍ヲタという称号だけでなく、ペンチヲタあるいは工具ヲタと呼ばれかねないことに思い至った崎島は、わざとらしく咳払いをするとチンピラたちに向きなおった。

完璧に無視されて毒気を抜かれていたチンピラたちだったが、先端が異様に長く細く尖ったペンチを掌の側を上にして保持するという不可解な持ち方で器用に開いたり閉じたりする崎島に、あらためてフォールディングナイフを構えなおした。

「そんなもんで遣り合おうってのか」

薄笑いを泛べて真正面の男が言った。崎島は肩をすくめると、ちいさく頷いて散歩のような歩調で男の前に立った。

男が崎島の顔に狙いをつけ、ナイフを斜めに振り抜いた。崎島は完全に見切っていて、わずかに首を動かしただけで避けた。同時に口先をめいっぱい拡げたラジオペンチを力みなく突きだした。

しゅぷっ。

いかにも水気を連想させる音がした。

ペンチの左右の先端が根元まで、男の左右の眼球に突き刺さっていた。

崎島は即死した男をしばらくペンチの柄を握ったまま支えていたが、渇ききった眼差しで溜息をつくと、度肝を抜かれているチンピラたちを一瞥して突き刺さっているペンチを叮嚀にこじって抜いた。

内圧に負けた左右の眼球が飛びだした。眼球は灰白の脳髄を道連れにしていた。ずるずると脳味噌が流出していく。

「これは出血がほぼないところがスマートだよね」

こんなものだろうと独り言《ご》ちて、目玉が浜の砂に落ちる前に崎島は男を軽く蹴り倒す。男は穏やかで澄みわたった波打ち際に仰向けに倒れた。

男は引き波に誘われて少しずつ海に引きこまれていく。眼球は脳の脂質の軽さに助けられてしばらく穏やかな波に弄ばれて左右不均等に拡がって浮かんでいたが、ふと我に返ったかのように沈んでいった。

硬直している男たちに、崎島が視線を投げる。男たちは申し合わせたようにぎこちなく喉を鳴らし、あとも見ずに逃げだした。

その背に向けて、ヒカリが左手をかざす。崎島が首を左右に振る。

「だって、まだ腹が立ってるもん」

「人殺しは俺の役目だ。おまえはこれから先も絶対に人を殺してはいけない」

「乙郎の悪影響で、人を殺すのが一概に悪いっていえない気分なんだ」

「俺のせいかよ」

「そうだよ。乙郎のせいだよ」

崎島はラジオペンチを閉じて臀ポケットにもどした。

「先っちょくらい、海で洗えよな」

「なにを威張ってるんだよ」

「恰好いいね、乙郎は」

「まあな」

「なんで人を殺したらいけないの？」

「なんでだろ。自分が死ぬのが、自分が殺されるのがいやだからだろ」

「私ね」

「うん」

「箍《たが》が外れそうで、ちょっと怖い」

「だいじょうぶ。俺が見張ってるから、外れない」

「私だけ汚れなくていいの？」

「うん」

力があるから使えばいいというものでもない。処女を守りとおし、人殺しとも無縁でいてほしい。

チンピラの屍体は珊瑚礁に引っかかっているのだろうか、はるか沖に浮かんだまま動かなくなっていた。崎島はヒカリの肩にそっと手をまわす。ふたりは静かにたたずんで屍体を見守る。

「魚、跳ねた」

「御馳走がやってきたからな」

「なんなんだろ。わりと納得できる光景」

「——そろそろ帰ろうか」

「キスしてくれなければいいや。それもディープなキスじゃないと、いや」

崎島はヒカリの肩にまわした手に力を込めた。

ふたりが息を乱して接吻しているあいだに沖の屍体は静かに沈んでいった。その上空を軍艦鳥だろうか、巨大な翼長を誇る黒い鳥が柔らかな弧を描く。

20

よく耐えたね——と長嶺さんがおざなりに褒めてくれた。長嶺さんと崎島は並んでベッドに座っている。隣に座れと長嶺さんに命じられたのだ。ちらっと視線を投げた枕には長嶺さんの太くて長い抜け毛が大量にまとわりついていた。

「声帯が裂けてもいいから、ガキ共が消え去ってるって教えたかった。長嶺さんが言うような告げ口じゃなくて、事実じゃないか」

「だからこそ言っちゃいけないんだよ」

長嶺さんが肩で息をしていることに気付いた。土気色の頬は尋常でない。

「しんどいのか」

「まあね。寄りかかっていいか」

「もちろん」

長嶺さんは崎島の肩にことんと頭をあずけた。ずいぶんでかい顔だ。が、重みはほとんどない。

「ずいぶん毛が抜けちゃったね」

「白髪も出てきた」

前日の精気が欠片も見られなくなっている長嶺さんだった。一気に老けてやつれてしまっている。

「俺に告げ口するなって声がけしてくれたからか？」

「それもある。ああいうのはアンテナ、最高に押っ立てなければならんから、じつに疲れるんだよね」

「他には」

「よくわからない。でも、あからさまに動きだしたね」

「——藪蚊が大量発生してた。俺は腐れてしまった。こんな筋書きでいいのかよって感じで、チンピラに絡まれた」

「おちょくってるんだよ」

「そんな感じはしたな」

「弄んでるんだ」

「うん。でも、それについて長嶺さんはあまり語れないんだろう？」

「そういうこと。からかわれているうちはいいけどさ、逆鱗ていうのかい、逆鱗しちゃったらあたしはこの世から即座に消えちゃう」

「逆鱗されちゃって長嶺さんがいなくなったら、俺とヒカリはおしまいだ」

「あんたらは、なんとかやってけるよ。少なくともヒカリは死なない」

崎島は怪訝そうに長嶺さんを見やる。崎島はヒカリの最期を看取る役目だったのではないか。長嶺さんはなにも言うなと首を左右に振って、ついでに首をぐりんと回して頸椎をボキボキ鳴らした。

「それよりも、逆鱗がいよいよ沖縄だけにしようと決めたみたいだよ」

「なんのこと？」

「なんか準備が整いつつあるんだね。逆鱗君はヒカリのいる沖縄を除いて地球の全人類を面白可笑しく消す算段をはじめたよ」

「つまり、ヒカリのために全人類抹殺？」

「そう。沖縄にいてよかったね。早い遅いの差はあるけどさ、他の国の奴らよりは長生きできるよ。崎島もあたしも、まだヒカリにとって必要らしいから、さらにちょい長生きできそうだよ」

　長嶺さんは洗髪をさぼっているらしい。かなりの臭いがする。けれど嫌悪感よりも安らぎを感じさせられて、さりげなく崎島はくんくんし、一番の疑問を口にした。

「逆鱗君の目的って、なに？」

「流行の言葉でリセットって言うのかい？　地球をいったん終わらせて、千年国ってのをつくるらしいよ」

「千年王国！」

「千年国じゃなくて、千年王国か。なんで乙郎が知ってるんだ？」

「いや、それにまつわるあれこれが――」

「あ、細かいことはいいよ。聞くのが面倒だから喋るな」

「俺も面倒だから喋らないが、全人類を消す算段て、どんな手口だ？」

「腐った屍体」

「腐臭はきついが、結局は人畜無害じゃないか」

「相変わらず間抜けだね」

「それは、俺自身確信してる。ヒカリ原理とかを真剣に考えている自分に呆れてるし」

「ヒカリ原理か。それは、いいんだよ。まさにこの世はヒカリ原理で動いてる」

「長嶺さんに御墨付きをもらったぞ」

「うん。世界はヒカリを中心に回っているんだよ。ヒカリの与り知らぬところでね」

与り知らぬというところが若干気になったが、話をもどす。

「——腐った屍体のなにが問題なんだ？」

「ゾンビみたいのだったら、駆除すればいいわけだろ」

「まあね」

「けれど、あいつら死なないだろ。自分の首抱えてうろうろしてやがるだろ。首と胴が生き別れ——じゃなくて、死に別れかな、よくわかんないけど、とにかく生きてるときとおんなじように考えて行動するだろ。喜怒哀楽ってのか、生きてるときとおんなじ感情をもってるだろ。あいつら、生きてる人間の横暴に耐えかねて山原に逃げこんでるだろ」

「ま、ヤマギワ農園のプラントを動かすには充分な腐肉を確保してるからね。山原でのんびり過ごしていただきましょうか」

「あんたは、ほんとに間抜けだったんだね。あたしが、あいつらは首がもげてるだけで生きてるときとおんなじ心をもってるって教えてあげてるのに」

「それがどうかしたの」

「あいつらが鉄砲もったら、どうなる？」

「武器をもつ――」

「そう。あいつらが武器を手にしたら、不死身の兵隊さんじゃないか」

崎島は目を剝いた。まさに長嶺さんの言うとおりだ。

「あいつらを粉々にしても、たぶん寄り集まって引き金を引くよ」

崎島は脳裏に、腐肉の細片が絡みあって重機関銃にまとわりつくところを見た。

「崎島は、あいつらを殺せないんだよ」

急に肩に長嶺さんの頭の重みを感じた。邪険に押しもどしたいところだが、そうもいかない。

「なんであいつら山原に引きこもったのか。侮ってると痛い目見るよ。逆鱗君が事を起こす前に、ある日、首なしの兵隊さんがたくさん押し寄せてきて、あたしたちはぶっ殺されちまう」

腐った屍体と生きている人間の割合は六対四である。数においても腐った屍体が圧倒的な優位にたっている。この六割は、死なないのである。

「どうしたらいい」

「お告げによると、あたしの頭が重くて鬱陶しいと苛立ってる男が、山原の腐った屍体のリーダーに直談判に行くようだね」

崎島は自分を指差した。長嶺さんは嬉しそうに頷いた。腐臭の群れに直談判。談判以前に嘔吐してしまうのではないか。泣きそうに歪んだ崎島の唇を、長嶺さんがおもしろがってなぞる。

21

得体の知れぬ逆鱗君の全人類抹殺は着々と進んでいるようで、腐った屍体の攻撃を受けていた中国コミューンからの連絡がついに途絶えた。

ヤマギワ農園の者が諦めずに軍用無線から離れず、ひたすら応答を求めたところ、ざらついた嘲笑が響いて『没有人住在大陸上了』――もう大陸で生きている者は一人もいない、と返ってきたという。

ほぼ同時に台湾、韓国、北朝鮮、フィリピンのコミューン、さらにはつながりは薄かったが南北アメリカ、欧州、アフリカ、ロシア等々とも連絡が取れなくなった。

これらから推測すれば、沖縄を除く全地球規模で徹底したジェノサイドがおこなわれ、世界は死んだ人間と腐った屍体の両屍体に覆いつくされたことになる。

沖縄島においては、山原に近づいた者は容赦なく射殺されているとのことで、遠巻きにして見守っている状態だ。

ただし近づきさえしなければいたって平穏で、動きらしい動きはみられない。ところ構わずうろついていた腐った屍体は那覇をはじめ市街地からは完全に消えて、沖縄北部以外はのどかなものだ。

だが、事態は予断を許さないらしい。猶予もないという。腐った屍体のリーダーにむけて使者が訪れると念をおくったとのことで、長嶺さんに急かされて山原に行く日を無理やり決められてしまった。

純白の琉球百合の香り、いや毒気にやられた三日後に、こんどは腐肉の臭いを嗅ぎに行けと迫られた崎島は膨れっ面を隠さない。

春の陽射しにはいよいよ強烈な夏の棘が隠されていて、半袖だと二の腕がじりじり焦げていくのがわかる。いっしょに行くと言ってきかないヒカリが苛立たしい。あえて間近であの芳香を嗅ぎたいというのか、と胸中で吐き棄てる。

結局ヒカリは崎島の専属運転手で、ハンドルを握って機嫌がいい。崎島は小指で鼻をほじり、パネルに鼻屎をなすりつけ、横目でヒカリを見る。

「物好き極まれりだ」

「乙郎の行くところには、どこにでも行く」

「よろしい。健気である」

「ガスマスクはある？」

「ねえよ、そんなもん。ガスマスクつけて御対面なんて、先様に失礼だろうが」

「うーん。なんかいい方法はないかな」

「『羊たちの沈黙』では、腐乱死体を検死するときに鼻の下にヴイックス・ヴェポラップを塗ってたな」

「なに、それ」

「メンソレみたいなもんかな」

「すーっとするやつだ？」

「うん。防臭効果のほどはわからん。それ以前にヴイックス・ヴェポラップもメンソレータムも手に入らなかった」

「耐えるしかないね」

「――金武《きん》に寄れ」

「なにがあるの」

「金武の鍾乳洞に泡盛を預けてある」

崎島は古酒蔵と称する巨大鍾乳洞を転用した金武酒造の酒蔵に泡盛を保管してもらっていることを手短に説明した。年間を通して気温十八度の洞窟に泡盛を安置して熟成させるのだ。

「沖縄に引っ越してきたときに真っ先に泡盛の熟成を依頼したってわけだが、二十年保管で四万円也。預けたらきれいに忘れてた」

「要は、素面《しらふ》ではとても行けないから、酔っ払うってことだね」

「然様《さよう》でござる。古酒《クース》。お主も呑め」

「私は運転手だから、いいよ」

「――先様の前で吐いたりするなよ」

ヒカリは上目遣いで大量の腐った屍体に囲まれているところを想像した。

「自信、ないけど。でも、酔っ払って気持ち悪くなって吐く確率のほうが高いと思う」

「なるほど。では、余が一人で泥酔致す」

同行を拒否したのに、あえてついてくるおまえが悪いと崎島は突き放した。日常では死臭腐臭が近づいてくれれば距離をおくことができるが、使者として出向くのだからそうはいかない。ヒカリはちらりと崎島を見て、不安げに軽自動車を加速させた。

沖縄本島は隆起した珊瑚で成立した地形なので、鍾乳洞ができやすい。ガマと称される洞窟の数は大小あわせて二千ともいわれる。なかには珍珍洞なる呆気にとられるリアリズムにして珍奇の極致、なかなかに愉しめるヴィジュアルのものもある。

金武鍾乳洞は無人だった。灰色の金属製の階段を降りていく。グレーチングの隙間から覗ける地の底は、かなり深い。

当然ながら電力の供給はなく照明は消えていたが、夜目がきくふたりは労せずして湿気の強い洞内に降り立った。鍾乳石から雫が滴りおちてヒカリの首筋に悪戯し、ちいさな悲鳴があがる。

内地の鍾乳洞だったらこのように大胆に鍾乳石を削りとることは許されないだろうが、広大な洞内の岩肌を抉って頑丈な棚がひたすら設えてある。そこに所有者の名札がついた酒瓶が無数に並んでいるのだが、荒らされてずいぶんなくなっていた。

「そりゃあ、呑兵衛は狙うよな。俺のはだいじょうぶかなあ」

棚の端には預けた者の酒瓶が探しだせるように干支表記から始まる表示が設えてある。棚の前で崎島は頭に手をやって記憶を手繰り、最上段に酒瓶を収めてもらったことを思い出し、見あげた。

「上は安泰だが、梯子がなけりゃ届かねえ」

「私がとってあげるよ」

ヒカリの言葉が終わらぬうちに酒瓶が降ってきた。崎島はかろうじてキャッチし、名札を確認して横柄に頷き、ついでにもう三本ばかり落としてくれと顎をしゃくった。

「えー、よその人のだよ」

「本土の奴のもんを落とせ。もう、取りにこないから」

沖縄自動車道にはもどらずに国道三二九から三三一と三桁国道をつないで山原に向かっ

ているうちに、ラッパ飲みしている崎島はすっかり出来あがってしまった。

足許には四本の空瓶が転がっている。崎島はシートに浅く座り、両足をダッシュボードの上に載せて弛緩しきった顔で揺れている。なんともいえない行儀の悪さだ。呑むと顔色を喪うタイプで、剣呑《けんのん》なものが漂う。

海沿いから離れてカーブの連続する山間部に入った。カーブを抜けるときの横Gで空瓶があちこち動いてぶつかり、澄んだ、けれど乱雑な音をたてる。

大口をひらいて大いびきの崎島は右カーブのたびにヒカリにぶつかってくる。邪険に押しもどしてヒカリは顔を顰める。

「涎、たらすなよ〜」

ぼやいた直後だ。道路がテトラポッドで封鎖されていた。ヒカリは素早くブレーキを踏んだ。

窓は閉まっているが、錆びて穴だらけの車だ。腐臭を嗅いだ。

不思議なことに不安は感じなかった。苦笑いしつつヒカリは高いびきの崎島を起こすかどうか思案する。

明確な境界は曖昧だが、山原は読谷岳以北を指し、本島の三分の二を占める広さがある。そのほとんどが山林や原野なので山原と称される。

山原には村落だけでなく、名護市も含まれる。このあたりも山間部に入れば名護市なのだろうが、棲み分けというのもおかしいが、北部でいちばん人口が密集している名護市街に腐った屍体は出没していないと聞いた。

五名、いや五体の武装した腐った屍体が近づいてきた。ヒカリはエンジンを切った。

コンコンと窓を叩かれた。ガラスに緑がかった薄クリーム色の粘液が附着し、だらりと垂れ落ちた。

ヒカリは思いきってドアをあけた。ずるいとは思ったが、嘔吐するよりはましだ。臭いに関しては試したこともなかったが、能力を用いて臭気を遮断した。

この男は？　と、腐った屍体から問いかけられた。

「見てのとおりの酔っ払いです」

「使者と聞いたが」

「はい。談判しにきました」

談判の余地などない。そんな意を込めて腐った屍体は肩をすくめた。

肩の骨が外れた。

傍らの腐った屍体が、大きな知恵の輪をいじるような手つきで剝きだしの骨を嵌《は》めてやった。腐った屍体たちは臆せずに相対しているヒカリの美貌に浮かれ気味だった。

じつに幸せそうな顔で大口をあけて寝入っている崎島だったが、幾匹かの蠅が口の周囲の泡盛の香りに誘われて腐った屍体から飛び移った。

執拗に唇にまとわりつき、やがて目を丸くしているヒカリの眼前で、崎島の口中に這入り込んでしまった。

「やばっ!」

あわてて崎島を揺りおこす。

唸りながら目覚めた崎島が無自覚に口中の蠅を飲みこんでしまったのを見てとって、さて、この事件を報告すべきか、黙っていたほうがいいのか、ヒカリは車内のフロアに転がっている泡盛の空き瓶を一瞥しつつ困惑気味に思案した。

崎島の言うところの先様は蠅がたかり放題で、しかも全身から蛆を撒き散らしているのだから、たかが蠅を飲みこんだくらいで騒ぐのは失礼だと結論した。

千鳥足の崎島だったが、眼前にやってきた六輪駆動の対爆戦闘用装甲車両カイマンを目の当たりにして、いきなり背筋が伸びた。どのようにして入手したかは不明だが、腐った屍体の軍備は徹底していると直感したからだが、ポルシェのケイマンじゃねえぞ——と酔っ払いならではの意味不明の半笑いの独り言も忘れない。

十人乗りの巨大装甲車の最後部に乗せられて、国道を左折して林道を行く。山原は植物の天国だ。異様なまでに亜熱帯の緑が濃い。得体の知れぬ虫の声も囂しい。

林道は沖縄の土独特の鮮やかな赤茶けた色をあらわにして不規則にうねり、上ったり下ったりを繰りかえしつつも少しずつ高度をあげていく。

珊瑚の成れの果ての尖った石灰岩が露出しているので、タイヤが弾かれて癇《かん》に障る騒々しさだ。道幅に対してカイマンの車幅がぎりぎりなので、ときおり路肩が崩れ、車体が大きく傾く。

死んじゃってる人は気にしないだろうけれど、私と乙郎は生きてるんだから、崖下に落ちたらどうしよう――と、ヒカリはきつく手を握りしめ、首をすくめる。

長嶺さんに山原に行けと命じられてから、崎島は沖縄北部の地理をとことん頭に叩き込んでいた。酔いで朦朧とする頭に気合いを入れ、おそらくは一《ひと》ツ岳《だけ》にむかっていると当たりをつけた。窓外に視線を投げれば、完全武装の複数の腐った屍体が要所要所に必ず配置されている。

腐った屍体の一人が、蛆や蠅がヒカリを避けていることに気付いた。ヒカリの体型に沿って透明な膜があるがごとくだ。

崎島は足を這いあがってくる無数の蛆をあきらめ顔で見やっている。それでもときおり片足をあげ、もう片方の足を這いまわって蠢く蛆を雑に刮げ落とす。泡盛の匂いが気にいった蠅を顔に幾匹も貼りつけて前屈みになって酔いの息をついている。

道幅がせばまり、カイマンが進めなくなった地点の右側に登山道があった。崎島は息が上がり気味だったが、ジーパン越しのヒカリのすばらしい臀を鑑賞しつつ五十メートルほども登ると山頂だった。

烈しく脈動する蜂谷と強烈な喉の渇きを意識しつつ、岳という大仰な名を与えられているが、この感じだとたぶん標高三百メートル以下だと見当をつける。

山原のジャングルの合間に、地元の者が言う大湿帯《オーシッタイ》らしき広大な窪地が見えた。辺戸《へど》岬《みさき》方向と当たりをつけた。頭の中の地図と照合して、この山は標高二百九十五メートル、一ツ岳であると断定した。

山頂から南側にすこし下ったところに米軍の巨大カモフラテントを主体にした腐った屍体の総司令部があった。攻めあがれぬよう崖際に設えられたそれは戦国時代の城塞、曲輪《くるわ》を想わせる。

眼下の名護市街に続く林道の拡張部分に第三世代主力戦車M1エイブラムスが十五台駐まっていた。いかにも沖縄といった風情の簡易ブロック製の武器庫らしいものも点々とつくられている。武装した装甲車の類いも相当数ある。近くには五機分のヘリポートも増設されていた。

テント内の武器ストックも充実していた。残存米軍兵器のほとんどはヤマギワ農園が接収したはずだが、いったいどのようにしてこれだけの軍備を整えたのだろう。

ヒカリが肘で崎島をつついてきた。とっくに気付いていた。だが、あえて知らん顔をしていた。

あらためて指摘されると酔いもあっておかしさが迫りあがってきて、もうすこしで遠慮なく笑いだすところだった。ヒカリが耳打ちしてきた。

「そっくりだよね」

「まあな」

崎島は顔の筋肉を固めて、ことさら無表情をつくったが、腐った首が並んでいる棚は、金武鍾乳洞の天然酒蔵に設えられた泡盛を保存する棚をそのまま運びこんだと錯覚しそうなくらいに似ていた。

胴体は作業をするときは首を抱えて歩くのが面倒というか、じゃまなのだろう、見通しのきくところに棚を設えて、そこに幾多の首を安置し、司令部内を首なし屍体が自在に歩きまわって業務をこなしている。

崎島は首棚から視線を引き剝がしかけて、胴体とは話ができないという当たり前のことに思い至り、勝手に折りたたみ椅子に腰をかけて、勢揃いした首たちに視線を据えた。

「よく、きたな」

「うん。万が一、嘔吐したりしたら失礼だと考えて泡盛をしこたま吞んできた」

「だいじょうぶか」

「うーん。酔いのせいではなく少々クラクラしてる。凄まじいなあ、おまえたちの臭い」

「失礼な奴だな。お嬢さんは平然としてるじゃないか」

「絶対にズルしてるよ」

「そうだな。どうやら、我々に関係のある方のようだ」

意外な言葉だった。崎島の隣に脚を揃えて畏《かしこ》まって座ったヒカリが、目だけあげた。

崎島が問う。

「我々に関係があるとは」

「救い主だ」

「救い主とは」

「我々もお目にかかったことはない。が、このお嬢さんからは救い主の気配と同様の慈愛が感じられる」

「――キリストか」

「キリスト。そういうのを信じているのか」

腐った首の嘲笑を撥ねかえし、抑えた声で言う。

「ここまで超常現象が続くと、なんでもありだろう」

「我々には救い主としか言いようがない」

「救い主は、おまえたちをどう救う？」

「簡単なことだ。為すべきことを成せば、即座に死を与えられる」

「なるほど。屍体には死が救いか。で、為すべきこととは、具体的にどのような？」

「全世界の残存人類が嬲《なぶ》り殺しにされたのは知っているな」

「——嬲り殺されたのか」

「おまえたちのしたことを鑑みれば、嬲り殺しは当然だろう」

「まあな。俺がおまえたちの立場だったら、とことん嬲るな」

「意見の一致を見たところで、時機到来。崎島なる使者とのやりとりを終えたら、早々に沖縄本島で息をしている者たちすべてを完璧に嬲り殺せとの命令が下った」

「救い主からか」

「そうだ。キミたちは最後の人類なんだよ。でも、海で隔てられているせいか、全世界で起きたことが伝わっても、じつに暢気《のんき》に構えてのどかなものだ」

「人間てやつは、厄災が直接自分の身に降りかからないうちはそんなもんだよ。いや、実際に降りかかったって、自分だけは弾が当たらないと信じてる」

「ま、私たちも、そうだったからな」

「なぜ、全世界と沖縄では時間差が？」

「そこのお嬢さんだろう。それが総てだ。一目見た瞬間、悟ったよ」

「ふーん。するとヒカリ以外は、ぶっ殺されるのか」

「救い主から特例を言い渡されていてな。おまえは崎島だろう？」

頷くと、腐った首は近くで作業していた胴を呼び寄せた。胴に命じてずりおちた目玉を眼窩に収めさせると、あらためて崎島を見つめた。

「仲村ヒカリ。崎島乙郎。長嶺ゆかり。この三名だけは殺戮の対象から外せとのことだ」

長嶺さんの名はゆかりというのか。はじめて知って、崎島は似合わないと苦笑しかけて我に返った。酔いのせいで、ずれが生じている。下肚に力を入れなおした。

「――虎さんは？」

「誰だ、それは」

長嶺さんが急かした理由がようやくわかった。崎島は立ちあがった。

「児童養護施設〈ヒカリ〉園長、仲村虎だ」

ヒカリも切迫した表情で勢いよく立ちあがっていた。

「お願いします。虎さんも助けてください。救い主にかけあってください」

怪訝そうに腐った首が問いかける。

「お嬢さんは、救い主とやりとりできないのか？」

「できません。ていうか、誰ですか、救い主って？」

「我々にも、まったくわからないんだ。どんな御方か、どこにいるのか、どのような存在なのか、まったくわからない。ただ、ときどき皆に声が聞こえる。一人だけじゃない。全員にだ。だから一糸乱れず行動ってわけだ。我々はいままで、なんのためにこんな境遇に落とされたか、まったくわけがわからなかったが、ようやく為すべきことを与えられて、活きいきしているよ。これを成せば、死ねるのでね」

腐った首は一呼吸おいて、付け加えた。

「どうなるかわからんが、お嬢さんに免じて虎さんとやらの延命も伝えておこう」

ヒカリは思案した。ユタの館でいっしょの沙霧を絶対に助けたい。けれど一人だけの名前を口にするのが躊躇われた。

「虎さんだけでなく、ユタの館でいっしょに暮らしている人全員と、ヤマギワ農園の人たちも――」

「正気か。ヤマギワ農園。私たちに加えた仕打ちを知っていて、言っているのか」

崎島が割り込んだ。

「俺からも頼む。豚蛙、いや、山際猛だけでも延命してくれ。延命というくらいだから、どうせ俺たちは死ぬわけだ。早いか遅いかだけだ」

「――伝えるだけは、伝えておこう」

ヒカリがバリアをはずした。腐った首にぴたりと頬寄せて、静かに頼んだ。

「どのような状況であっても、虎さんだけは絶対に抹殺の対象から外してください。児童養護施設〈ヒカリ〉の子供たちも。これは完全な私のエゴです。虎さんは私にとって母親なのです」

「わかった。私が結果を保証することはできないが、お嬢さんが私の膿を頬に附着させてまで頼み込んできた、と伝える」

崎島は腐った首を人差指で指し示した。

「とても失礼なことを吐かす。おまえたちのような腐ってはいるけれど、生と死を超越した途轍もない存在をつくりだせる奴が、なんで、わざわざおまえたちに人類殲滅《せんめつ》を託すんだ？　いわば手仕事で人類を消滅させるわけだぜ。そのあたりがよくわからん」

「声を聞くかぎり、救い主は余裕綽々《しゃくしゃく》だよ。たぶん救い主は、愉しんでいるんだ。おもしろがっているんだ。もとはおなじ人間同士をぶつけあって、最初のうちは生きている者が死んだ者を弄び、いまになって死んだ者が生きている者を殺すのを見ていて、嘲笑っているんだ。遊んでいるんだよ。ふざけているんだよ」

「そうか。おふざけか」

「ああ。そうでなければこんな不条理、ありえないさ」

「なんか俺もおまえも、諦念しかないね」

「まったくだ。諦念しかない。とにかく私たちは早く消え去りたい。無になりたい」

「その日が早く、やってくることを祈っているよ」

「じき、くる。時間の問題だ。いざ殲滅に入ればせまい沖縄島。三日もかからない」

「ユタの館の者全員、助けてほしい。総数十三名。運命共同体なんだ。それが叶わぬならばせめて沙霧という女の子」

ヒカリの思いを代弁して、崎島が念を押した。親友の名がでて、ヒカリが大きく頷く。

腐った屍体が請け合った、と頷きかえす。崎島が続ける。

「そして誰よりも虎さんを。さらには豚蛙。頼む。救い主に度量を見せてくれと伝えてくれ。おまえも度量を見せてくれ」

「豚蛙か――わかった。伝えるだけは伝えておく」

途中から立ちあがったままだった。辞去する旨伝えると、茶もださずにすまなかったなと飲まず食わずで生きていける腐った首が片目を瞑った。崎島は愛想笑いを、ヒカリは満面の笑みをかえして叮嚀に頭をさげた。

「崎島」

「なんだ」

「我々もくさいが、おまえの口臭も相当なものだぞ。どれだけ呑んだ？」

「四十三度を。とにかくたいして強くもないくせに泡盛四本一気呑みだ」

「よくやりとりができたな」

「その代償が、この口臭だ」

足がもつれた崎島に肩を貸して、ヒカリはもういちど黙礼した。首のない胴体たちが、一斉にヒカリにむけて腰を折った。

帰り道の途中だから、児童養護施設〈ヒカリ〉に寄っていこうと決めていた。

だが延命嘆願を終えた崎島は泥酔がぶりかえして助手席でふたたび高いびきだし、なによりも虎さんが生き残りに入っていなかったことに衝撃を受けたヒカリは、とても虎さんの顔を見られないと半泣きで夕暮れの辺野古を走り抜けてしまった。

22

崎島をベッドに寝かしつけ、万が一のときのために洗面器を用意し、氷をたっぷりいれた冷水筒とコップを枕許に置く。

いよいよ顔色を真っ白くしていびきをかいている崎島の顔に頬を寄せて囁く。

「帰り道、イエス様にお祈りした。どうか虎さんを助けてくださいって」

「それはいいことだ」

崎島が返事をしたので、逆に驚いた。けれど直後にいびきが続き、条件反射のようなものだと気付いた。脂の浮いた崎島の鼻筋をなぞる。

「長嶺さんに報告してくるね。喉が渇いたら冷たいお水、あるからね」

そっと離れると、なにか得体の知れない寝言を口にして、派手に寝返りをうった。表情を窺うと笑みを泛べていた。ヒカリは頷いて長嶺さんの部屋に行った。

「具合はどうですか」

「うん。すこし盛り返したね」

「乙郎は、ちょっと――」

「うん。あのバカは高いびきだろ」

「そうなんです。酔って嗅覚麻痺?」

「姑息だね」

「私もズルしましたから」

「ヒカリはいいんだよ、なにしてもいい」

米軍放出のアクリルの安物毛布を四枚重ねの長嶺さんの傍らに腰をおろすと、ごく控えめにベッドが軋んだ。

マットレスがへたっているのがヒカリの臀に伝わった。もっとよいマットを用意してあげたいが、とりあえず無い物ねだりだ。崎島に相談してみよう。

「相変わらずエアコンの温度が低いですね」

「まあね。電波を凍らせないとね」

「私たちの部屋も、最低の温度設定にしてきました」

「それがいいよ。本当は、吐く息が白くなるくらいじゃないと意味ないんだけれどね。自戒のため、ってやつだよ」

「はい」

ここまで長嶺さんに用心させている存在はいったいどのような――と念をおくると、長嶺さんはごくさりげなく首を左右に振った。完璧に遮断された。

詮索を諦めると、長嶺さんは無表情なままどこか憐れむような眼差しでヒカリを見つめかえして、呟いた。

「報告はいいよ。だいたいのところはわかってる」

「――虎さんが外れていたので」

「虎さんはともかく一人でも多く長生きさせたいじゃないか」

「虎さんはともかく!?」

「いや、まあ、なんだよ、なんていうんだ？　無駄な骨折りかもしれないけどさ、そのために崎島を出向かせたんだ」

「腐った屍体のリーダーは話のわかる人でしたし、きっとうまくいくと思います」

ヒカリは両手で頬を押さえ、反芻する。

「私、虎さんが外れていたのが、ショックで取り乱しかけてしまいました」

「ああ、まあ、しかたがないよ」

「知ってたんですか」

「うん。虎さんはしかたがないというか、なんというか」

「私、祈りました。手を組むかわりにハンドル握って、イエス様に祈りました」

長嶺さんの呼吸が一瞬、とまった。

「祈っちゃったのかい！」

「——祈りましたけど」

とまった呼吸を補塡するかのように大きく息を吸い、溜息まじりに嘆息した。

「祈っちゃったのか——」

「まずかったですか」

「うん。まあ、なんというか」

なんでも断言してしまう長嶺さんが虎さんのこととなると、じつに煮え切らない。

どうやら不都合なことをしでかしてしまったらしい。ヒカリが俯くと、長嶺さんがそっと手をのばしてヒカリの手首を握った。

「はめられたのかなあ。策略だったのかな」

「策略？」

「腐った屍体に嘆願すれば、助かる命もあるってアレからの声があってね」

ヒカリは横たわる長嶺さんに対して直角に座っている。勢いよく首を曲げて長嶺さんを見やる。長嶺さんはとても酸っぱい顔つきだった。ヒカリは顔を正面にもどし、ふたたび俯いた。

「アレのほうからヒカリに囁きかけるとさ、反撥するヒカリに弾かれるおそれがあるからさ、あえてヒカリのほうから自分に接触をもたせようっていう、じつにまわりくどい遣り口だよ。相手が相手だけにね、接触しないほうが絶対にいいんだけどね」

「だから虎さんを外したのね！」

「まあ、なんというかね」

「私、イエス様に祈ったつもりだったけど、なんか、とんでもないことをしでかしちゃったようですね」

「ま、通じてしまったんだから。祈りは、確実に通じるよ」

「じゃあ、虎さんは助かるんですね」

返事のかわりにヒカリの手首を握った手にぐっと力がはいった。

虎さんを助けることしか念頭にないヒカリは笑んだ。けれど横をむいて長嶺さんの顔を見たならば、とても笑みなど泛べていられなかっただろう。それほどに長嶺さんの貌は虚ろだった。

「長嶺さん、私、くさいでしょう？」

「うん。かなりのもんだ。これも移り香ってやつかね」

腐った屍体に頬を当ててた、とは言わない。

「乙郎なんか、もっとひどいですよ」

「あのバカは絶対に起きないだろうし、今夜はヒカリも下手に洗い流さず、そのまま眠っちゃいなさい。そのほうが身のためだ」

「そうですね。私だけ臭いがしなくなったら逆にきつそうです」

「ニンニクやクサヤの臭いは、食べた人にはべつにダメージを与えないってことだよ」

クサヤがなんであるかわからなかったが、なるほどと頷いて、ヒカリは長嶺さんの毛布を叮嚀に整えて辞去した。

崎島は相変わらず大いびきだが、先ほどとちがってやや苦しげだ。ヒカリは崎島の脇に横たわった。ニンニクの臭いではないが、崎島の全身から漂う腐臭は尋常でない。けれどそれを疎ましく感じる以前に疲労困憊していたので、すぐに眠りにおちた。

極彩色の、鮮やかな夢を見た。

両手を拡げたイエス様がヒカリを招き、抱きこんで囁いた。

──祈りは届いた。仲村虎は死なぬ。千年の命を授けよう。

「ほんとうですか！」

──ヒカリよ。安堵せよ。おまえの祈りは、すべて成就する。

「崎島乙郎さんにも千年の命を！」

──よろしい。だが崎島乙郎は許多《あまた》の殺人を犯した罪人《つみびと》である。私の前にて告解し、その罪科《つみとが》を真に悔い改めて私の血と肉である聖なる葡萄酒と聖餅《ホスティア》を受けたならば、私の千年王国に誘《いざな》おう。

「必ず告解させせますから！　私が聖体拝領に導きます！」

——私を崇めよ。私に従え。私に平伏《ひれふ》せ。私はα《アルファ》でありΩ。始まりであり、終わりである。総てであり、汝の命の源である。

「はい！」

胸に抱きこまれているので見なくてすんではいるが、臭いは遮断できない。過剰な大声で返事をしているのは、萎えそうになっている気持ちを鼓舞するためだ。

嫌悪と不安に苛《さいな》まれて、ヒカリは必死だった。抱きこまれる直前、顔と顔がごく間近に迫ったので、赤いニンジンの破片、さらにはキノコかなにかの断片らしき未消化物さえ目の当たりにしていた。

キリストの貌は、児童養護施設〈ヒカリ〉の園庭で目の当たりにしたヴィジョンと同様に大便が塗りたくられ、褐色がかった艶の失せた黄土色に完全に覆われていた。喋ると口中からあふれでる大便が洩れ落ちて、ヒカリの頭に糞便と蛆が落下する。

ヒカリの髪のなかに潜りこんだ無数の蛆が嬉々として蠢き、地肌にキリストの大便をすりつけるかのように這いまわる。

23

明け方、崎島は冷水をがぶ飲みしたあげく烈しく吐いた。

それでヒカリは目が覚め、無限ループする異様に鮮やかな夢から逃げだすことができた。ヒカリは、崎島の介抱をしながら心底からの安堵の息をついた。

腐肉の臭いを落とさずに眠ってしまったからだと自身を納得させようとしたが、腐った屍体の臭気とはまったく関係ないことが直感されてもいる。

二日酔いの頭痛に泣き顔の崎島の全身に熱いシャワーを浴びせかけると、青白い顔を歪ませて、吐き尽くして胃液もでねえ——と泣き言を口にした。

丹念に三度、洗ってやる。ヒカリが自分の軀を洗っていると、崎島は脇でしゃがみ、ときおり背を痙攣させて嘔吐しようとするが、粘る涎が垂れるばかりだ。

そのままの恰好でいいから、シャワーを浴び続けていてと囁いて、崎島を残してシャワールームから出て、ブランケットやシーツを剥ぎ、ベッドパッドも替えた。

崎島を横たえて、その苦しげな息に痛ましさを覚え、額や首筋に滲《にじ》む脂汗を叮嚀に拭ってやる。

また糞便にまみれたキリストの夢を見るかもしれないという不安に、とても目を瞑る気になれない。傍らに座って甲斐甲斐しく崎島の面倒をみる。

崎島がじっと見あげていた。

「そこまで無理して呑まなくてもいいのに」

「人対人じゃないか。筋を通さないとな。面前でゲロ吐くくらいなら、酔っ払いのほうがましだ。ま、どっちも失礼だが」

「人対人か」

「人対人だ」

朝の六時をまわったが、まだ薄暗い。崎島の手を握っていると、たんたんたんたん——と軽い連続音が響いた。

予定通りなのだろうが、ずいぶん早いという感じがする。

「アサルトライフルだな」

「腐った屍体？」

崎島は短く頷く。

「山原から南進してきたようだ。那覇における嬲り殺しがはじまった」

ヒカリは立ちあがり、ブラインドを引き、そっと地上を眺めた。

「戦車で追いまわして轢いてるよ。キャタピラ？　空回りして、あまり前に進まない」

「舗装路に人脂たっぷりだと起こりうるが、どんだけ轢いてきたんだ」

「あ、戦車の大砲が女学院のマネージャーに狙いをつけた！」

「なんで、こんなとこを逃げてんだ？　三筋ちがうじゃねえか。血まみれ戦車に追いまくられて、いたぶられてんのかな」

オードナンスの一〇五ミリ戦車砲がオレンジの火焔を撒き散らし、戦車の車体が反動で後傾した。

「女学院のおじさん、消えちゃった」

「みんなを部屋に連れてこい。長嶺さんは死なないことになってるから、抛っておけ」

手段は見当も付かない。だが崎島は命の保証のないユタの館の女を護るつもりだ。いよいよ銃声や爆音が居丈高になってきてユタビルも間断なく振動しはじめた。

部屋に集まってきた女たちは、こもっている臭気に顔を歪めた。目に沁みるのだろう、なかには涙ぐんでいる女もいる。

辟易した女の、ここにいなくてはだめ？　との問いかけに、死んでもいいなら出てくのは自由だと崎島は突き放した。

さらにヒカリと肩を寄せあって地上の様子を見ている沙霧に、おまえは狙撃されるか流れ弾に当たる可能性があるから窓から離れろと命じた。

ヒカリと沙霧がソファーに腰をおろすと、他の女たちも諦め顔で床に座りこんだ。

爆風で、西側に面した窓のガラスに罅が入った。放射状の罅が青い断面をこれ見よがしに見せつけはしたが、崩れ落ちずになんとか窓ガラスの体裁を保っている。

鈍い爆音と鮮やかな煙硝の臭いを引き連れてドアが内側に吹きとんできた。ロックしたドアに爆薬が仕掛けられたのだ。

弾帯を襷掛けにした完全武装の腐った屍体が十体ほど侵入してきた。

崎島が反射的に身を起こし、跳躍して正面のアサルトライフルの前に立ちはだかった。けれど脇に陣取った腐った屍体の兵士たちが一斉にトリガーを引いた。

弾倉が空になるまで至近距離から撃ちまくる。たんたんたんという軽い音が静まると、麦飯に紅ショウガをたっぷりまぶしたかのような色彩の、誰が誰だか見分けのつかぬ肉片が床一面に散乱していた。

せまい室内で委細構わず撃ったので跳弾が烈しく、まともに受けて崩壊してしまった腐った屍体もあったが、頭を潰したＮＡＴＯ弾は周囲にバリアでもあるかのようにヒカリと崎島を避けた。

部屋の片隅で、沙霧が頭を抱えて顫えていた。崎島とヒカリは同時に沙霧を見やり、安堵の息をついた。

直後、崎島に射撃をじゃまされた腐った屍体が沙霧を撃った。

頭部が消滅した沙霧が脚を投げだして壁に寄りかかっている。崎島はがっくり首を折った。顔色を喪ったヒカリが腐った屍体たちを睨みつけた。

直後、腐った屍体はすべて原形を残さずに弾け飛んだが、肉片は集合して蠢きつつ手榴弾を幾つも部屋の外に運びだした。

腐った屍体は手榴弾を内側に仕込んだ巨大な軟体動物と化して粘っこい吸着音を響かせながら階段をくだり、崎島とヒカリの眼前から消えた。

顔のない沙霧を見つめているヒカリの頰を涙が伝う。衝撃がきつすぎて、慟哭《どうこく》することもできない。ただ、ただ、立ち尽くして涙を流すばかりだ。

傍らの崎島は、頭髪を逆立てていた。怒りに目が血走っていた。口をすぼめるようにして長嶺さんが部屋に入ってきた。崎島が吐き棄てた。

「ヒカリの願いどおり沙霧は助かると見せかけて、安心した瞬間に撃ちやがった」

「毎度のことだ。おもしろがってるんだよ。愉しんでるんだ。嬲って、弄んでるんだ」

「性格が悪すぎる」

「この程度の性格の悪い奴は、いくらでもいるさ」

「――ヒカリに、それをぶつける奴は、絶対に許さない」

長嶺さんが憐れみの眼差しで崎島を一瞥した。近ごろ、長嶺さんはヒカリと崎島をなぜか憐れみのこもった瞳で見ることが多い。

「蟷螂《とうろう》の斧って言葉を乙郎にプレゼントするよ」

「そいつには、俺の力などまったく及ばないってことか」

「うん」

あっさり頷いて、耳打ちするような調子で言う。

「残念ながら、乙郎もヒカリも、たかが腐った屍体さえ殺せないじゃないか」

否応なしにやりとりが耳に入ってきてしまい、ヒカリは手の甲で涙をこすって、長嶺さんと崎島を交互に見やる。

「あいつらはガソリンをかけて燃やしても、燃えねえからな」

崎島が呟き、ヒカリを見据えた。いささか見当違いの言葉に聞こえたが、ヒカリの力をもってしても腐った屍体は消滅させられないという言外の意を悟った。

「燃えないといえば、ここだけを残して那覇は火の海だよ」

ヒカリと長嶺さんと崎島は、罅の入った窓の前に立ち、朱に不規則に揺れる狂炎に覆われつくした世界を凝視した。

視界のすべてが火の海である。誰の仕業か判然としないが、結界が張られているのだろう、ユタの館の内側は常温だ。

「こんな盛大な焚火があるなんて。石油とかガソリンや爆弾じゃなくて、なんかもっと別のなにかだよ。焔に命のようなものが宿ってるもんね。命じゃないけどね。意志ってやつかい。生き物じみた這いまわり方をしてる。吃驚《びっくり》だよ。狙いが明確だから、生きてる人間は、ひとたまりもないね」

「常軌を逸した焔ではあるな。あわせて腐った屍体が、生き残りを求めて徘徊してるはずだ」

「どうだろうね。あたしゃ、あの腐れどもはもういないほうに賭けるよ」

二人のやりとりが妙に遠くから聞こえる。ヒカリには密かな自負があった。なんら裏付けはないのだが、いざとなれば私は腐った屍体でもなんでも消すことができる。

だが、それはできなかった。

手榴弾にまとわりつき、運びだす肉片の蠢きには、あきらかにヒカリを小バカにしているこれ見よがしな気配があった。

それは肉片の彼方にいる何者かの嘲笑だったかもしれない。おまえ程度の力では、死んだ者は殺せないよ——という冷笑が感じられたのだ。

私の力では、細かくすることしかできなかった。細かくするだけなら方法は違うが乙郎にも、山際さんにもできる。そんな腐った屍体に真実の死を与えられる存在とは——。ヒカリは呆然と立ち竦む。

熾烈極まりなかったが、嵐が過ぎ去ったかのように焔は鎮まり、午前十時過ぎ、試みに外に出てみると不可解なことに熱の余韻が一切ない。煙さえくすぶっていない。

ただし超高熱だったのだろう、コンクリートの建物まですべて崩壊し、那覇は一面平地と化して見通しがよい。以前は見えなかった東シナ海が目の前で、彼方を透かし見れば、渡嘉敷島《とかしきじま》をはじめとする島嶼《とうしょ》が望見でき、目を転じれば地平線が拡がる。浦添あたりだと崎島は見当をつけた。

腐った屍体は、見当たらなかった。長嶺さんの言うとおりだった。焔を操った存在が消したのだ。

あの超越的に強烈な腐敗臭の群れが消滅した。逆に、なんだか物足りないような気もする。

「コンクリが溶けて粉になってる。信じられない。地獄の業火ってやつだ」

「人は燃えつきたね。腐った屍体は、あらためて死んで消え去った。この世界には私と乙郎とヒカリと、そしてたぶん虎さんと、その子供たち」

「虎さんと子供たちは助かったんですか！」

「うん。なんというか、まあ」

憐れみの眼差しといい、この煮え切らなさといい、長嶺さんはなにを隠しているのだろう。

崎島とヒカリが同時に問いかけようとしたときだ。長嶺さんが顎をしゃくった。

「――もう一人」

長嶺さんが指し示した彼方の人影は、あまりにも特徴があるので間違えようがない。ヒカリが声をあげる。

「山際さんだ！」

「――なんで豚蛙が？」

実際に山際の姿を目の当たりにすると、なぜ生かされたのか疑問が湧いた。よりによってとは失礼な言い種だが、崎島が抱いた実感だった。

肩を落とした山際が、焼け跡をとぼとぼ歩いてくる。意気消沈ぶりのせいだろう、より小さく見える。

ヒカリが涙で濡れた頬のまま屈託なく大きく手を振り、駆けだした。

歩いてくると、ずいぶんあるね——というのが山際の第一声だった。浦添から那覇まで一時間半ほどかかったという。豚蛙の軀は構造上、歩幅が短いからね——と崎島がおちょくる。

山際がアナログ時計を腕からはずして手に持っているのは、短針を太陽に合わせて十二時位置との中間点で南の方角を特定して那覇を目指したからだ。

道路は舗装が高熱で消え去ってしまっていて、そこに灰が分厚く積もっているので判然としない。目標物もすべて消滅している。闇雲に歩けば必ず迷う。那覇に行くには常に右側に海が見えるところを歩けばいいのだが、むだが多すぎる。

時計の短針で方角を知る方法は傭兵時代、方位磁石がないときに多用した——と懐かしそうに崎島がヒカリに説明する。午前は文字盤の左、午後は文字盤の右が南になるとのことだがヒカリにはよくわからない。

「意外だなあ、豚蛙が生き残るなんて」

もはや気にすべき第三者が存在しなくなったせいか、豚蛙と呼ばれても山際は平然とした顔をしている。

「僕自身も意外なんだよね。これを届ける役目のおかげで生き残ったんだとしたら、なんかトホホだけど」

サファリジャケットの胸ポケットから山際が取りだしたのは、四通の大ぶりで真っ黒な封書だった。白文字でそれぞれの名前が書いてある。受けとった崎島が表と裏を一瞥してわざとらしく首をすくめた。

封書は静脈血じみた濁った緋の封蠟で厳重に封印されていて、象徴であろう、指輪印章《シグネットリング》666の刻印があった。差出人はアンチクリストとなっている。大仰というか、芝居がかっているというべきか。崎島と山際は苦笑まじりで顔を見合わせた。

「山際さんは、郵便屋さんだったんだね」

頰を濡らしていたものを手の甲でこすりあげてヒカリが明るい声で言い、爪先で封蠟を剝がし、封筒と同じ黒い色の羊皮紙に記された白抜き文字に目をとおす。

仲村ヒカリ殿
この真大絶滅に生き残られた貴殿を真復活祭に御招待致します
真復活祭式典ミサ　四月六日午前零時
児童養護施設〈ヒカリ〉真大聖堂
同日真復活祭ミサに併せて真御成婚の儀

そして真千年王国の真国王真女王戴冠式
さらには真厄災除去の密儀を執り行います
アンチクリスト

文面に目を落としたまま、長嶺さんが素っ頓狂な声をあげる。

「あっれぇ！　七日じゃなかったのか。てっきり七日だと思ってたけど」

どうやらお告げがはずれたようだ。差出人アンチクリストに目をとめる。

「そうか、7は神の数字だったね。七日じゃ神様の記念日だもんね」

崎島やヒカリの招待状を覗きこんで、まったく同じ文面であることを確かめ、続ける。

「もうわかってるだろうけど、7にひとつ足りない6はアレのことだよ、アレ。なんか映画でガキの頭に666って書いてあるのがあっただろ」

わかったような、わからないような顔でヒカリが訊く。

「アンチクリストって誰？」

「世界の終わり直前にあらわれて悪の王国を打ち立てる奴。偽のキリスト。悪魔の親玉。あたしもユタで飯を食ってたから、こう見えても意外とあれこれ研究してんだよ。入れられてた病院で酒《さか》井《い》潔《きよし》とか、たくさん本を読んだんだ。オカルト信じてる奴はアホばかりだから一緒にされたくないけどね。あと、今夜の黒ミサは、よく知られてるマダム・モンテスパンと黒司祭ギブール、そして妖婆ヴォワザンがやったもんとは根本的にちがうからね。真・黒ミサだから。心しておくんだよ」

「長嶺さんは、なんでも知ってるよね」

「ああ。なんでも知ってるよ。ときどき嫌になるくらい、知ってるよ」

長嶺さんはひどく憂鬱な目つきでヒカリを一瞥し、力なく視線をはずした。世界の終わり直前にあらわれるんだよ――と口のなかで独り言のように繰りかえす。ヒカリは頬に手をやり、困ったような表情で呟く。

「悪を広めるもなにも、私たち四人しかこの世界にいないんだよ。広めるには人数、少なすぎ」

「数じゃないから。質が問題」

「じゃ、私たちはぴったりだ」

「ヒカリはめげないね」

「うん。あと、訊きたいんだけど、アンチクリストじゃなくて、本物のキリスト様はあらわれるの？」

「それを訊くかい。じゃあ、答えよう。あらわれないよ」

「神様は、いない？」

「うん。いない」

長嶺さんが言い切って、ヒカリは俯いた。下を向いたまま長嶺さんが答えてくれなかった疑問を再度口にする。

「私たち四人に、アンチクリストはなにするつもりだろう」

山際が控えめに口をはさむ。

「アンチクリストは、人間になんか照準を合わせていないのかもしれないよ」

崎島がぼやく。

「なんかさ、おちょくられてるような感じが抜けないんだけど。マリンコーのおたんこ狩りとか腐った屍体とか、冗談はヨシコさんだよ。で、信じ難い焔をお見舞いして超絶的な力をみせたかと思ったら、黒い封筒の招待状が届くんだから、なに考えてんだか。戯れてんのかよって感じ。そもそも〈ヒカリ〉に大聖堂なんてあったっけ？　真大聖堂」

ヒカリが、断言する。

「ない。絶対、ない。大聖堂なんて、ない。園長先生はキリスト教を強要しないかわりに自発的に学びたい子を募って、自分の部屋を小さな御聖堂《おみどう》として教理なんかを教え、祈りを教えてくれたんだよ。御聖堂は、せいぜい六畳間くらいだったな」

落ち込んだり、ハイになったりと感情の振幅が大きいヒカリだ。得意げに続ける。

「私は虎さんに気に入られたいために参加しただけ。でも教理問答は百点だったよ！」

とにかく虎さんと子供たちの無事を確かめたい。崎島は軽自動車に近づいた。

パティオに駐めてあるにもかかわらず、煤を被っている以外は本来の姿をとどめている。タイヤも溶けず、ガソリンにも引火していない。たぶんこの地球にたった一台残された自動車だ。

「ヤマギワ農園も跡形もなく壊滅してたけれどね、屋根が消滅した僕の部屋だけがその軽みたいに残ってたんだ。で、目が覚めたら枕許に招待状があって、それを手にしたとたんに僕の部屋は崩壊して消えてしまった」

「ポンコツや豚蛙の部屋だけ残す。選択的に燃やし尽くす。凄まじい力だな」

ヒカリが駆け寄って運転席におさまる。崎島と山際もシートにおさまったが、長嶺さんは首を左右に振った。

「あたしは行かないよ。行く必要もないし、行きたくもない」

無表情なのが気にかかるが、長嶺さんは虎さんたちの無事を確信しているのだろう。崎島は頷き、発電機を回して冷凍庫の様子を見てくれと頼んだ。

ヒカリが不安げに長嶺さんを見やる。長嶺さんはもういちど大きく首を左右に振った。その目はヒカリを見ていなかった。

どこまで行っても上下が続くだけの見事に焼け焦げた更地を、方角を確認しつつ南東に進む。新たに都市計画を企てるなら、最高の状態だ。

金武湾《きんわん》にぶつかった。ほぼ海沿いに軽を走らせ、煤煙の奥にかすんで浮かぶ辺野古崎沖の長島《ながしま》のシルエットを目標にする。

労せずして児童養護施設〈ヒカリ〉がある丘に到った。

というのもくすみきって沈みこんだ世界が拡がるなか、丘だけが純白に光り輝いて周囲から浮きあがっていたからだ。

眼前に拡がる異様な光景に、ヒカリが何ごともないかのように平然としているのを確かめて、崎島はリアシートの山際を振り返り、顔を見合わせ、眉を顰めた。

丘は琉球百合に覆いつくされていた。

燃えつきて褐色にくすんだ地面ばかりを眺めていた目に、痛いほどの白が刺さる。白百合に充たされた丘だけが綺麗に焼け残っているのだ。

百合百合百合百合百合百合百合百合百合——。

無限の百合。

普段と変わらぬ顔をしているばかりか、崎島と山際の気配に一切頓着しないヒカリを横目で見やり、このぶんだと虎さんたちは無事だよ——と山際に耳打ちする。

児童養護施設〈ヒカリ〉の敷地に到る細い上り坂の道路も業火から免れていた。舗装の罅から生えて伸び、侵蝕して茂る白百合を踏み潰して光が丘公園に到る。

崎島が蟀谷に手をあてがって顔を歪め、弾かれたように助手席で跳ねあがり、呻き声をあげ硬直した。

異常に気付いたヒカリがサイドブレーキを引いた。食いしばった崎島の口から涎が垂れる。泣き笑いの表情で訴える。

「い——まだ、かつてない激痛でござる」

狼狽えつつヒカリが問う。

「山際さんは？」

「僕は、ぜんぜん。なんともない」

「くっそー。俺だって招待客だろうが。嫌がらせしやがって」

ヒカリは首にかけている認識票を崎島にかけた。ふたつ重なれば多少は苦痛が治まるのではと期待したが、反り返って苦痛に耐える崎島の白眼は充血で真っ赤になって、対照的に蒼白な額に大量の脂汗が浮く。

かまわず門を抜けろと崎島が命じる。ヒカリは不安げに軽を発進させた。門が近づくと崎島の呻きが増す。

それでも崎島が怒鳴りつけて促すので、ヒカリは泣き顔でアクセルを踏み、一気に加速して〈ヒカリ〉の門を抜けた。

とたんに崎島は息をつき、脱力した。頭部が裂けそうな痛みはきれいに消滅していた。呆けた表情で崎島は園内を見まわした。

園内も斜面と同様に一面、琉球百合が繁茂していて彼方まで分厚い純白の絨毯が拡がっていた。

先ほどまで崎島の様子に狼狽していたヒカリが、嬉々とした表情で運転席から白々とした世界に飛びだしていった。

流れこむ過剰な芳香に崎島が鼻を抓む。山際もつられて抓み、顔を歪めた。

「白百合の園！　まだ排ガスの臭いのほうがましだ」

「ほんと、強烈だ！　耐え難いね」

お互い鼻声でやりとりしていると、ヒカリが白百合の園を駆けた。無造作に純白を踏みつけているにもかかわらず、やさしく柔らかく愛撫しているようにしか見えない。

虎さんと子供たちが建物の入り口に立っていて、駆け寄るヒカリの視線を受けて満面の笑みで手を振っている。

芳香による目眩に耐えて軽から降りた崎島は人差指を向けて数えはじめた。

「一、二、三——数えるまでもない。あまりのことに、つい数えてしまったよ」

「六名——」

「百五十名ほどいたんだ」

「それが、たった六人」

「例の６６６ってやつかな」

「厳選された六名」

確かに子供たちは抽んでて整った顔貌で、背丈も揃って美しい。

「厳選された——って、おまえ、そういう悪い冗談を言うなよ」

「ごめんなさい。って、どっちもどっちだ」

六人の子供たちが駆け寄って、加減せずに飛びついた。ヒカリは背後に倒れこみ子供たちといっしょに白百合のなかに埋没した。

一面を覆った純白が、倒れこんだヒカリに合わせ、ヒカリを中心にさーっと漣《さざなみ》をたて、彼方まで伝わり、拡がってゆく。

「匂いはきついが、いい眺めだな」

「ほんと。ヒカリさんは綺麗だなあ」

山際は白百合から半身を起こして子供たちと戯れるヒカリをうっとり見つめた。

ボスニアだった。崎島は瓦礫と化したきな臭いギリシア正教会の伽藍《がらん》の壁面に、聖母と百合の花のイコンがありありと泛びあがっていたのを思い出した。

「聖母マリアと百合の花ってのは、絶対的な組み合わせなんだ」

「ふーん。いいね。じつにいいね」

山際は腕組みして頷いた。

が、次の瞬間伸びきっていた鼻の下が一気に縮んだ。顎を引いて真下を見おろす。つられて崎島も百合の花に没している足許を見つめた。

無数の白蛇が重なりあい、縺れあい、うねっていた。

気付くのに遅れたのは百合の花の白が保護色になっていたからだろうが、絶妙な感覚の遮断がおきていることも感じとった。

白蛇はおおむね崎島の脚の長さほどでアルビノなのか、全身が純白で目だけが深紅だ。白い鱗が陽光を鮮やかに反射する。

「――這い昇ってきたよ、崎島さん」

「ああ。絡みついてきやがる。どんどん昇ってくる」

「一匹や二匹ならともかく、こうもたくさんだと対処しようがないよ」

飢えているときには蛇を食ってしのぐことも多かった二人であるから恐怖心はないが、これだけ大量だと気分はよくない。

色こそ正反対だが、たとえていうならば養殖池に閉じこめられた無数のウナギが粘液を光らせて縺れあうさまに酷似している。白百合の園が白蛇の超大量繁殖地に変貌してしまったかのような錯覚がおきた。

崎島は腰を屈めて白蛇の沼から一匹捕まえて、首の付け根に強引に力を加えて顎をひろげた。

濡れて艶やかな鋭い牙が見え、身をくねらせ、深紅のYの字の舌を上下させて鋭い威嚇の気配をあらわにした。

山際と顔を見合わせた。毒蛇だったら、まずい。崎島は手にした白蛇を彼方に投げ棄てた。

ヒカリと子供たちは虎さんが見守るなか、背景に白百合と白蛇が無数に重なり合った純白の海の上で笑いさんざめいて身をよじっている。雲が切れて、そこに陽射しが禍々しく照り映えた。

目を凝らすと、無数の蛇がヒカリの軀の下でとぐろを巻いたまま複雑に縺れあってヒカリの軀を支えている。

ヒカリは蛇に持ちあげられて宙に浮いているのだ。

さらにヒカリの全身に無数の蛇が絡みついて、純白に覆いつくされたせいで軀が完全に見えなくなった。

満面の笑みを泛べた顔だけがあらわで、細い首にも幾匹もの白蛇が先を争うように分厚く絡みつき、春にふさわしくない純白のマフラーと化した。

崎島と山際は同時に首をすくめ、腕や脚や首に蛇を絡みつかせたまま繁茂する白百合を踏み分けて、虎さんの立っている玄関口に抜き足差し足で向かった。

蛇を引き剝がして投げ棄てると、虎さんが笑顔で握手してきた。相変わらず凄まじい握力だ。

「無事でよかった。けど、なんという惨状ですか」

「惨状？」

虎さんは怪訝そうに崎島の目の奥を覗きこんだ。以前、藤棚で人数が足りないことを告げようとしたときに与えられた常軌を逸した苦痛が崎島の脳裏を掠める。園の門を抜けるときの頭蓋が裂けそうな痛みの感覚もまだ生々しい。意を決して口をひらいた。

「――子供、六人しかいない」

「なんのことです。もともと六人しかいませんでしたよ。家に帰せる子供は帰せと言ったのは崎島さん、あなたです」

虎さんの真顔に崎島は追及を諦め、矛先を変えた。

「それと、なんですか、これ。白い発狂だ」

「白い発狂。それは酷い」

「白百合と白蛇。異常発生。沖縄ではありえぬ一面雪景色じゃないですか」

「崎島さんはうまいことを言いますねえ。そう。これは神がお与えになった真の清浄さの象徴である雪景色です」

処置なしだ。今日、何回目だろう、崎島と山際は顔を見合わせた。よほど、白い発狂と名付けたのは、百合と蛇にまみれて子供たちと戯れているヒカリだと告げてやろうかとも思ったが、呑みこんだ。

かわりに虎さんのところにも招待状がきたか、訊いた。虎さんは怪訝そうに崎島を見かのだろうか。
えした。
「招待状。なんのことです？」
崎島は臀ポケットから招待状を取りだそうとして、小首をかしげた。落としてしまった
山際に招待状を見せてやれと言うと、山際もジャケットの胸ポケットをさぐって首をか
しげた。崎島は蛇と百合と六人の子供と戯れるヒカリを呼んだ。
「虎さんに招待状を見せてやってくれ」
「招待状？　なんのこと」
またもや崎島と山際は顔を見合わせた。いかんともしがたい。大聖堂について尋ねた。
「児童養護施設〈ヒカリ〉に宗教色がない真の理由を明かしましょう。自身の育児放棄を
棚上げして、キリスト教を嫌う親もいるんです。毛唐の教えなんぞ邪教だ——というわけ
です。それゆえに本当に保護が必要な子を収容することを考えて宗教色を消しました。だ
から遠目からも天辺に十字架を載っけて悪目立ちする大聖堂なんてもってのほか」
「——ですよね。ここのどこに大聖堂があるってんだ」
「下界では大惨劇があったらしいですね。那覇の方角も山原の方角も四方八方地獄の業火
に包まれて、雲に緋が照り映えて夕刻かと錯覚してしまいそうでした。幸いにも業火はこ
こには到りませんでしたが、頬に熱気を感じました。聖母マリア様が白百合と聖なる白蛇

を遣わして、私たちを護ってくださったのです」

あまりにも他人事な口調に、崎島は笑いだしそうになった。

「――四月六日午前零時にここの大聖堂で、アタマに真がつく復活祭のミサが行われるそうです」

「はあ？　四月七日のまちがいではありませんか。復活祭は移動祝日で、三月の二十一日から四月二十五日のあいだを移動、つまり春分のあとの満月に続く日曜日に執り行われます。今年の復活祭は四月七日です」

それで長嶺さんが素っ頓狂な声をあげていたのだ。崎島と山際は顔を見合わせて頷きあった。四月六日に六人の子供、アンチクリストとくれば、もう疑う余地もない。

けれどこの敷地のどこに大聖堂があるというのか。大がつくのだ。こぢんまりした聖堂であるはずがない。

だが、保護を必要とする子を確実に収容するために、小さな聖堂さえも虎さんの主義によって存在しないのである。

まさかヒカリが御聖堂と言っていた虎さんの六畳程度の部屋を大聖堂に見立ててミサを行おうというのか。

だが地球を燃やし尽くしたアンチクリストとやらが、慎ましくせまい虎さんの部屋で真千年王国とやらの式典を執り行うとは思えない。

ノートルダム寺院のノートルダムとは聖母マリアのことである。聖母つながりで当日、この蛇と白百合の園の敷地内に、いきなりノートルダムのような大聖堂がにょきにょき生えてくるというのか。

確かに物理が崩壊してしまってはいるが、いくらなんでもそれはないだろう——と、崎島は胸中で頭を抱える。なんでもありの世界だ。だが、それは酷い裏切りのような気がする。

一応食料や燃料などの点検をしたが、なにせ虎さんも合わせて七名の児童養護施設〈ヒカリ〉だ。四月六日まですぐだし、この先の展開は五里霧中だが、わざわざ招待状をよこしたのだ。真千年王国とやらが成立すれば、そして死なずにすんだならば、たぶん食うことに困ることもないだろう。

若干なげやりな気分で崎島は山際に手伝わせて園内のあれこれを見てまわった。どうやら遺漏はない。

かこつけて虎さんの部屋も覗いたが、五人も入れば一杯一杯だ。『大』聖堂の気配など欠片もなかった。

虎さんはもともと園児は六人しかいなかったと言い張るし、ヒカリはやたらと機嫌のよい記憶喪失状態だ。これでは、どうしようもない。

崎島はせいぜい男児三人、女児三人の園児たちの顔をしっかり覚えることに意識を集中して、数時間後に白い発狂の渦中にある児童養護施設〈ヒカリ〉を辞去した。

白い発狂から離れるに従ってヒカリはいつものヒカリにもどっていった。もう崎島も山際もなにも尋ねない。申し合わせたように難しい顔をして、腕組みしていた。

もどってヒカリと山際をともなって長嶺さんの部屋を訪ねたが、長嶺さんは発電機がショートしかねない勢いで最大限にしたエアコンの冷気を浴びつつ俯き加減で溜息をつくばかりで、崎島の報告も片手を雑にあげて制して、独白するように呟いた。

「しかたがないから、あたしも四月六日には大聖堂に出向くけどさ、因果だよな。まったく因果だ。あの焰に焼かれて一瞬で燃えつきたほうがよほどましだったよ――」

「長嶺さん、招待状は？」

「ないよ、そんなもん。はなからない」

「じゃあ俺たちが封を開けたのは――」

「ハッタリみたいなもんかな」

「でも長嶺さんも真っ黒けの封筒、開けてたじゃないか。四月七日じゃなかったたって騒いでたじゃないか」

食いさがる崎島に向けて、もう出ていけ、と長嶺さんが顎をしゃくった。取り付く島もない。崎島たちは悄然として長嶺さんの部屋をあとにした。

唯一、わかったことは『大聖堂に出向く』と長嶺さんが口にしたことで、真大聖堂が実在するらしいということだけだった。

00〈終曲〉

四月五日になった。曇天で、肌に湿気がねっとり絡む気分の悪い日だった。明るいうちに出ればいいのだが、誰もが憂鬱で、なんとなく様子見をしているうちに、すっかり暮れてしまった。

午前零時までに大聖堂に着けばいいんだろうという投げた気分の塊を乗せたまま、ヒカリは軽を走らせる。長嶺さんに命令されて、軽のエアコンを最強にして車内の温度を限界まで下げている。

ユタの館に残された電話等の文明の利器は無用の長物と化していることもあり、前回訪れて以来、虎さんとは一切連絡をとっていない。

本来ならば事細かに虎さんと連携すべきなのだが、崎島もヒカリも山際も長嶺さんも厭世観とでもいうべきものに囚われて、ひたすら部屋に閉じこもっていた。

唯一、崎島がしたことといえば、ヒカリにせがまれて改めて多元宇宙論について語ったことくらいだ。

常識と思われていた単一の宇宙＝ユニバースではなく、最新の宇宙論から導きだされた無数にある宇宙＝マルチバースに関する事柄は、理論からの予測値よりも真空エネルギーの観測値が百二十桁以上も小さいという不可解な状態を人間原理によって解決することから始まった。

　さらには超弦理論によれば、その方程式を解くと10の500乗＝100——もの途轍もない種類の宇宙が存在するという解に至ることを

崎島は暇にあかせて実際に0を書き連ねてあらわした。これは宇宙の数ではない。あくまでも種類である。数は、無限だ。つまり10の500乗種の宇宙が『無限』に存在するということだ。

さらにはいま現在も連続しているインフレーション宇宙＝加速しつつ膨張する宇宙が別の宇宙に相転移して元の宇宙の中に新たな宇宙の泡ができるという説を、理由はわからないがヒカリから禁句であると告げられている相転移をぼかして、静かに語った。

そんなにたくさん宇宙があるなら、私たちふたりだけの宇宙もきっと見つかるね——とヒカリが耳許で囁いたことを反芻する。

再度マルチバースのことを聞きたがったのは、ふたりだけの宇宙を夢想しているからだ——と、いまさらながらに悟り、愛おしさに胸を締めつけられつつ、崎島はときおり方位磁石に目を落として進行方向を指図する。

正直なところエアコンの吹き出し口からの冷気に直撃されて寒くてしかたがない。だが長嶺さんの意図を尊重するしかない。両腕を交差させて体温を保つ算段をして耐える。

いきなり目をふさがれた。背後から長嶺さんが手をのばして崎島の両目を覆ったのだ。

「なんの冗談？」

「クルミの殻だよ。時間がたてば割れて壊れちゃうけど、とりあえずバリアになる」

「わかんない」

「だから、崎島の心が誰にも読めないようにしてやったんだよ。もともと崎島は他人に心を読ませない達人だけどね、一層の強化を施してみた」

「ヒカリには、けっこう読まれちゃうんだけどね」

「のろけんじゃないよ。それはね、読まれちゃうんじゃなくて、読まれたがってんだよ」

なるほど、と山際が笑う。寒いよ〜と顫え声で付け加える。長嶺さんのなんらかの力が働いているのではないかと勘ぐりたくなるほどに、今夜のポンコツが吐きだす冷気は尋常でない。ヒカリだけが鳥肌を立てることもなく運転に専念している。

崎島の心をクルミの殻とやらで覆った長嶺さんは、こんどは軀をよじるようにしてヒカリの耳許でなにやら延々と囁きはじめた。ヒカリの眼差しが一気に真剣なものとなった。

崎島も山際も耳を欹《そばだ》てたが、強烈な冷気を吐きだすエアコンとエンジンのノイズや走行音が重なって、長嶺さんがヒカリになにを言っているのかは聞きとれなかった。

「長嶺さん、私にできるかな」

いきなり不安げな声をあげたヒカリの頰を撫でて、長嶺さんが諭す。

「できるよ。ていうか、やらないとお仕舞いだよ。どのみちお仕舞いだけど、お仕舞いにも好いお仕舞いと悪いお仕舞いがあるだろ」

「——頑張ります」

「頑張るんじゃなくてね、ヒカリの命をかけて必ずやり遂げなくてはだめ。努力しましたなんて言い訳は訊きたくないからね、わかったか？　いいね」

念を押すと長嶺さんは、シートに背をあずけて虚脱した。緊張の烈しいヒカリも、なにも喋らない。崎島も山際もよけいなことは訊かず、黙りこくった。

軽のヘッドライトはハロゲンバルブで、主流だったころは闇を切り裂くといったコピーで一世を風靡《ふうび》したが、所詮は電球、街の灯りが完全に失せた闇のなかでは提灯を掲げて疾駆しているような不安がある。

それでも何ごともなく児童養護施設〈ヒカリ〉に着いた。着いてしまった。

前回のように頭蓋が割れるような激痛に襲われることもなく、崎島は自身の鼓動と呼吸が通常よりも遅く感じられるほどに落ち着いた気分で門をくぐった。

提灯ヘッドライトに照らされて浮かびあがった白百合、そして群れなしてうねる白蛇を見やって、ヒカリが眉根を寄せた。

「なに、あれ！　気持ち悪い。最悪」

「――今夜は正常じゃねえか」

「どういうこと？」

「おまえはあの百合と蛇のなかに飛びこんで転がってはしゃいでたんだよ」

「嫌なこと言わないでよ！」

崎島は後席を振りかえって、山際と顔を見合わせた。二人の口許に、顔を見合わせるのがすっかり習い性となってしまったことに対する苦笑いが泛んだ。

ヒカリに囁いて以降、一言も口をきかなかった長嶺さんが伸びをして、内装が剝がれかかった天井をボコッといわせ、ひどくなげやりなぼやき声をあげた。

「やだ、やだ。あたしの命日が今夜の丑三つ時だなんて」

山際が諫めた。

「長嶺さん、縁起の悪いこと言わないでよ」

「あたしの命のことを言ってんだから、よけいな口出しすんな」

山際は肩をすくめ、長嶺さんの顔から視線をはずし、溜息を呑みこむのと一緒に不安も呑みこんだ。ヒカリの頰にも隠しようのない不安が疾ったが、長嶺さんのほうを向いて口をひらくことはできなかった。

崎島は無表情にトリチウムで緑色に光る軍用腕時計の文字盤を一瞥した。五日二十三時三十六分。いくら目を凝らしても園内に大聖堂は聳《そび》えたっていない。六日の午前零時に、唐突に出現するのだろうか。

紫がかった夜の闇が垂れこめるなかを百合と蛇の真っ只中に降りたつのには耐えられないから、玄関先ぎりぎりまで車をやれとヒカリに命じる。

児童養護施設〈ヒカリ〉はすべての照明を点灯していて、いつにもまして煌々たる光に充ちていた。崎島は屋外に設置してある幾台かの発電機に視線を投げた。稼働していなかった。

巨体にあわせて誂えたのだろう、ぴったりした艶のない漆黒のスーツ上下の虎さんが、満面の笑みで迎えてくれた。六人の子供の姿はない。

照明の電源はどうなってる——よけいな問いかけはせずに、崎島は沈んだ小声でこんばんはと他人行儀に挨拶した。

「虎さん、なんでそんな暗い恰好を？」

ヒカリが尋ねると、虎さんは正装というものはこういうものだと教え諭した。長嶺さんが鼻で笑った。

「男物の喪服じゃねえか。葬式ババア」

虎さんは笑顔をくずさない。長嶺さんは崎島たちのほうを向いた。

「このババア、あたしたちにも喪服を着てもらいたいんだよ。ていうか、用意してあるんじゃないかな」

図星だったのだろう、虎さんの眉が幽かに動いた。

「虎さん。私は乙郎との約束で、ジーパン以外は穿けないんだ」

ヒカリが硬い頬のまま言うと、虎さんの目が吊りあがり、鼻梁に複雑な皺が刻まれた。

まさに獰猛な虎じみた顔貌だ。ヒカリ、長嶺さん、山際、崎島と睨《ね》めまわして、どうやら誰も着替える気がないことを悟って大きく派手に舌打ちし、唾を吐いた。

大量の濁った白い唾はヒカリの両足のあいだぎりぎりで勢いよく爆ぜた。虎さんの様子に呆気にとられたヒカリが、なんで？　と、すがるように崎島を見た。崎島のかわりに長嶺さんが答えた。

「どうせわかることだから車ん中ではあえて伝えなかったけどね、狐というか、狸というか、ずっとヒカリをだましてきたんだよ、この虎は」

虎さんはせせら笑い、横柄に顎をしゃくって言った。

「それでは皆様方を真大聖堂に御案内致しましょう。アンチクリスト様が皆様方の不調法な服装を見かねて癇癪をおこされないことを祈ってますよ」

「大聖堂——どこに」

「バカは高いところが好きって言いますね」

「どういうことだ」

長嶺さんが注釈を加える。

「バカってのは、上ばかり見ている崎島のことだよ」

「——下を見ればいいのか？」

「バカ！　床見て、どうするんだよ」

先を行く黒い虎さんの巨体が揺れる。笑っているのだ。

ヒカリは思わずすがるように崎島の手を握った。まだ虎さんの様子、現実が呑み込めていない。崎島はきつく握りかえした。ふたりは手をつないで虎さんに従った。

連れていかれたのは虎さんの部屋だった。壁には、以前にはなかった逆十字＝装飾の一切ない木組みの黒く塗られた十字架が逆向きになってさがっている。それ以外、なんの変哲もない。

虎さんはベッド脇に備え付けの古い茶褐色のやや大きめな洋風衣裳箪笥の扉に手をかけた。赤貧生活を実感させる、ごくわずかな衣類が下がっているその奥を虎さんが押す。ゆるりと反転した。

まずは虎さんが巨体を屈めてそこを抜け、暗がりの中から手だけだして手招きした。回転扉を抜けると強い湿気と身震いするような冷気が迫った。地下に向かうゆるい傾斜が延々続いている。ようやく大聖堂がどこにあるのか悟った崎島が声をあげる。

「鍾乳洞か！」

信じ難い深み――奈落に下っていく。黒い巨大な飾り蠟燭が点々と灯されているが、天井にまでは光がとどかない。

崎島の背丈など優に超える鍾乳石が垂れさがり、林立している。場所によっては上方だけでなく左右も闇の奥に消えてしまって判然としない。

地下にくだる通路だけでも巨大王宮の回廊じみた規模だ。本島においては二千ほどもあるとされる鍾乳洞だが、沖縄最大級の、いや日本でも最大級の鍾乳洞であることが直覚された。

「泡盛をあずけていた金武の鍾乳洞なんて比べものにならないね」

握った手に力を込めて囁いてきたヒカリに大きく頷く。

いてっ！　と背後で剽軽な声があがった。垂れさがっている鍾乳石に頭をぶつけたらしい。振りかえりもせずに崎島が言う。

「相変わらず豚蛙は変だよな。こんだけ広いんだぜ。真ん中歩けばいいじゃねえか」

「端っこに寄るタイプだよね」

「ま、弾に当たらないための習い性みたいなもんだけどな」

「用心深いんだ？」

「ま、そういうことだけど、俺がど真ん中を歩いていても、奴は必ず端っこを歩いていたな」

自分のことを話していることに気付いた山際が声をあげる。

「なに、ふたりでひそひそ話してるの！」

崎島がおどけて窘《たしな》める。

「でかい声で問い詰めるなよ。反響してるじゃねえか。崩れたらどーすんだよ」

声と裏腹に、沈んだ顔で黒い壁じみた喪服姿の虎さんの背を見やってから、そっと振りかえる。

山際は顔を顰めて額上部を押さえている。長嶺さんがうんざりした顔で続いている。やだ、やだ。あたしの命日が今夜の丑三つ時だなんて——という先ほどのぼやきめいた嘆きが、崎島の耳の奥で揺れる。

長嶺さんの命日ということは、自分やヒカリや山際の命日でもあるのではないか。

崎島は時刻を確認した。つられて山際も腕時計に視線を落とした。出発時、傭兵時代の習慣で、お互いの時計の時刻を秒までぴったり合わせてある。二十三時五十六分。

乳白色の回廊が左に大きく折れている。そこを抜けて崎島とヒカリは目を瞠った。左右を無数のマリンコーが固めていた。

崎島がふざけて立ちどまり、敬礼すると、無限に連なるマリンコーが踵を鳴らして一斉に敬礼を返した。懐かしいというと語弊があるが、まったくおたんこな奴らである。

これだけ聚合《しゅうごう》すると、鍾乳洞内に反響するしゅこー、しゅこーという呼吸音も凄まじいが、エコーがかかっているので、案外耳障りでもない。

儀仗《ぎじょう》兵といったところだろうか。一糸乱れず直立しているマリンコーの群れを過ぎた先に、いきなり大伽藍があらわれた。

崎島たちは天地左右を見まわして、その規模に茫然とした。

洞内の真大聖堂は得体の知れない青い燐光に充たされていて目映《まばゆ》いほどだ。

伽藍の設えは古代ローマの円形闘技場を想わせる。首をねじまげてもはっきり見届けることのできぬ巨大天蓋を備えた円形闘技場であり、大劇場である。

中央に漆黒の祭壇が設えてあり、それを囲むようにして人とあらわすには抵抗がある、つまり『者』とあらわすには形状その他があまりにも人間離れした無数の異形の者たちが、敬虔に跪いて頭を垂れていた。

本来ならば恐怖を催すところだが、これだけ姿かたちが違う大量の異形だと、逆に気持ちが拡散してしまう。

得意げな虎さんに案内されて着席した。祭壇間近の特等席といってよかった。黒檀の席の足許には、膝を載せる造りつけの台がついている。跪くためのものだ。崎島はどかりと横柄に座り、祭壇上を凝視した。

「こういうことだったのか――」

無力感、そして失望と絶望が胃のあたりから這い昇り、口のなかが酸っぱい唾液に充ちた。

祭壇は黒曜石だろうか、超巨大な暗黒の一枚岩で、その上面には六角の星であるヘクサグラム＝六芒星が刻まれている。

六芒星のそれぞれの頂点には、ちょうど小さな頭部が入る穴が穿たれていて、全裸にされた六人の子供が四肢を厳重に縛りつけられて、放射状に横たわらされてその穴に頭を落とし込まれている。

穴から六芒星の中心に向けて刻まれた直線の深い溝には、あきらかに凝固して無数の層をなした血の痕跡があった。

長嶺さんにとっては想定内だったらしく、まったく表情を変えていないが、ヒカリは涙ぐみ、山際もおぞましさに蒼白になって顔を背けている。

百五十人もいた園児たちが減っていったのは、生贄とされたからだ。おそらく夜毎、午前零時から始まる黒ミサで、殺されていったのだ。

いままでアンチクリストに感じていたどこかユーモラスなものなど霧散し、崎島は冷えのぼせじみた体温の変化をもてあました。顔が紅潮して大量に発汗している一方で、手足や腰が凍えるように冷たい。

虎さんに手招きされた。崎島はしばらく上目遣いで虎さんを見つめていたが、意を決して膝に手をつき、ぎこちなく立ちあがった。

祭壇の奥、洞内の左端に穿たれた支洞に連れていかれた。腐った屍体ほどではないが腐臭が迫った。

ヒカリたちが座っている場所からはずいぶん距離があり、また祭壇の周囲では没薬《もつやく》が大量に焚かれているので多少の異臭を感じはしているかもしれないが、子供たちの屍体が大量に、雑に山積みされていることに気付きはしないだろう。

まだ掻き切られた喉の傷も生々しい子供。腐りはじめてカエルのように膨張しはじめている子供。腐敗が進んで蕩けてしまって青汁じみた腐肉を滴らせている子供。骨が見えて申し訳程度の干涸らびた赤茶けた肉をつけている子供。完全に白骨化した子供。

山積している子供の屍体の山はどうみても百五十体程度ではない。児童養護施設〈ヒカリ〉は、開設当初から黒ミサのための生贄となる子供の供給施設だったのだ。

「真千年王国を実現するためには、厳選された千人の子供の生贄が必要なのです。普段のミサ聖祭では並みでも下でも、子供であればよいけれど、真千年王国を実現するための折々の祭祀《さいし》には、どんな子供でもよいというわけにはいきません。ゆえに時間がかかりました。アンチクリスト様は全世界で福祉施設や養護施設を経営なされているのですが、真千年王国実現にふさわしい子供を見いだすための御苦労は、それは筆舌に尽くしがたいものがございました」

感に堪えないといった表情で首を左右に振り、虎さんは幸せそうに付け加えた。

「ついに、この琉球の地で、生贄の儀が完遂される。真千年王国が到来する。そのお手伝いができた。私は果報者です」

虎さんは崎島にうっとりとした笑みを見せつけ、腰を屈めると手近な子供の腐敗した腹に手を挿しいれ、たっぷり蛆をまとわりつかせ、それを口にし、舐めとった。しばらく啜る音をさせていたが、ふと気付いたかのように勧めてきた。

「崎島さんも、いかが？　戦場では蛆の湧いた肉だって食べたでしょう」

崎島は無視して、長嶺さんが語ったことを念頭において訊いた。

「アンチクリストってやつは悪魔ではなくて人だろう。人間だろう。それが悪魔の上に立つのか」

「使徒聖パウロのテサロニケ人への後の手紙第二章――罪の人、亡《ほろ》びの子が、神の聖所にすわり、自分を神として示し、神ととなえられるもの、崇敬されるもの云々とあります。いまや影もかたちも見当たりませんが、キリストとやらも人の子であり、神の子でもあると自称していたでしょう。キリストとやらも悪魔よりも上位に立っておりました。聖パウロより罪の人であり亡びの子であるという最大級の賛辞を受けたアンチクリスト様も当然ながら人であり神なのです。すべての悪魔はアンチクリスト様に従います。もっとも人といっても神性をお持ちですから、崎島さんのような普通の人ではありませんが。悪魔も平伏すほどの超越的なお力をお持ちの方なのです。なにしろ神の聖所に座るべき罪の人にして亡びの子でございます」

呆気にとられるほどに歪んだ都合のよい聖書の解釈に、崎島の頰に苦笑いのかけらが泛ぶ。虎さんは崎島を見下して続けた。

「もし三位一体とかいわれる御父、御子であるキリスト、そして聖霊=すなわち神がいざというときにドンデン返しをおこしてくれるなどと思っているなら、それは愚かです。いつのころからか、いなくなってしまったんですよ、神様。そもそも善が悪に勝利した験《ため》しはありませんし」

善だの正義だの良心だのといったものがまともに機能することのない世界に身をおいていた崎島は頷いた。それは戦争の地獄から身を引いても、おなじことだった。

「さ、真復活祭式典ミサが始まります。人間たちの醜い営為を人間もろとも業火で焼いて完全な焦土とし、世界にあらためて降臨なさり、真千年王国を樹立なされるアンチクリスト様の復活のミサ聖祭です」

「とっくに午前零時を過ぎてるじゃないか。アンチクリストは時間にルーズだな」

「時間に囚われないと言いなおしなさい」

「おっかねえな。なんて目つきだ。はい、はい。アンチクリストは、時間に囚われない」

「よろしい」

軽く崎島の背を押した虎さんの掌には、妙な親愛がこもっているような気がした。だが腐爛した幼児の腹に突っこんで蛆をまとわりつかせた手である。崎島は背に汚物の焼印を受けたかのような不快な気分に身震いしそうになった。

崎島が席にもどると、肩から足首までつながった黒衣の蠟燭持ちと称される美童たちが入場してきた。

手に銀の燭台をもつ完璧な左右対称の美に充ちた六人の子供たちは、やや面長で、全員まったくおなじ貌をしていた。人ではなく悪魔の類いだ。

その背後に、美童と同様の黒衣をまとった背の高い長髪の細面の男が、金の鎖でつながれた香炉を左右に振って厳《おごそ》かに続く。崎島も山際も目を剝いた。

アンチクリストは、ヒカリによく似た顔貌であった。

山際の唇が『父親？』と、問いかける。崎島の目が『たぶん』と答える。

すべてを知り尽くしているらしい長嶺さんがあたりはばからぬ声で、いよいよ茶番のはじまりだよ——とせせら笑った。参列している悪魔たちからは、しわぶきひとつ聞こえない。

当のヒカリはアンチクリストを一瞥しただけで、アンチクリストと瓜二つであることに思い至ることもなく、ひたすら祭壇上の子供たちに怯えた眼差しを投げている。

ヒカリは力を発揮しようとしていた。必死で子供たちを解放するために念をおくっていた。けれど、まったく無力化されてしまっていた。

それに気付かぬ崎島は蠟燭持ちの美童とアンチクリストから視線をはずし、小声で長嶺さんに訊いた。

「知ってたんだろ？　虎さんがアンチクリストの手先だったってこと。なんで教えてくれなかった？」

「だって、あれはただの人だよ。単に悪魔を信じている人に過ぎないからねえ。神様を信じている人を告げ口するかい」

「どんな理屈だよ!?」

崎島は呆れ、苦笑したが、苦笑は徐々に純粋な笑いに変わった。長嶺さんがいてくれてよかったと心底から思った。

そこに祭壇にあがったアンチクリストの言葉がとどいた。

「天の虚空においてはアンチクリストに栄えあれ。地獄においては悪に恵まれたる人々に平安あれ。主なるアンチクリスト、悪と虚ろの王にして全能なるアンチクリスト、われら主を称え、主を崇め、主の悪の御栄えの大いなるがために感謝し奉る」

長嶺さんが解説してくれた。

「自分を褒めてんだから、呆れちゃうよね。あれね、公教会祈禱文のミサの祈り、栄光唱のパロディだよ」

「ふーん。あいつら、なんでもオリジナルをひっくり返せばいいと思ってるんだろ」

「うん。単純といえば単純だけど、アンチクリストを侮っちゃいけないよ」

いよいよ復活のときがきた、真千年王国建国の夜がきた——といった意味の説教をアンチクリストがはじめた。

崎島は爪のあいだの垢をほじって、聞き流す。祭壇の子供たちを助けたいが、括りつけられているのは六人、正義漢ぶって突入しても、その数が万をはるかに超える参列している悪魔たちに即座に取りおさえられてしまうだろう。

眼前の死を見過ごすのは心が傷む。

だが、いかんともしがたい。崎島は無感覚に逃げこんだ。

真復活祭ミサが粛々と執り行われていく。

真聖体拝領の前段で、六人の幼い生贄は六人の蠟燭持ちの美童の手によって喉を切開された。

蠟燭持ちの手にした小刀は三日月のかたちをしている。円を描くようにして子供たちの喉が切り開かれていく。

あえて大きく切開せず、手を挿しいれ、鉤形に曲げた指先で器用に内頸静脈の血管を引っ張りだす。

左右の血管をまとめあげて左手中指で保持し、三日月の刃でなぞる。

蠟燭持ちたちは見交わして、呼吸を合わせていっせいに血管を切断し、噴き出す血が六芒星に刻まれた六つの溝から外れぬよう注意深く対処した。

崎島は美童たちの手つきから、細いビニールパイプから迸《ほとばし》る真紅の液体を連想した。目標地点から外さぬよう並みならぬ集中力を発揮しているのが感じとれた。

ひたすら泣き声と悲鳴が重なっていたが、もはや悲鳴はやんだ。泣き声も弱々しくなってきた。切開された喉から直接響く、生命が抜けていくときの音である。ヒカリは耳をふさいでいた。

まだ、ひゅーひゅーひゅーひゅーと呼気と吸気をか細く響かせている幼い生贄の上に美童は馬乗りになり、膝でその軀を圧迫し、体内の血を余さず押しだし、搾りとる。

幼い生贄の血は、六芒星に刻まれた六つの溝に従ってどくどく流れ、中心の穴に消えていく。網膜を抉る、鮮やかな赤だ。

祭壇下に控えていた蝙蝠《こうもり》の翼をもつ悪魔が恭《うやうや》しく金の聖杯に血を受ける。

牙の生えた天使の口が六芒星の中心の穴からつながっていて、思いのほか大量の血が聖杯を充たしていく。

子らの血を搾りつくした美童は、その横隔膜のあたりに狙いを定め、そっと切先を挿しいれ、叮嚀に心臓を抉りだした。

ちいさな心臓はぴくり、ぴくり――痙攣に似た鼓動を刻んでいた。アンチクリストに確認をとるかのように掲げて、六芒星の中心に六つの心臓を安置する。

さらに幼い生贄の内腿に刃物をあてがう。じょりじょりと髭剃りに似た音をたてて、いかにも柔らかい内腿の肉を骨が見えるあたりまで削ぎ落とす。それを銀の皿に山盛りにして、アンチクリストの傍らで叮嚀に細片化していく。

虎さんに立つように促された。ヒカリも山際も長嶺さんも胸中で精一杯逆らったが、裏腹に筋肉が勝手に動いて、祭壇の前に並んで直立した。

なぜか崎島だけが着席したままである。虎さんはきつい一瞥をくれ、崎島に立つように命じたが、崎島は喉を裂かれ肉を削がれてもまだ息をしている子供たちを諦念の眼差しで見つめ、それを拒否した。

困惑した虎さんがアンチクリストを見あげた。アンチクリストは、崎島と長嶺さんに交互に視線を投げた。

「クルミの殻か――。この者の心、まったく読めぬ。この者の心、まったく操れぬ」

意に反して立ちあがらされた長嶺さんの唇に笑みが泛ぶ。

アンチクリストは委細構わずヒカリを見おろして逆十字を切り、恍惚の眼差しを隠さずに、六芒星の中心に安置された心臓を抓みあげる。

美童の処置が的確なので、まだ幽かに鼓動を刻んでいる。アンチクリストは顎も外れんばかりに口をひらき、心臓を丸呑みした。

ふう――と息をつき、堪えられぬと焦った手つきで六つの心臓、すべてを呑みこんだ。

胃のあたりを押さえて一息つくと、六芒星の祭壇から降り、美童が捧げもつ銀の大皿に盛られた内腿の肉をおもむろに抓みあげる。

ヒカリの口に、幼い生贄の腿の肉を挿しいれた。

一切逆らうことのできぬヒカリの双眸《そうぼう》から涙があふれた。崎島はヒカリの瞳から真珠が零れおちたかの錯覚を覚えたが、綺麗事ではすまないと顔を歪めた。

さらにヒカリは聖杯を唇にあてがわれ、まだ生温かい血を含まされた。ヒカリはその場にがくりと膝を折った。

同様に血と肉を食わされ、飲まされた山際と長嶺さんがヒカリを助け起こした。

さらにその背後に行儀よく並んだ悪魔たちが幼い生贄の血と肉を受けた。

悪魔たちにも序列が厳としてあるようで、六人の血と肉が無数の悪魔すべてに行き渡るはずもなく、ヒカリたちに羨望の眼差しが刺さった。

戦闘中に附着した人肉を口に運ぶくせに、自分だけがこの忌まわしき祭祀から逃れられた——と安堵しつつも、罪悪感のようなものを覚えて崎島は俯いていた。

自分に沈み込んでいたので反応が遅れた。隣に腰をおろしたヒカリの気配が先ほどとまったくちがっている。

不安に、顔をあげた。

ヒカリも山際も長嶺さんも、真聖体拝領を続けるアンチクリストに憧憬の眼差しを向けているではないか。

崎島は意識せずに舌先でひたすら歯並びをさぐっていることに気付いた。

上下の歯がきちっと歯茎から生えていることを、執拗にさぐっていた。こんなときに俺はなにをしているのか？　困惑し、これが霊感がもたらしたものであり、ある種の予知だろうと悟りはしたが、焦点を結ばない。

なぜか唐突に絶望的な孤独が這い昇ってきた。孤独には、死の匂いが口臭のようにきつく絡みついていた。

死の匂いは、蒸れて灼け焦げているにもかかわらず、冷えびえとしたものだった。これも予知か？　崎島は口を半開きにしたまま凝固した。

真復活祭ミサが終わった。

幼き亡骸は片付けられ、祭壇上に黒曜石から削りだされた重厚な玉座がふたつ、据え付けられた。

むかって右に司祭の装束を喪服に着替えたアンチクリストが腰をおろす。虎さんが祭壇下で両手を拡げ、声を張りあげる。

「目覚めよ、ヒカリ。ヒカリあれ！」


ヒカリはすっと立ちあがった。

崎島を一顧だにせず、虎さんに手を引かれて祭壇上にあがり、アンチクリストの左の玉座に優雅に腰をおろした。

アンチクリストはヒカリのジーパンを一瞥して苦笑いし、肩をすくめた。虎さんが申し訳なさそうに頭をさげると、よい、よい、と鷹揚《おうよう》に頷いた。虎さんが厳かに告げる。

「これより真御成婚の儀を執り行います」

崎島は目を見ひらいた。崎島とヒカリの思い出の場所である小さな遠浅の美しい浜で、チンピラに襲われる直前に、崎島はヒカリが児童養護施設〈ヒカリ〉で見たヴィジョンについて問いかけた。

ヒカリのヴィジョンでは、キリストは王妃と並んで立っていた。王妃は聖母マリアだとヒカリは答えた。崎島は仰け反ってみせた。キリストの王妃が聖母マリアだとすると近親相姦だ。母子相姦だ。そう揶揄した。

いま、まさにそのヴィジョンが実現されようとしている。アンチクリストは顔に大便こそ塗りたくっていないが、崎島はおぞましさに下唇を咬みしめた。

同時に、このような茶番劇を真顔で執り行うアンチクリストがじつに間抜けに見えた。権威を式や為来《しきた》りに仮託する者につきものの実のなさがじつに鬱陶しい。虚しくもある。

そんな崎島を見おろしてアンチクリストがわざとらしく咳払いした。崎島が目だけあげると、問いかけてきた。

「退屈か」

「儀式というものは退屈に決まってる」

「だよな。余も堅苦しいのは大嫌いだ。せねばならぬから耐えたが、ミサ自体鬱陶しくて辟易してたよ」

「余？　おまえは殿様か」

「ははは。ずいぶん長いあいだ生きているので、なんとなく一人称は余になってるよ」

「余になってるよ――。韻を踏んでやがる」

「下郎、分を辨《わきま》えよ」

いきなり祭壇上からヒカリに叱責されて、崎島はヒカリを一瞥し、ぎこちなく視線を逸らした。

ヒカリの瞳が血の緋色に染まっていた。下郎ではなく乙郎だと胸中で投げ遣りに呟く。頭上から鷹揚な声が降りかかる。

「よいよい。さしあたり余は式よりもこの者との会話を愉しむ。真成婚の儀を終え、戴冠式、真厄災除去の密儀と恙なくこなせば、あとは余とヒカリだけの時間である。即《すなわ》ちすることはするというわけで、それが千年続くというわけだ。むふふふふ。処女ヒカリよ、めくるめく真の悦楽を教えてやるぞ。崎島よ、知りたいことがいくらでもあるだろう。なんでも答えるぞ」

「ヤマギワ農園は」

崎島の問いかけに、山際が勢いよく顔をあげた。アンチクリストを注視する。

「もちろん余の実験施設だ。真千年王国といえども霞を食って生きていくわけにはいかぬからな。だからといって核といった垢抜けない老頭児《ロートル》な蒸気発電には頼りたくはない。放射能は好物だが、ウランなど枯渇するに決まっているし、いかに好物といえども、もはや我々にも食い切れぬ量の核廃棄物が存在する。そこで千年もつエネルギー源を確保せねばならぬ必要性に迫られ、ヤマギワ農園を企図したというわけだ。ま、なによりも人間並みに愚かになりたくないということだが――」

「で、腐った屍体という突拍子もない思いつきか」

「死んだ者は、もう死ねない。これはある永遠を否応なしに孕んでいるということなんだよ。腐った屍体はある種の永久機関となり得るというわけだ。真千年王国のために腐った屍体の必要量は確保してある。諸々の実験を山際にまかせたが、期待以上だった」

「恐悦至極に存じます」

山際が低頭した。直後、頭をさげてしまったことに気付いて山際は狼狽えた。崎島が眼《ガン》付《づ》けして問う。

「おまえ、アンチクリストと通じてやがったのか？」

「まさか！　わけもわからず沖縄に行かなければって焦って、崎島さんちにバズーカ撃ちこんで、ヤマギワ農園を充実させて、うふうふ、うふふふ」

にやけて笑いだした山際から視線をはずして、アンチクリストを見あげる。

「崎島よ、おまえはヒカリに与えた認識票をさげておるな」

「ああ、さげてる。ヒカリから与えられたとき、すっげー禍々しく感じて身につけるのを躊躇したよ。苦痛だったたし、変なものも見えたしな。真空が見えたよ」

「真空か。然《さ》もありなん。おまえはレッドメディカルタグと勘違いしたが、それは私の血を練りこんだ認識票。バカな下っ端の悪魔共にも触れてはならない存在であると即座にわかるように、ヒカリの母親に与えたものだ。総ての悪魔が平伏す究極の認識票だ」

「じゃあ、いまの俺には悪魔共は手を出せないというわけか」

「そのとおり」

あっさり認めて、長嶺さんを一瞥し、真大聖堂の最外枠に整列している無数のマリンコーに視線をやった。

「バカな下っ端といえば、マリンコーが、おたんこが成就の御言葉であると長嶺に信じ込まされ、そのせいで大迷走させられた」

マリンコーの大群に動揺が疾るのがあからさまに見てとれた。アンチクリストに背を向けて座っているのをいいことに、長嶺さんがさりげなく、けれど得意そうに崎島にウインクした。

ヒカリと山際はもはや完全に別人と化している。だが、長嶺さんはほんとうにアンチクリストに操られているのだろうか。

だが、そんなことよりも認識票をさげているせいで悪魔共が手を出せないということは、六芒星に括りつけられた子供たちを助ける余地があったのではないか。崎島は自身の怯《きよう》懦《だ》を恥じ、落ち込んだ。

武器兵器の類いは完全に消滅させられてしまったが、せめてユタの館にある拳銃の類いで武装してくるべきだった。

脳裏に泛んでいたのは、反転屍体だった。児童養護施設〈ヒカリ〉の柵外に放置された複雑に裏返った屍体だった。手袋をひっくり返したかの二十七体の屍体。

あれが下位の悪魔の技較べというのだから崎島には端《はな》から自身の霊感など新生児レベルにすぎないという諦めの気持ちがあり、銃を持つ気にもなれなかった。しょせん俺は人にすぎないと傭兵の気概を喪ってしまっていた。

負け戦の気配が漂えば真っ先に見切られ、棄てられてしまう傭兵という立場は、己の生存を確保するために超人的な能力を要求される。豚蛙との日々、俺はそれを平然とこなし貫徹してきたではないか。

だが、怖じ気づいてしまっていた。どうにもならないと諦めてしまった。

同じ死でも、死に方というものがある。

なんとも無様《ぶざま》な崎島乙郎様である。

自嘲さえも虚しい。

アンチクリストはそんな崎島の気持ちを知ってか知らずか、にやけ顔を繕いもせずに語りはじめた。

「ロマンスを語ろうか。真千年王国樹立にむけてその中心となる土地を見繕っているときだった。沖縄島全体を余の王宮としてつくりあげるという妙案が泛んだ。琉球流にいえばグスクだな。アメリカ軍属になりすまして沖縄島の様子をさぐった。そのときにヒカリの母親と知り合った。長年生きてきたが、余の初恋であった。やがて彼女はヒカリを妊娠した。以上」

「どこがロマンスだよ。てめえの語り口はてめえが浮かれてるだけで、じつに見苦しい。も少し提示の仕方を考えろ」

「――あのな、余は照れておるのだよ」

「人並みな」

「ふむ。はっきりさせておこう。余は人のかたちをしているし、まごうことなき人であるが、一方で何者も犯しがたい神性を宿しておることによって、人ではない存在なのだ」

「なにが言いてえのか、わかんねーよ」

「柄が悪いなあ、おまえは」

「すまんな。生まれつきだ」

「まあ、よい。話を続けるぞ」

崎島はことさら横柄に顎をしゃくった。

「ヒカリは、この真大聖堂で生まれた。この祭壇上にて大股開きの余の最愛の女から生まれた」

アンチクリストは薄く目を閉じて追憶に耽った。

「母は、食った。余が食った。最初は胎盤を食うにとどめておくつもりだったが、それを食い切ってしまったらよけいに飢えが増した。私はヒカリの母を愛していたが、余の神の血がじゃまをする。すなわち人間の女は弄び、孕ますことはできても、婚姻は叶わぬ。大聖堂にてヒカリを産んだとき、これで私の血が半分溶けた存在ができた。神の血と人の血を受け継いだヒカリならば私と結婚できる。そういうわけで、愛おしさに突きあげられつつ、もはや不要となったヒカリの母を食った。貪った。あふれかえる愛惜の情に冷徹な私が夢中になった。ぶちあけたことを言えば、ヒカリの母は美味すぎた。躍り食いのさなか、勢いあまってレッドメディカルタグまで食い千切ってしまった。賢《さか》しらな傭兵上がりが、銃弾が貫通とか吐かしたらしいが、愛する女を食う勢いが過ぎて、レッドメディカルタグまで咬み千切ってしまったのだ」

アンチクリストはヒカリのほうを向いた。

「私が自らの歯で咬み千切って食ってしまったレッドメディカルタグだ。もっとも血に加えて唾液も沁み込んで、半欠けでもじつに強力なものとなった。もちろん、おまえを守るためのものだった」

崎島に視線をもどす。

「娘に与えた呪いの護符を、なんの手管もなく楽々ものにした男よ。好ましき頑然一途な男よ。余の右腕となれ。真千年王国における真の義人として遇しよう。悪いようにはしない。余の真配下となれ」

「真真真真、喧《やかま》しい。真の義人？　操ったすぎる。それじゃ靡《なび》かんなあ」

「ああ、クルミの殻がじゃまだ。じつにじゃまだ。ここまで強固なクルミの殻は、余もはじめてだ。もともと崎島は心を読ませぬ男だったから苦労させられてきたが、そこにクルミの殻だからなあ」

――心を読ませぬ男。

そうだったのか。俺は卑下してばかりだったが、人体を引っ繰りかえすといった能力はないにせよ、アンチクリストの思念を反射する力はあったのだ。もちろんクルミの殻とやらで護られていなければ、いまの状況、手も足も出ないだろうが――。

「長嶺よ、おまえはたいした女だ。腹立たしいが、憎めない。得がたい愛嬌がある。余のかわりにすべてを仕切る婆として仕えろ」

「誰が婆だよ」

「長嶺、おまえだよぉ」

「けっ。なにが、『だよぉ』だ。愛嬌振りまきやがって。おまえなんて年齢的にはジジイを過ぎて骸骨というか、化石だろ」

虎さんが目を剝く。が、アンチクリストはじつに愉しそうに笑んでいる。長嶺さんが投げ遣りに言う。

「どうせすべては終わるんだから、見物させろって。返事はそれからだよ」

「いますぐ、おまえが欲しい。すべてを見透せるおまえを人間にしておくのが惜しい」

「なら御返事致しましょうかね。生憎《あいにく》、下働きはしない主義でね」

長嶺さんの軀がふわりと浮いた。直後、尖った鍾乳石に叩きつけられた。薪をへし折るような音が洞内に響いた。長嶺さんは口から血の泡を噴いた。

ひたすら無表情だったヒカリが、このときだけ我に返り、玉座から立ちあがった。

長嶺さんは半身を起こそうとして、けれどその場に転がった。苦痛に頰が引き攣れている。それでも、なぜか頭の横を指し示してヒカリに囁く。囁き声なのに皆に聞こえた。

「だいじょうぶだよ、ヒカリはいちばん強いからね。強くて、誰よりも賢い」

手の甲であふれる血を拭い、崎島に言う。

「なんか背骨がアレしちゃったみたいだよ。まいっちゃうね。また叩きつけられたらお仕舞いだからさ、あたしはアンチクリストの配下になるわ」

あっさり乗り換えた長嶺さんに、崎島は苦笑いした。なぜかちょっと嬉しいような不思議な気分だ。

長嶺さんが崎島を一瞥した。だいじょうぶだよ——と告げ、微妙に寄り添っていることを伝える眼差しで、崎島は裏切られた気がしなかった。

山際もスカウトされた。完全にアンチクリストに支配されているくせに躊躇した。崎島が行けと命じた。

「崎島さん、僕はこの変な男の子分になるんだよ。いいの？」

「いいよ、豚蛙。うまく立ちまわれ。こんどこそ千年続くヤマギワ農園を確立しろ」

崎島の笑顔の諒承に、山際は泣きだしそうな顔で頷いた。心の通い合った者たちのやりとりを見守っていた虎さんが、絞りだすような声をあげた。

「レッドメディカルタグの片割れ、私が慾しゅうございました。貴方様の血で練られ、唾液のついたレッドメディカルタグ」

アンチクリストが頰笑んだ。残忍な尖りが笑みに含まれていた。

「処女は健気だ。よし。崎島と闘え。肉弾戦の極致を見せろ。力尽くでレッドメディカルタグを奪いとれ。なにせ崎島がレッドメディカルタグをさげているうちは、ここに揃っている錚々《そうそう》たる悪魔も、なんら手を出せぬ。人であるおまえが奪いとるしかない。勝った暁にはレッドメディカルタグだけでなく瞬時に余がおまえの中に這入ってやる。これ即ち、処女喪失——。痛くて、苦しくて、気持ちいいぞ」

「!!　なににもまさる悦び。必ずや崎島を為留《しと》めて御覧にいれます」

気合いの入った虎さんと、あきらかに面白がっているアンチクリストを崎島は交互に見やった。

真御成婚の儀のさなかだったはずだ。器質的インポテンツの崎島をヒカリにあてがって処女性を保つ算段をし、ようやく父と娘の結婚式にまで辿り着いたわけだ。

けれどアンチクリストは目先の余興、肉弾戦に興味津々といった態で、それはいかにもアンチクリストらしいともいえるが、結婚式を失念するあたり、完全にヒカリに対する愛情に欠けていた。

この、なんでもありの世界だ。もはや父と娘が結婚することに違和感はない。ただし、それにはすべてを擲《なげう》って悔いることのない愛情が必須ではないか。

崎島は自分が最後の人類であることを確信した。たとえ崎島よりもヒカリのほうが長く生きたとしても、ヒカリは人であり神であるアンチクリストの娘であるから純粋な人類ではない。人類を超越した存在だ。崎島は呟いた。

「だから、なんなんだ」

心の中で燃え盛る恋情は、いまだかつてない熱を帯び、ヒカリに対する愛情は極限にまで達していた。崎島は慈しみのこもった眼差しをヒカリに据えた。

ヒカリは、完璧な無表情だった。

崎島を完全に無視した。

アンチクリストは目だけ動かしてヒカリの様子を見てとり、崎島に向けて大仰に肩をすくめてみせた。

相手にされようがされまいが、どうでもいい。俺は仲村ヒカリが好きだ。大好きだ。理屈ではない。ヒカリのためならば、命も惜しくない。

——俺は、ヒカリのためにこの世に生まれてきた。殺伐として虚しかった過去の日々はヒカリと出逢うための準備期間だったのだ。それがたとえアンチクリストの采配で、操人形として踊らされていたとしても、俺にはなんの関係もない。俺は、ヒカリのために、この世に生まれてきた。

ヒカリに対する愛情に沈み込むことができたのはそこまでだった。若干、腰を落とした三戦《さんちん》立ちに構えて微動だにしなかった虎さんが、すすっと向かってきた。

崎島には、三戦は三歩進んだあとに反転するという漠然とした知識があった。が、虎さんは反転しなかった。

とん！　とその巨体からは信じられない軽やかさで崎島に肉薄した。

唐突に虎さんの掌底が崎島の顎を襲った。背後に吹きとばされて、呆然としつつ錆臭い血の味が口中に拡がるのを感じた。油断していたなどというものではない。崎島は一息に破壊されてしまったことを悟った。

血を吐きだすと、千切れた歯茎の肉片をともなった無数の歯が鍾乳石の上に落ち、磁器の欠片をさらに割ったかのような秘めやかな音をたてた。

凄まじい掌底だった。崎島の歯のほとんどが喪われていた。下顎にも亀裂が入ってしまったようで口が閉じない。

真聖体拝領のさなかに、崎島は無意識のうちに舌先で歯並びをさぐったが、それはいまの有様が念頭にのぼらなかったにせよ、ほぼ全ての歯が喪われることを予知していたせいだったのだ。

——俺にはそれなりの直感力があるが、問題はそれが予知であったとしても、未来の現実に結びつかないことだ。

自身に揶揄の思いを向け、どうにか立ちあがろうとして、気付いた。腰を落としたときに裂けたのだろう、虎さんの喪服のズボンの臀が縫い目から綺麗に裂けていた。

「パンツ、見えてるよ」

そう言ったつもりだが、実際にでた声は、ふぁんつみへてるお——だった。アンチクリストが嬉しそうに拍手した。

崎島も薄笑いを返したが、実際はもう腰が砕けかけていた。いまごろになって掌底の威力が首の付け根に凝固集中して気を喪いそうだ。食いしばる歯がないので立ちあがるのに苦労したが、それでもどうにか直立した。

虎さんが強ばった真顔のまま、一気に踏み込んできた。崎島はカウンター狙いで拳を繰りだした。

へっぴり腰だったので、虎さんの頰に当たりはしたが、虎さんはなんらダメージを受けず、逆に崎島は鳩尾《みぞおち》に受けた一撃に、反射的に嘔吐し、黄水をぶちまけた。嘔吐の波にあわせて胸部左右に烈しい痛みが疾る。どうやら肋骨が相当数折れたようだ。

たまらず前方に倒れこむと、虎さんの胸だった。巨大で柔らかな胸に崎島の血塗れの顔がめり込む。虎さんは黙って崎島を支えた。じっと崎島の頭頂部を凝視した。

——この男があらわれる前までは、ヒカリは私を母のように慕っていた。私が母だった。ところがヒカリがこの男を連れてきた。私の面前でヒカリはこの男と唐突に二人だけの世界に入ってしまい、私など存在しないかのように振る舞った。崎島は耳朶を掻きむしり、出血を見てとったヒカリはそれを当然のごとく治癒した。それればかりかヒカリは指先の崎島の血を舐めた。二人にはもはや眼前の私など見えていなかった。私はヒカリの母から存在しない人にまで格下げされ、私は奈落の底に落ち込むような信じ難い孤独に、思わず涙した。

「許さない」

思いに耽りつつ呟いた虎さんの一瞬の隙を突き、崎島は臀ポケットからラジオペンチを引きぬく。虎さんの両眼を狙う。

確実に両眼を潰したはずなのに、虎さんの反射神経は尋常でなく、間一髪で避けられてしまった。虎さんの左頬と鼻翼にラジオペンチの先端が刺さっている。おそらく骨を抜けたのではないか。

虎さんは目を伏せて、顔に刺さったラジオペンチを一瞥した。不服そうに唇を尖らせ、左の鼻の穴から垂れ落ちてくる血を指先にまとわりつかせた。

掌底による最初の一撃がまだ頸椎に凝固していて、意識が遠くなりかけていたが、鳩尾の一撃の苦痛が凄まじく、逆に崎島は覚醒させられていた。相反する状態を打破し、解消する時間がほしい。

だが、あいだをおいて攻撃していては虎さんに勝てるはずもない。崎島は気力体力を振り絞った。虎さんの向う脛を軍靴の底で破壊する。

「私の弁慶の泣き所はね、バットで殴っても平気の平左《へいざ》でね。保持する相手がしっかりしているならば、バットなら三本、軽々とへし折ることができるんだよ」

顔面にラジオペンチが刺さったまま、虎さんはほんの少しだけ得意げな笑みを泛べて言った。崎島は蹴りの衝撃で痺れる足裏に愕然としつつ、平然と直立している虎さんに向けて跳躍した。

虎さんがよけるのは織り込みずみで、崎島は斜め横から虎さんの巨大な軀を這うようにして背後に回りこみ、しがみつき、その太い首に腕をまわした。

全力で絞めあげる。いままで幾人絞め殺したことか。男ならば喉仏の尖りが腕に感じられるところだが、虎さんの喉仏はさほど突出していない。一応は女なのだ——と妙なところで崎島は感じいった。

男ならばいい加減、喉仏が潰れるぐぎっという感触が腕に伝わるはずだが、虎さんは涎を垂らしながら、にやついている。やがて充血した眼球が突出しはじめた。

背後の崎島にはそれらが見えるはずもないが、過去の経験からさすがの虎さんも、そろそろ限界だろう——と、喪われた奥歯のあたりをきつく咬みしめ、顔を派手に歪めて全力で絞めあげていく。

虎さんの鼓動が尋常でなく速まっているのが下膊に伝わってきて、どうにか首をねじまげて虎さんを窺うと、刺さったままのラジオペンチが心拍に合わせて揺れているのが視野に入った。

崎島は気合いを入れなおし、仰け反るように軀を後傾させて自身の体重も加えて、絞めあげる。

だらりと垂れていた虎さんの手がじわりと持ちあがり、絞めている崎島の腕にかかり、こじるように挿しいれられた。気道を確保した虎さんが落ち着き払った声で言う。

「アンチクリスト様が御退屈なされぬよう、多少の見せ場をつくろうと思案したわけですが、崎島は絞首などという泥臭い闘いぶり。動きもなく、絵にもならない。ゆえに、そろそろ場面転換を致したく存じます」

「うん。カバの背中の蟻《あり》んこも悪くないが、余は残酷が見たいな。残酷なのがいいよ。残酷、残虐、悽惨、酸鼻、無惨、苛酷、暴戻《ぼうれい》、獣行《じゆうこう》、狂虐、冷酷、残忍——うふふ、余ってば類語辞典みたい。なあ、虎よ。刻削《こくさく》が見たいなあ」

虎さんは崎島の腕を引き剝がしながら問いかける。

「こくさく、とは」

「刻んで削ること」

「無知を恥じます」

「いいよ。刻んで削って見せてくれさえすれば」

呆気なく腕を外されて、崎島は虎さんに喉輪で宙づりにされた。罅が入っている顎に激烈な痛みが疾る。失禁し、宙でじたばたする両足がじつに無様だ。

虎さんは喉輪のまま崎島をゆっくり地面に近づけていき、加減せずに鍾乳石に後頭部を擦りつけた。

ごりごりごりという即物的な音と共に頭髪が四方八方に乱れ、後頭部の薄い肉が削げ、頭骨があらわになった。

扁平骨《へんぺいこつ》を削られる信じ難い痛みと恐怖に崎島が悲鳴をあげる。アンチクリストが満足げに呟く。

「ん。いいね。前もごりごりしなさい」

「はい」

虎さんは崎島の顔面を丹念に鍾乳石に擦りつけた。ただし一気に削ってしまうとアンチクリスト様の輿を殺《そ》ぐ。力を加減する。しかも鑢《やすり》じみた岩石ではなく滑らかな鍾乳石であり、うっすら濡れている。一息に削るのではなく、じわじわ時間をかけて刃物を研ぐように崎島を削りとっていく。

崎島が絞りだす悲鳴が凄まじい。

絶妙な加減で一分ほどかけて鼻がなくなっていき、目蓋《まぶた》も削げおちて、右の眼球が傷ついた。

本来ならば喪われた唇から歯が剝きだしになるところであるが、歯は当初の掌底で消滅しているので、歯茎が削られて、上顎下顎双方の薄黄色の骨が露出した。

これでよろしいですか？　と虎さんが目で訊く。アンチクリストが大きく頷く。

「忘れてしまっているのか」

「何のことでしょう」

「ペンチが顔に刺さったままだよ」

「あ――」

「忘れていたんだ？」

「忘れていました」

「崎島の臀ポッケにもどしてあげろ。ふたたびペンチで攻撃できるか、見守りたい」

はい、と落ち着いた声で返事をして虎さんは顔面に刺さっているラジオペンチをゆっくり引きぬいた。

自らが流した血溜まりの中に俯せのままで虫の息の崎島の臀ポケットに、ラジオペンチをもどす。

崎島はこんな苦痛のさなかにも臀に触れた硬く冷たく尖った感触を妙に懐かしく感じ、泣き叫ぶのを怺え、そっと顔に触れた。

「まいったな。のっぺらぼうじゃねえか。整形じゃ追いつかねえよ」

削られて眼窩から落ちそうになっている右の眼球を労りつつ押しこんで、心底から情けなさそうな、悲しそうな顫え声で続ける。

「これじゃヒカリに愛想尽かされちまう」

虎さんは崎島の後頭部に視線を落とし、剝きだしになっている頭骨を見つめる。うまい具合に削れて、本来は楕円の頭蓋が直線的な平面になっている。もう少し削れば脳が露出するだろう。

けれど早々と殺してしまうのはアンチクリスト様に御覧にいれるショーとしてはいまひとつだ。前と後ろは削った。横にして耳でも削ごうか——。

思案のせいで隙ができた。とてもラジオペンチを取りだす余地はないし、それをしていたら虎さんに対応されてしまう。ゆえに必死の素早さで這い寄って虎さんの膝横に全力を込めたフック気味の拳を叩き込んだ。

いやらしく腸脛靭帯《ちょうけいじんたい》と前脛骨筋《ぜんけいこつきん》の継ぎ目を狙ってきたので、虎さんは力が抜けて膝をついてしまった。崎島が顔面の骨も露わな顔で笑んだのを見てとって、虎さんは逆上した。拳を繰りだした崎島の右腕を極めた。一切の加減なしに力を加える。輪郭のくっきりした乾いた音がして、崎島の肘が折れた。

崎島は自分の右腕がありえない方向に垂れさがっているのを、他人事のように見つつ横転した。

利き腕をへし折られてしまっては、もはやチャンスがあったとしてもラジオペンチは使えない。利き腕を喪って、どうやって虎さんと戦えばいいのか。絶望が這い昇った。

「うーん、折ってしまったか。もう華麗なペンチ捌《さば》きを見られないね。虎よ。余はおまえの両眼にペンチが刺さるところが見たかったんだがなあ。実力差からいくと、それで、ようやくイーブンだろう。激闘第二部の始まりになったはずだ」

「――申し訳ございません」

慇懃に謝罪して、さらに虎さんは爪先立って踏み込んだ。

踵で崎島の左膝を砕いた。膝蓋骨《しつがいこつ》ばかりか大腿骨の外側顆《がいそくか》まで粉砕されていた。

さらに虎さんは念を入れて右臑《すね》の骨を蹴り折った。折れて尖って先端に淡く赤い肉片と黄色い脂肪をつけた脛骨《けいこつ》が、鋭角に裂けた腓骨《ひこつ》を伴って臑から飛びだした。

「左腕だけは残してやった。崎島よ、どうやって戦う?」

頬にぽっかり空いた穴に小指の先を無理やり挿しいれて挑発する虎さんは真顔だった。まだ崎島が、なにかできると信じている気配だ。

けれど崎島は幽かに首を左右に振った。流れる涙が流血と混じる。

勝負はついた。

いや、勝負になっていなかった。

一方的に破壊されまくっただけだ。虎さんの視線がゆるんだとたんに、崎島は激痛に七転八倒し、呼吸するのが難しくなっていることに狼狽した。掌底の次に受けた鳩尾に対する一撃で、折れた肋骨が肺を傷つけていたのだ。

まさに半死半生。呻いて身悶えすれば、肺のあちこちに穴があく。崎島の死は、時間の問題だ。最後の人類どころか、この中で真っ先に死んでしまう。

お告げによれば、こんなはずじゃなかっただろう——崎島は喘ぎながら、まだ見える左眼を見ひらき、すがる気持ちと怨みが絡みあった眼差しを長嶺さんに投げた。

崎島の視線を受けた長嶺さんは、満面の笑みを返してきた。長嶺さんの笑顔の意味がわからず、精神的な支えを喪った崎島はいよいよ情けない泣き声をあげ、冷たい鍾乳石の上をのたうちまわった。

山際は呆けたように口を半開きにして俯いたまま、崎島を見ようとしない。

崎島と行動を共にした若き日々が走馬灯のように駆けめぐる。

死なないはずの崎島さんが、死にかけている。どんなときも冷静だった崎島さんが、肺に肋骨が刺さるのがわかっていながら泣き喚いて痙攣し、身悶えしている。

「虎よ、レッドメディカルタグをはずせ。約束どおり、おまえにくれてやる」

アンチクリストが命じると、虎さんは黒々とした瞳を喜悦で輝かせて腰をかがめた。

崎島の首に手がかかり、虎さんがレッドメディカルタグをさぐる。

ボールチェーンに指先がかかった時点ではなにも起きなかった。

が、認識票に指先が触れたとたん、虎さんの指が一気に溶けた。

崎島の上にぽろぽろと爪が落ちてきた。

さらに虎さんの手は強烈な酸を浴びたかのように溶けはじめ、白骨があらわになり、その先端から肉汁が垂れ落ちる。

虎さんは膝をついた。

虎さんの肉と脂はだらしなく溶け落ちて、内臓も溶解していく。見るみるうちに白骨化していく。

虎さんの白骨は、一瞬だけ跪いた体勢をとっていたが、巨大な玩具が倒壊するかのように、けれどやたらと軽い音をたててカラカラ崩れ落ちた。

アンチクリストは眉間に縦皺を刻んで、長嶺さんと崎島を交互に見た。

長嶺さんが笑顔を崩さぬまま否定した。

「あらぬ疑いをかけないでおくれ。あたしにこんな力があったなら、とっくに世界征服を目論んでるって」

長嶺さんはあえて視線を投げはしなかったが、心眼はヒカリを捉えていた。ヒカリは完全な無表情をくずさない。けれど、私が与えたものを勝手に引き剝がすことは許さないという強烈な思念が伝わってきた。

アンチクリストもそれに気付いたが、ヒカリに崎島に対する執着が多少残っていようとも、どのみち崎島の命は長くない。喪服と骨だけを残してすっかり溶けてしまった虎さんを一瞥して、呟いた。

「おかげで虎の処女を破らずにすんだ。正直ホッとしたよ。そもそも真御成婚の儀の最中ということをすっかり忘れていた。ヒカリが怒るのも無理はない」

崎島に視線をもどす。

「だが、結婚式も戴冠も、後にまわしたほうがよいな。崎島が死んでしまっては、聞き出せぬからな」

けれど仕切り役の虎さんは薄桃色の粘液になってしまった。アンチクリストは長嶺さんを指差した。

「折れた背骨、治してやった。さ、余のために働け」

「はい、はい。ったく、か弱いあたしをあんな尖った石に叩きつけておいて治してやったもないもんだ。人使いの荒い頓痴気《とんちき》め」

「頓痴気！」

「あ、ごめん。つい本音が」

アンチクリストが余裕をみせる。

「頓痴気なんて、死語だろう」

「大きなお世話だよ。あたしはなにをすればいい？」

「まずは崎島のクルミの殻を割れ」

「お生憎様。朽ちて自然に割れるのを待つしかないのはおまえも知ってるだろ」

「おまえ！」

「貴様ならいいか？」

アンチクリストは戸惑いのにじんだ苦笑を泛べ、とりあえず長嶺さんの態度を不問に附し、崎島が生きているうちに真厄災除去の密儀の段取りを整えなければ真千年王国もままならぬ——と若干の焦りを隠さない。

「長嶺よ、崎島のレッドメディカルタグを外せ」

「やなこった。誰が好きこのんで溶けるもんかよ。こんだけ悪魔が雁首《がんくび》揃えて認識票を外せる奴もいないのか。無様だねえ。悪魔界の人材不足。あれ、悪魔は人材じゃないか」

無駄口を叩くばかりの長嶺さんをもてあましたアンチクリストは、レッドメディカルタグに触れることのできるもう一人の人間、山際に向けて顎をしゃくった。

「僕ですか！　役不足です」

「——役不足ってのは、役者が与えられた役に満足しないことを言うんだよ」

「あ、誤用ってやつですか」

「とっととレッドメディカルタグを持ってこい！」

「え～。僕がやんのかよ」

文句を垂れるわりに、飄々《ひょうひょう》とした足取りで山際は崎島の前に膝をついた。呻き、身悶えする崎島に顔を寄せる。

「虎さんって、本当に強かったね」

「ああ、尋常でない強さだった。段位とかにこだわらない実戦空手だよな」

「崎島さんがここまで壊されちゃうなんて」

「こうなってしまうと、お守りの役目もへったくれもねえや。遠慮せずに取れ。認識票、外せ」

「溶けないかな？」

「それは、俺にはわからん」

「崎島さん、そんなグチャボロで、よく喋るね。すっげー滑舌悪いけど」

「歯がねえからな。それよりも息が苦しい。凄く苦しい。肺に穴ってやつだ。いくら吸っても、洩れてる。なんか胸の変なとこが膨らんできてるのがわかるんだよ。まいっちゃうよ。それでも豚蛙に対しては見栄を張って喋ってるのを褒めてくれ」

「崎島さん」

「なんだよ、あらたまって」

「僕は千年も生きたくないから。すぐに崎島さんを追っかけてくよ。けど、とりあえず、この場は、その場しのぎで――」

「その場しのぎな。俺たちの得意技だったなあ。いつだってその場しのぎだった」

「ごめんね、崎島さん」

膝をつき、しばし思いに耽っていた山際が、勢いよく立ちあがった。見えないマイクを手に、ヒカリを、アンチクリストを、無数の悪魔たちを睥睨《へいげい》する。

――児童養護施設〈ヒカリ〉の地下に潜む魑魅魍魎、および遊戯《おいた》が過ぎるアンチクリスト様、こんばんは、こんばんは、いや待てよ、ひょっとしたらお外はもう夜明けでございましょうか。ならばこんばんはのおはようさん。もひとつおまけに、おはようさんのこんばんはでございます。

――さすがに夜更かし、応えますねえ。歳ですもんねえ。あんたも僕も若くねえ。ま、わたくしなんて若僧ですけどね。魑魅魍魎さんたち、いったいお幾つでございますかぁ。ずいぶん老けて見えますけどぉ。まったくこんなかでピチピチお若いのは王妃ヒカリ様だけでございます。それなのにヒカリ様、メンタマ、そんなに充血させちゃって、ドラキュラじゃねえんだから、夜更かしが過ぎますってばぁ。

——はい。ヤマギワ農法、すなわちヤマギワイズムでお馴染みのヤマギワ農園、皆様方のヤマギワ農園でございます。正確には、ヤマギワ農園でございました、ですね。お馴染みといってもいまは影もかたちもございませんから、御存じなくとも不明を恥じて首を吊る必要はございません。不肖わたくし、ヤマギワ農園、ヤマギワイズム主宰者だった山際猛でございますう。

——いやあ、正直ラウドスピーカーなしに、この山際猛さんの知性溢れる麗しき演説が成りたつであろうかと若干心配致しておったのですが、冷たく湿っぽいのと引き替えに、わたくしの声がじつによく響きわたる。まるで銭湯、よきかな、よきかな。で、ついでに、この腐った鍾乳洞に集う皆様方におかれましては、風邪などお召しにならぬようテキトーに祈念する次第でございますう。

——はい。わたくし山際猛、そしてヤマギワ農園のいちばん嫌いだったワードは無・視。さらに付け加えさせていただけば、山際猛の人格的欠点は絶望的な短気でございます。短気は損気。重々承知しております。されど、ゆったり構えているとそのまま死んじまう御時世ゆえ、若干早すぎるとは存じますが、実力行使させていただきますね。

——てー。

——はい。撃つバズーカもございません。気合いが見事に空回り、当初より御存じだった不発でございます。主語、省いてますう。当初より御存じだったのは誰でせうか。

——わはは。いやあ、いい調子。なんせ、ユタの館に早朝バズーカ咬ます前に練りに練った納豆みたいな台本、頭ん中にあるんですけどね、それを転用して、こうして山際猛、一世一代の大演説、客観的になっちゃうとつまんねーですよねえ。でも、自己顕示欲ってていうんですかあ、わたくしだってちゃんとここにいるんだよってとこ、顕《あらわ》したいじゃないですかあ。

——真千年王国。いいですねえ。

——アホか。このクソせまい沖縄島に引きこもって、千年ものあいだ、なーにすんですかぁ。ったく、どーやって暇つぶしすんだよ。

——最高の暇つぶしである戦争はないらしいから、せっせっせの性交ですかあ。和合ですかあ。いやあ千年間、竿先が乾く間がない。そりゃ、すっげーやぁ。でも女性ってヒカリ様しかいないじゃん。わたくし、悪魔のメスとすんのかなあ。なんだかなー。

——アンチクリスト様も悪魔さん方も、けっこう長生きしてらっしゃるようでございますが、まだ長生きしたいんですかあ。飽きないですかあ。

——ま、旅の恥は掻き棄てって言いますもんね。これも掻き棄ててみてーなもんだろか。って、あんたらの長生きは旅にも相当しねえぞ、惰性バカ。

——まったく偉大なる真千年王国に群れなす有象無象、アンチクリスト様に対してはじつに失礼な物言いになりますが、これを滞留と申します。大便小便溜め込んでうろついてるのは無様だって言ってるんだよ、各々方。腐れ便秘野郎！

——はい。とてもずるいわたくしでございます。それは見事な小物ぶり。だって、悪魔はまったく役立たず。いまやレッドメディカルタグに触れんのって、たぶん、わたくしだけじゃないっすか。なにを吐かそうが、アンチクリスト様がてめえから外すのを面倒臭がってるかぎり、さしあたり、この山際猛を処分できないのでございますぅ。

——って、外したとたんに、ぶっ殺されちゃうのかなあ。やだなあ。なんでわたくしってば、こんな演説、ぶってんのかな。そろそろ仕舞いに致したく、皆々様におかれましては御静聴、感謝感激雨霰《あられ》——いえね、わたくしのオヤジの口癖でございました。感謝感激雨霰——死語の世界でございますぅ。じゃ、終わるね。サンキュー、ベラマッチャ。


「崎島さん、僕、なにやってんだろ。なんか誰かに喋らされてるような」

「図々しいなあ、豚蛙は。それはおまえの内面の声だよ。てめえで言ってたじゃねえか。自己顕示欲って」

「あ、そうか。そうだね。しかしアンチクリスト様も呆れ果てて、なーんも言わない」

「それに関しては、愉快痛快爽快」

「そうかい」

「――人に言えた義理じゃねえけど、豚蛙もダジャレ、ひどいね」

「あ、ついに睨まれちゃったよ。あの目は怒ってるよ！　一刻の猶予もならんて感じだ。崎島さん、はずすよ」

「あいよ」

恐るおそるではあったが山際はチェーンではなくレッドメディカルタグに直接触れ、力を込め、反り返った。小首をかしげる。力みの残る困惑した表情で、アンチクリストを振りかえる。

「なんだ、これ。演技じゃないですよ。重たくて持ちあがんないんです。僕の力では無理ですね」

「あっさり諦めるな！」

「アンチクリスト様がチャレンジしたらいいんだ。とにかく凡人の手には負えません」

山際が言い終える前にアンチクリストは玉座から立ちあがっていた。

崎島は覗きこんできたアンチクリストに向けて虚勢を張り、喪われた顔を頰笑みのかたちに歪ませた。

「崎島よ。おまえを蘇らせてやりたい。けれどレッドメディカルタグが付いている以上、そしてクルミの殻に覆われている以上、余にも助けようがないのだ」

「クルミの殻はともかく、レッドメディカルタグ云々ということは、オッサンは半分悪魔ということだな。半分神様ならば、こんなもん、あっさり外せるだろう。いや半分神様も半分悪魔も似たようなもんか。神だの悪魔だの、ろくなもんじゃゃねえ」

「時間がないんだ！」

思いもしなかった剣幕でアンチクリストが怒鳴りつけた。図に乗ってお喋りしている場合ではなかった、山際の演説に呆気にとられている場合ではなかったと独白した。玉座を振りかえり、ヒカリに命じた。

「おまえは絶対に手出しをするな」

「一切、手出しはしておりません」

「虎を溶かしたのは？　レッドメディカルタグを持ちあげられぬほど重くしたのは？」

「さあ。私でないことだけは確かです」

「だよなあ。我が娘だもんなあ。そんなすばらしき悖徳《はいとく》を為すはずもないよなあ」

ヒカリは血の色の瞳を光らせて、頷いた。

「よし。ヒカリよ、もともとおまえがかけてやったものだ。おまえが外せ」

「しかしお父様も変ですね。御自分で拵えておいて、御自分では外せないなんて。母と一緒に食べてしまったくらいじゃないですか」

「触れてはならぬと直観が告げるのだ」

アンチクリストは食い入るような眼差しでヒカリを見つめ、逃げだす勢いで祭壇上にもどってヒカリを促した。

ヒカリは微笑とも薄笑いともとれる笑みを泛べると、ゆっくり立ちあがって祭壇から降りた。崎島の前に膝をつく。ヒカリの髪が周囲を遮断し、視線が絡む。

崎島は見た。ヒカリの瞳の奥で揺れる愛情の焔を。

ああ——崎島は嘆息した。報われた。これで死ねる。

「痛いよね。苦しいよね。でも、もう少し生きていて」

クルミの殻も無力化してしまうヒカリの囁きが心に響いた。ヒカリは躊躇いなく手をのばしてボールチェーンに手をかけ、血の色もあらわな認識票を外した。

前回訪れたときに激烈な頭痛に襲われた崎島を助けるためにヒカリは自分がさげていた認識票も崎島の首にかけていた。

だからヒカリの手で揺れるレッドメディカルタグは二枚だ。アンチクリストが壇上から声をかける。

「よし。それはおまえの首にかけておけ」

ヒカリは感情のこもらぬ上目遣いでアンチクリストを一瞥し、固唾を呑んで成り行きを見守っている悪魔たちに視線をもどした。

流麗なフォームから華麗な放物線を描いて飛んでいったレッドメディカルタグの先の数千の悪魔が、どす黒い細片と化し、霧化するように吹きとんだ。

生き残った悪魔たちが、いっせいに平伏した。口許に笑みを泛べて悪魔を睥睨するヒカリは、女王の威厳に充ちていた。

ヒカリは自身が成したことを肯定するかのごとくちいさく頷いて祭壇上にもどり、アンチクリストを小バカにした眼差しで見やり、玉座に腰をおろした。

「お父様に投げつけてもよかったんですけれど」

「投げつけて、どうするつもりだった?」

「もちろん私がすべてを支配するに決まっています」

悪魔たちの恭順の視線が、ヒカリに集中する。アンチクリストは片眉をあげて苦い表情を隠さない。

「さ、お父様。乙郎に訊くことがあるのでしょう。早くしないと事切れてしまいますよ」

「そうだった! 崎島よ、成就の御言葉を告げよ。そうすれば命だけは助けてやる」

「成就の御言葉。なんだ、そりゃあ」

「今宵の真の目的は、真千年王国安寧のための真厄災除去の密儀にある」

崎島は答えない。意識が遠のいてしまっているのだ。アンチクリストが苛立って手をかざした。崎島の軀が痙攣気味に上下した。

「告げよ、崎島。成就の御言葉を」

「──知らねえよ、そんなもん」

「長嶺がマリンコーにおたんこなるでたらめを教え込んだせいで、目論見がぶち壊しになってしまった。はじめから正しき成就の御言葉をものにしていれば、こんな回り道をせずにすんだのだよ」

「だから、知らねえって言ってるだろ」

「おたんこやらエアコンの冷気やらクルミの殻やら──。長嶺というババアにすっかり振りまわされてしまったが、それでも長嶺は余に恭順の意を示した。億単位の悪魔よりも、たった一人の長嶺だよ」

長嶺さんが、うんうんと得意げに頷いている。崎島は苦痛で歪んでいるのっぺらぼうの顔に苦笑の気配をにじませた。長嶺さんから視線をはずし、せわしない呼吸を抑えこんで呟く。

「直観だが、俺もおまえにとって、意外な難物だったんだろ？」

「ああ。不能ゆえにヒカリのボディガードには最高と見込んだわけだが、霊力自体はたいしたことがないことも込みだったんだよ。鋭いと余のことに気付いてしまいかねぬからな。準備中に騒がれてはたまらんからな。が、とにかく意識をそらすのが巧みで、空白のときに心を漁っても、なーんにもわからない。たいしたもんだよ人殺し。さんざんムチャをしてきたから、獲得したんだよ、無神経」

「なるほどなあ。戦争の効用ですか」

「確かに戦争というもの、人の心を、ま、人によるけれど、うまい具合に鍛えるという側面があるな。別の物言いをすれば、心を喪うということだが」

崎島はかろうじて動く左手で胸部を圧迫して呼気が肺の外に洩れぬよう按排し、アンチクリストを嘲笑する。

「おまえの話は、すぐに筋道から外れてしまうな。斑《むら》っ気があるな」

「やかましい。時間がないのでやきもきするが、外れついでに教えておいてやろう。おまえが好きな宇宙の話だ。宇宙の終わりにはビッグクランチとビッグフリーズ、そしてビッグリップがあることは知っているな」

アンチクリストに解説してもらうまでもない。ビッグクランチは、いま現在の宇宙は加速膨張しているが、いずれ加速に制動がかかって膨張が減速し、重力によって宇宙が一点に収縮し、時空がつぶれて特異点に収束するというシナリオの宇宙の終焉である。

けれどいまの宇宙は質量に加えてエネルギーに占める斥力、おそらくは真空のエネルギーであるダークエネルギーの割合が七割ほどと圧倒的に優勢であり、ビッグクランチはありえないといわれている。

ビッグフリーズは、空間とダークエネルギーの関係が対等であれば、宇宙は一定の速度で膨張し、長い長い年月を経て宇宙を作動させていたエネルギーは燃えつき、光子のみが飛び交う絶対零度の冷え切った世界となってしまう――つまり宇宙の低温死という終焉のシナリオだ。

けれど斥力であるダークエネルギーが急激に増えれば宇宙の膨張速度は光速を超え、すべての銀河が遠ざかっていってしまう。光速を超えるものはないとする相対性理論だが、空間の膨張が光速を超えることは否定していない。

結果、最後の数分ですべての星や惑星が引き裂かれ、原子が破壊されてしまう。つまり重力、電磁力、弱い力、強い力といった基礎的な相互作用が光速を超えてしまうことにより、ゲージ粒子の交換が行えなくなり、構造自体が存在できなくなるのだ。最終的には時空すらも壊裂して、我々が当然のことと感じている現実が消滅する。これがビッグリップである。

「重力収縮による超高温、一点集中による宇宙の高熱死は、もはや起こりえないとされている。すると宇宙の終焉は斥力の膨張による二つの相、ビッグフリーズかビッグリップということになる。この二つは余と、余の勢力が握っているダークエネルギーによるものであり、それゆえに物理法則的にはビッグフリーズとビッグリップが生じるのは、概算だが現時点から数十億から数百億年ほども先になる。真千年王国は千年保てばいい。山際は千年は長いと吐かしおったが、たかだか千年。我々は強欲ではない。たった千年保てばよいのだ。数十億年、数百億年後は想定外だ」

「まったく無慾だよ。たいしたもんだ。呆れたもんだ。ダークエネルギーを握っているのは、てめえらだっていうのか」

「然様。握っているというと大仰だが、ダークと名付けられたのは決して偶然ではないのだよ」

アンチクリストは釈明の口調だった。合わせて青白い頰が幽かに朱に染まってしまい、ハッタリであることが透けてしまった。

「たかが語呂合わせじゃねえか。たいした妄想力だ。頭、だいじょぶか？　物理の究極がおまえたちのような泥臭い存在に握られているはずもない。度し難い虚言癖だな」

「――即座に殺したいところだが、そうもいかぬ。真千年王国を成立させ、千年の安寧を保障するためには、ビッグフリーズとビッグリップ以外の宇宙の終焉をもたらすもの、最悪の厄災＝相転移を阻止せねばならぬ」

そういうことだったのか――ほとんど開かなくなっていた崎島の左目蓋が動き、わずかに黒眼が覗いた。剝きだしのまま傷ついた右目は中途半端に眼窩から落ち、もうなにも見えない。

相転移を口にすることをヒカリが押しとどめたのも、長嶺さんがエアコンの冷気を限界まで下げて盗聴を防いだのも、すべては相転移が関わっていたのだ。

万が一、崎島が相転移からの連想で成就の御言葉を口走ってしまえば、その時点で人間の世界は終わっていた。崎島も長嶺さんも山際も用済みになっていた。

「崎島も知ってるだろう。相転移が起こる確率だ。相転移は、百億年に一度、起こるという。我々の宇宙が成立してから百三十八億年たった。まだ相転移は起きていない。だが、だからこそ確率的にはいつ起こっても不思議ではない」

崎島が嘲笑する。

「ダークエネルギーを握っているおまえたちなのに、相転移を阻止できないのか」

「相転移だけは、誰にも阻止できないのだ。どうしたことか我々も水が氷になることを阻止できないのだ。凍るのを見守ることしかできない。崎島も含めた我々が水中に住んでいるとしよう。いきなり相転移が起きて水が氷になったら生存は不可能だろう」

「氷中の魚だな。また相転移が起きて氷が水になるまで冷凍されて生き延びることができるさ」

「そんな単純なものか。宇宙の相転移は、分子構造の並びまで変化させてしまうのだからな」

「まったく相転移は不可解な現象だ」

「ああ。手に負えぬ。我々の宇宙の偽の真空で相転移が起き、真空の崩壊による真の真空の泡が発生すれば、真千年王国どころか我々の宇宙そのものが消滅する。それを防ぐ唯一の方法は、真の御言葉を授かり、真厄災除去の密儀にて余がそれを唱えることだけだ」

じつに解説的な口調だ——と崎島は弱々しい笑い声をあげた。

「相転移を防ぐ御言葉は、『おたんこ』だ」

アンチクリストの額に青筋が浮かぶ。けれど崎島はそれに気付くこともなく、もはや身悶えはおろか、呻くこともない。間遠《まどお》な息をつないでどうにか生を保っている。

真空はじつに不安定なものであることが最近の物理学研究からわかってきた。そればかりか真空そのものにエネルギーがある。真空はじつに不安定で、しかもエネルギーをもっているのだ。

レッドメディカルタグを首にした当初に崎島が目の当たりにしたのが、時間も空間も存在しない真空の、不安定にしておぞましい姿だった。究極の物理は、人の理解を超えて、無こそがすべての根源である——と崎島に告げたのだった。

真空から相転移によってエネルギーが放出されると、即座に我々の宇宙の物理法則は崩壊する。

相転移によってあらわれる新たな宇宙の泡は、急激に膨張し、我々の古い宇宙を一息に飲みこんですべてを破壊する。

そもそもビッグバンの直後の一兆分の一秒にも充たぬあいだに、まだそれがなにものによるのかは解明されていないが、相転移が起きた。そのときにあふれたエネルギーが我々の宇宙の時空を、物質を、それらを支配する物理をつくったとされている。

そもそもダークエネルギーは相転移を引き起こした真空に残っていたものであるとする説もある。新たな相転移を惹起する種子が我々の宇宙には仕込まれているのだ。

相転移がもたらした泡は、光の速さで膨張し、我々の宇宙を駆け抜ける。すべては破壊され、泡が抜け去ったあとには新たな物理法則をもつ新たな宇宙が誕生する。

もっとも相転移が起きたとしても、我々にはまったくわからない。光速で駆け抜ける泡によって意識する間もなく消滅してしまうからだ。

「崎島よ。真千年王国のためだけではない。地球を、宇宙を救うために真の御言葉を告げよ。さすれば手荒なことをせずにすむ」

「手荒なこと――。よく言うよ。俺は死にかかってるんだぜ」

「手荒とは、虫の息の崎島の意に染まぬことをするということだよ。心が読めればおまえをこのような苦痛に曝しておくこともないのだが、なにせ長嶺のクルミの殻は強力だ。残念ながらまったく読めない。ならば、読むのは諦めて、崎島の脳に直接働きかけて、記憶の領野を弄《いじ》くって、真の御言葉をおまえのその歯のない口から吐きださせよう」

言いながらアンチクリストは長嶺さんを一瞥した。これも人徳というのだろうか。最大の面倒を引き起こした元兇なのに、なぜか許してしまっている。

長嶺さんは欠伸まじりにアンチクリストを見つめかえした。崎島はかろうじて目を動かして長嶺さんとアンチクリストを交互に見やった。

大演説をぶった山際は、じっと崎島を見つめて動かない。いつ死んでもよいという決意がそのごく平静な瞳孔の奥に揺蕩《たゆた》っている。崎島と視線が合うと、柔らかく笑った。両生類が笑ってらあ――と崎島は胸中でおちょくりつつ、じつはこの小さく潰れた男にずいぶん依存していたことを悟った。

アンチクリストは超越的な力をもっているが、万能ではない。エアコンの冷気に充ちたユタの館の崎島の心を読めたなら、このような回り道をせずとも成就の御言葉をものにすることができただろう。

けれど、アンチクリストは距離と時間という、量子力学以前のアインシュタインあたりまでの古典物理学の法則に縛られているようだ。

だが、ごく間近にあってアンチクリストは力を発揮できる。相当に強力だ。それを見越して長嶺さんが崎島の心をクルミの殻で覆った。薄れゆく意識のなかで崎島は考えをどうにかまとめ、呟いた。

「つまり、読心ではなく脳細胞を弄って物理的に否応なしに喋らせるということか」

「そのとおり。脳から声帯にむけて言葉を押しだすときに受ける苦痛は、いま崎島が感じている肉体の苦痛など蚊に食われた程度のものでしかない。死にゆくおまえにそれを味わわせるのも忍びない。が、真千年王国成立のためには、真の御言葉が必須なのだ」

「なるほど、ね」

確かにアンチクリストが読むことのできぬ崎島の心だが、記憶の領域には真の御言葉が確実に刻まれていた。なにしろ崎島自身が拵えたものであるのだから。

氷は水なり。
水は水なり。
湯気は水なり。

この言葉が電気信号であるにせよ記憶として心にあるうちは、いい。長嶺さんがクルミの殻で覆ってくれているから露見することはない。けれど、物理的に脳髄を弄られて、ニューロンの記憶野の電気信号以下を作動させられて崎島自らそれを口にしてしまえば、おしまいだ。電気信号を変換されて、言語化されたら、逆らいようがない。至近距離なので、どうやらそれが可能である気配だ。

崎島は折れていない左手を使ってどうにか上体を起こした。

言う気になったか——とアンチクリストが身を乗りだす。

崎島は薄笑いを返し、ヒカリにむけて頷いた。

いいところをまったく見せられなかった俺だが、御言葉はぜったいにわたさない——。

ヒカリは一切表情を変えなかった。別段興味はない、といった血の色と裏腹の醒めきった眼差しで完全に無視された。

失望に、がっくり折れそうになる首をどうにか保って、現実を彼方に追いやり、胸中で反芻する。

――痛いよね。苦しいよね。でも、もう少し生きていて。

崎島はジーパンの臀ポケットをさぐる。ラジオペンチを取りだす。

喉の奥に突き刺したように見えた。

だが崎島は自死を目論んだわけではなかった。いまは無視されてしまったが『もう少し生きていて』という先ほどのヒカリの言葉が崎島の意志と命を支えていた。

舌のもっとも奥をラジオペンチで挟みあげる。左手なのでややぎこちないが、まずは右側から舌を引き千切っていく。

たった一本残っていた奥歯とペンチがぶつかりあって、意外に澄んだ音がして、ベリベリと粘着テープを引き剝がすような音が頭蓋に響き、肉が組織から分離断裂していく。

ほぼ舌の真ん中まで裂いて、こんどはペンチの先を舌の左奥に向ける。細心の注意を払いつつ、渾身の力を振り絞る。

ラジオペンチで引き抜かれた舌は、崎島の入念な作業により、声帯などの組織までいっしょに引き連れてきた。舌は即座に血の色をなくして真っ白になった。附随する喉の組織の鮮やかな赤との対比が鮮烈だ。

物理的な遣り方には、物理的な方法で遣り返す——。

ペンチと舌を投げ棄てて、崎島はゆるゆると昏倒した。アンチクリストが呆れ顔で首を左右に振った。

「たいしたものだよ。感服した。が、無駄なことをしたものだ。余はヒカリに問おう。おまえと一緒に暮らしていたのだから、必ずや知っているものと確信している。もちろん娘にして妻に手荒なことはしたくないが、その選択肢も排除せぬ」

血溜まりのなかに転がった崎島に、狼狽が疾る。視野の端にヒカリが頰笑むのが映ったからだ。それはアンチクリストの口にしたことを肯定する笑みだった。

「さ、ヒカリよ、教えておくれ」

「はい。乙郎には申し訳ないけれど、遣り取りでピンときてしまいました。あれですね。あれだ」


氷は水なり。

水は水なり。

蒸気は水なり。

崎島の軀に絶望の引き攣れがおきた。崎島の様子を見てとったアンチクリストの唇の端が裂けるかのように歪んで、安堵と酷薄のにじんだ笑みが泛んだ。

――よし。真の御言葉を手に入れた。よけいな面倒を避け、はなからヒカリに訊くべきだった。まったく手順に囚われすぎるのは余の悪い癖だ。だが、万が一を考えて念には念を入れる。

「ルシファーよ」

「はい」

「御言葉を吟味せよ。過ちはないか？」

「――これぞ真の御言葉です」

「よし。では即座に真厄災除去の密儀にかかる。なにせ相転移は一秒後に襲ってくるかもしれぬのだからな。形式張った準備は必要ない。余はここに真の真御言葉を唱え、真千年王国の真王として、真千年王国に真千年の真安寧をもたらす」

アンチクリストは一瞬息を詰め、左手を掲げ、厳かに唱えた。

「水は水なり。水は水なり。蒸気は水なり」

××××××××××××××××××××××××××××××××

××××××××××××××××××××××××××××××××

××

すべてが消え去っていた。ヒカリと崎島だけを残して――。

ヒカリは意図して湯気を蒸気と言い換えたのではない。ヒカリの記憶には蒸気が正しい御言葉として刻まれていたのだ。

黒ミサに向かう車中で長嶺さんから、湯気ではなく、蒸気は水なりと本気で思い込み、それを信じろと命じられたのだ。

アンチクリストの娘であることを抵抗なく受け容れることをはじめとして、長嶺さんからのアドバイスをすべてこなすことができたと自負している。

結末はヒカリが思いもしなかったものであったが、望みうる最高の結末だった。

膝枕している崎島の鼻筋を人差指の先でそっと撫でる。

幽かに目蓋を痙攣させて目をひらいた崎島が、ぎこちなく周囲を見まわす。

無限の暗黒が拡がっていた。星はおろか、光も一切ない。けれどヒカリの姿はくっきり見える。不可解なことに膝枕された崎島とヒカリは宙に浮いているようだ。

「ここは」

「たぶん別の宇宙だよ。乙郎の大好きなマルチバースのなかのひとつ。無限にある宇宙の中の乙郎と私だけの宇宙」

真の無限には、いま私たちが暮らしている宇宙と瓜二つで、あなたと同じあなたが、あなたと同じことを寸分違わず行っている宇宙も確率的に必ず存在するということは、単純な数学的帰結だ。

骰子《さいころ》を振れば一から六のどれかの目が出るにきまっている。これは可能性ではなく、確率であり、現実だ。マルチバースとは無限が刻まれた骰子である。無限には完璧な同一も含まれうるし、ヒカリと崎島だけの宇宙も必然として存在する。無限とは、数学的にそういうことなのだ。

そもそも私たちという存在がオリジナルであるという保証など、どこにもない。

「なに、心の中で解説してるのよ」

「——恥ずかしい。俺とアンチクリストはよく似ているよな」

「そうかなあ。乙郎は父のような美男子じゃないし」

「うるせえ」

吐き棄てて、気付く。

「手足も胸も痛くない。舌もついてる」

「ただし、私も乙郎も全裸だよ」

「ほんとうの俺は、あの鍾乳洞で死んじまったのかな」

「いま乙郎が解説してたじゃない。私たちという存在がオリジナルであるという保証など、どこにもない——って。いまの私たちの存在のほうがオリジナルかもしれないよ」

「数学的可能性によれば、ありうるな」

「ありうるよ！」

崎島はヒカリの手によって暗黒の虚空に横たわらされた。ヒカリは崎島の目を真っ直ぐ見て問いかける。

「したことはないけれど、しかたは知っている私は、悪い子？」

崎島はそれどころではなかった。ヒカリの手の中で、諦めきっていた男が育ちきっていた。

「絶対に不可能なはずだったんだ」

「可能な乙郎と、不可能な乙郎。オリジナルは、どっちだろうね。オリジナルっていう問いかけ自体が虚しいことなのかな。私にとって、いまの乙郎が、完璧なオリジナル」

横たわったまま我が身の充実を実感して微動だにできぬ崎島の上に、そっとヒカリが重なってきた。

即座に崎島は爆ぜ、虚空を打ち据えるように仰け反って、幽かに暗黒を乱した。

けれど崎島は不調法を恥じるばかりで、無限の暗黒が波立ち、光の速度を超えた波動が拡がっていったことに気付かなかった。

「——すまん」

「いいよ。凄く痛いし」

「痛いか」

「耐えられないほどじゃない」

「まだまだ可能だ。すまんが動作してくれないか」

「動作。乙郎はうまいことを言うね」

ゆったりとヒカリは永久《とわ》を揺れはじめた。

永遠無限が揺籃《ようらん》する。

暗黒が微振動し、虚空が美しく裂けはじめた。

曙光《しょこう》を感じとって、崎島は薄く閉じていた目を見ひらいた。誰が言ったのか判然としないが、心の底から弾けるように湧きだす言葉があった。

——目覚めよヒカリ。ヒカリあれ！

解説

細谷《ほそや》正充《まさみつ》
（文芸評論家）

文庫解説や書評を執筆するとき、作家をジャンルでカテゴライズしてしまう。「ミステリー作家の〇〇〇〇」「SF作家の××××」「歴史時代小説家の△△△△」といった具合である。このようなカテゴライズを嫌う人もいるが、私は当たり前のように使っている。どのような作家なのか、読者に簡単に分かってもらえるからだ。

だが、そうやって使いながらも、心の中では、作家は一人一ジャンルであるべきだと思っている。その作家でなければ創り上げられない、独自の物語世界を次々と生み出す。他の作家では代わりにならない、唯一無二の存在となる。作家の理想とは、これであろう。とはいえ、そのような作家は少ない。あくまで個人的な意見になるが、現役の作家なら三十人前後といったところではないか。そしてその中の一人が花村萬月なのである。いうなれば、ジャンル花村萬月だ。

ではなぜそう思うのか。理由は二つある。一つは作品の幅広さだ。一九八九年、第二回小説すばる新人賞を受賞した『ゴッド・ブレイス物語』は音楽小説であった。しかし以後のバイオレンスに満ちた作品で、ミステリー作家と目《もく》されるようになる。もっとも、これも花村作品の一部に過ぎない。やがて、さまざまなジャンルを勢いよく横断し、時にはジャンル分類不能の作品も上梓《じょうし》している。しかも、どれも面白い。その膨大な作品を一言で表現しようと考えると、ジャンル花村萬月というしかないのである。

もう一つの理由が、先の分からないストーリー展開だ。花村作品には、通常の物語のセオリーが通用しない。それまでのストーリーの流れから、先を予想しても、まったく違う方向に行くことがよくある。私が最初に、それを意識したのが一九九三年の『真夜中の犬』だ。暴力に満ちた（「著者のことば」に「この暴力は、愛情なのです。」とある）主人公たちの旅の先には、衝撃の展開が待ち構えていたのである。一瞬、あっけにとられた後、この作家スゲーと興奮したものだ。その後の作品でも、常に読者の予想を上回り、驚異の物語世界を披露してくれる。こんな作家は、そうはいない。だからやはり、ジャンル花村萬月というしかないのである。

と、前振りをして、いよいよ『ヒカリ』だ。「小説宝石」二〇一九年二月号から二〇二〇年二月号にかけて連載。二〇二〇年六月に、光文社から単行本が刊行された。花村作品だから、今回もとんでもないだろうと思いながら本を開いたが、いったいこれは何だ。何なんだ！　パニック小説？　ＳＦ？　ホラー？　恋愛小説？　単行本の帯に「無比の想像力が生み出す量子論的ホラー！」とあるが、担当編集者も頭を抱えながら絞り出したのではないか。花村作品の中でも、特にカオス度が高いストーリーなのである。

　仲村《なかむら》ヒカリという少女の語りから、物語は始まる。彼女を妊娠した母親は、軍人で白人の父親（とヒカリは思っている）に捨てられた。その母親は、産み落とした娘を、児童養護施設〈ヒカリ〉の門の前に捨てた。そしてヒカリと名付けられ、施設で成長したのだ。ヒカリは、巨軀の女性園長・仲村虎《とら》を慕っている。だから高校生になっても施設にいた。しかし学校の教師がストーカーになり、高校を中退。ストーカーから逃げるために施設を出た。そのストーカーについて相談に訪れ、自分のことを語っているのだ。

　という冒頭を経て、視点人物が崎島《さきしま》に移る。沖縄の辻《つじ》にあるオンボロビルの所有者で、それなりに評判のいい男ユタだ。まあ、本当にユタの能力があるわけではない。ビルを所有し、かなり金を持っているようだが、過去は不明。器質的不能だが、なぜそうなったのかも不明。得体のしれない人間である。

　ヒカリを気に入った崎島は、ユタ役の人間を集めて、〈ユタの館〉を開業。崎島とヒカリも含めて、総勢十三人。この人数は崎島のこだわりだ。本当に不思議な力のあるらしいのは、長嶺《ながみね》という女性だけ。それでも〈ユタの館〉は大いに繁盛した。

　ところが沖縄では、自分の首を抱えた、ゾンビのような屍人が徘徊するようになっていた。ストーカーも屍人になっており、ヒカリと遭遇したとき、崎島がやっつける。屍人が出てくるのが唐突なら、やっつけた後に、ごく普通の調子で漫才みたいな会話を交わすヒカリと崎島の姿も異様。日常↓非日常↓日常という流れが、シームレスすぎて、困惑せざるを得ない。

だがそんな読者の気持ちにはお構いなしに、ストーリーは進んでいく。海から上陸した十人のマリンコー（海兵隊）姿の悪魔が、眠っていた崎島を襲撃。しかしなぜか崎島の背中に彫られた〝おたんこ〟という刺青を軍用マチェテで彫りなぞっただけで引き上げる。これでマリンコーとおたんこが、紐づけられたようだ。長嶺が何か知っているようだが、詳しいことは話せないらしい。

その後、マリンコーが沖縄を徘徊し、死を振りまく。屍人も、どんどん増えていく。さらにアラハビーチに、大量のマリンコーが上陸。マリンコーと戦った米軍だが、撤退を余儀なくされた。やがてマリンコーは、世界中のおたんこな人間を殺しまくる。処女と器質的不能だが、愛し合うようになったヒカリと崎島は、奇妙な平穏を獲得した沖縄で、養護施設を護ったりする。滅亡に向かっているらしい世界と、ヒカリと崎島のバカップルは、どこに行くのだろう。

粗筋《あらすじ》を読んで、何がなにやらと困惑したあなた。安心してほしい。私も読んでいるときは、何がなにやらだった。それでも夢中でページを捲《めく》ってしまったのは、ヒカリと崎島が魅力的だからだ。花村作品特有の複雑な性格を持つ崎島。途中から登場する山際《やまぎわ》という男（屍人を使った××××という彼の発想が、とてつもなくグロテスク）により、崎島の過去の一端が明らかになり、戦闘能力の高い理由も判明する。暴力の行使を厭《いと》わず、やたらと饒舌《じょうぜつ》で、だけど世間と他人のことをよく理解している。とにかく崎島は、強烈な磁場を持つ男なのだ。一方、話が進むにつれ、ヒカリが特殊な力を持ち、特別な存在であることが明らかになっていく。彼女については詳しく書けないのだが、ある意味、究極のヒロインといっていいのではなかろうか。もちろん長嶺を始め、周囲の人々も魅力的だ。

そんな人々が躍動するストーリーは、行き当たりばったりのように見える。だが最後まで読むと、実に考え抜かれていることが分かるのだ。父親のものだと思ってヒカリが持っている、赤いドッグタグ。結界で守られた養護施設から消えていく子供たち。怒濤《どとう》のクライマックスに至り、いろいろなことがパズルのピースのようにはまり、とんでもない展開になる。まさに本書は、ジャンル花村萬月というしかない怪作にして快作なのである。

ところで本書には、崎島がヒカリに量子論と人間原理について語る場面がある。かなり長いのだが、これがメチャクチャに面白い。この宇宙が、なぜこんなにも人間にとって都合がいいのかという説明には、なるほどと感心した。そういえば、二〇二一年の『対になる人』や、二〇二二年の『姫』にも、量子論が出てくる（『姫』は戦国時代が舞台なのに）。量子論によって見えてくるものに、作者は興味があるようだ。

さて、タイトルが出たので、『対になる人』にも触れておこう。これは少女時代からの悲惨な体験から心に五十の人格を持つ齊藤紫織《さいとうしおり》という女性と、彼女に手を差し伸べた菱沼《ひしぬま》逸郎《いつろう》という作家を主人公にした物語である。「小説すばる」二〇一九年六月号から二〇年十一月号にかけて連載と書けば、本書の連載と重なりあっていることが分かるだろう。そして『対になる人』に登場する紫織の裡《うち》なる人格の一人が〝ひかり〟というのだ。偶然の一致？　いや、そんなことはない。なぜならヒカリとひかりだけではなく、本書には沙霧《さぎり》という女性が登場し、『対になる人』には沙霧という少女が登場しているのだ。

ちなみに本書の沙霧は、〈ユタの館〉の殺されたユタの代わりとして、新たなユタとなる。気になるのは、殺されたユタの新城　幸《しんじようみゆき》という名前が、生前に一切出てこないこと。まるで死んだことにより、初めて人間としての存在を認められたように、名前が出てくるのである。本書は名前の出てくる登場人物が極端に少ないのだが、新城幸の扱いを見れば、作者の明確な意図を感じることができるのである。

少し話がずれた。本書と『対になる人』の関係に戻ろう。そもそも、『対になる人』というタイトルが意味深だ。もちろん物語の内容と呼応したタイトルなのだが、連載の時期から考えて、ヒカリとひかりを〝対になる人〟にした可能性もある。もしそうなら、二人のどこが対となっているのか。紫織の裡なる人格の中で、もっとも〝死〟に近く、物語で重要な存在として屹立《きつりつ》しているひかり。それに対してヒカリは、崎島と愛し合い、養護施設の園長など、自分の大切な人を守ろうとする。さらにラストを見れば……おっと、これは読んでのお楽しみだ。驚天動地のラストと、『対になる人』のひかりから、ヒカリが何者なのか、あれこれ考えてしまうのである。

いうまでもなく本書は独立した作品だ。しかし他の作品との繋がりを考察することによ り、花村萬月というジャンルを、マルチバース的に捉えることができる。唯一無二の作家の創り上げた物語世界という〝沼〟の底は見えず、だからこそどこまでも深く潜りたくなるのである。

〈参考引用文献〉
『悪魔学大全』酒井潔　桃源社
『ビブリオテカ　Ⅱ』澁澤龍彦　白水社
『澁澤龍彦集成　Ⅰ』澁澤龍彦　桃源社
『図解　悪魔学』草野巧　新紀元社
『図解　黒魔術』草野巧　新紀元社
『図解　天国と地獄』草野巧　新紀元社
『地獄百景』田中久美子　ＫＫベストセラーズ

『公教会祈禱文』カトリック中央協議会　中央出版社
『公教会祈禱文（昭和23年版）』カトリック中央協議会　聖パウロ修道会
『小祈禱書（昭和33年1月版）』日本ハリストス正教会　編著者不明
『キリストと我等のミサ（改訂版）』聖ザベリオ宣教会　タルタリ・チェザレ　中央出版社
『聖書（１９５５年改訳版）』日本聖書協会　編著者不明
『新約聖書』フェデリコ・バルバロ　ドン・ボスコ社
『カトリック聖歌集』聖歌集改訂委員会編　光明社

『図解　量子論がみるみるわかる本』佐藤勝彦監修　ＰＨＰ研究所
『相対性理論を楽しむ本』佐藤勝彦監修　ＰＨＰ研究所
『「量子論」を楽しむ本』佐藤勝彦監修　ＰＨＰ研究所
『宇宙138億年の謎を楽しむ本』佐藤勝彦監修　ＰＨＰ研究所
『眠れなくなる宇宙のはなし』佐藤勝彦　宝島社
『ますます眠れなくなる宇宙のはなし』佐藤勝彦　宝島社
『宇宙137億年の歴史』佐藤勝彦　角川学芸出版
『宇宙は無数にあるのか』佐藤勝彦　集英社
『宇宙はなぜこんなにうまくできているのか』村山斉　集英社インターナショナル
『宇宙が始まる前には何があったのか？』ローレンス・クラウス　青木薫訳　文藝春秋
『量子革命』マンジット・クマール　青木薫訳　新潮社
『エレガントな宇宙』ブライアン・グリーン　林一・林大訳　草思社
『宇宙を織りなすもの　上・下』ブライアン・グリーン　青木薫訳　草思社
『隠れていた宇宙　上・下』ブライアン・グリーン　竹内薫監修　大田直子訳　早川書房
『量子論から解き明かす「心の世界」と「あの世」』岸根卓郎　ＰＨＰ研究所
『意識はいつ生まれるのか』マルチェッロ・マッスィミーニ　ジュリオ・トノーニ　花本知子訳　亜紀書房

『幻覚脳の世界』ロナルド・K・シーゲル　長尾力訳　青土社
『量子力学で生命の謎を解く』ジム・アル=カリーリ　ジョンジョー・マクファデン　水谷淳訳　SBクリエイティブ
『脳とテレパシー』濱野恵一　河出書房新社
『宇宙は無限か有限か』松原隆彦　光文社
『図解　宇宙のかたち「大規模構造」を読む』松原隆彦　光文社
『Newtonライト　13歳からの量子論のきほん』ニュートンプレス
『Newton別冊　量子論のすべて　新訂版』ニュートンプレス
『Newton別冊　数学の世界　図形編』ニュートンプレス
『Newtonライト　死とは何か』ニュートンプレス
『別冊日経サイエンス　量子宇宙　ホーキングから最新理論まで』日本経済新聞出版
『別冊日経サイエンス　不思議な量子をあやつる　量子情報科学への招待』日経サイエンス社出版

◎以下、講談社ブルーバックス
『心は量子で語れるか』ロジャー・ペンローズ　中村和幸訳
『宇宙の「果て」になにがあるのか』戸谷友則

『時空のからくり』山田克哉
『インフレーション宇宙論』佐藤勝彦
『不自然な宇宙』須藤靖
『量子もつれとは何か』古澤明
『宇宙は本当にひとつなのか』村山斉
『量子的世界像　101の新知識』ケネス・フォード　青木薫監訳　塩原通緒訳
『高次元空間を見る方法』小笠英志
『ペンローズのねじれた四次元』竹内薫
『Motor Fan別冊　水平対向エンジンのテクノロジー』三栄書房
『新版　レーシングエンジンの徹底研究』林義正　グランプリ出版

＊学術研究論文等にも多数、目を通しましたが、筆者の能力的限界により数式等理解できなかったこともあり、省いてあります。

＊また、あくまでも虚構に奉仕するための資料ですので、精確さにおいて多少の取捨選択が為されています。あくまでも小説であり、学術論文ではないということです。もし量子論に興味を抱かれましたら、参考文献中興味を惹かれたタイトルのものから勉強されるこ

とをおすすめします。新たな世界観を得られることを御約束します。

初出
「小説宝石」二〇一九年二月号〜二〇二〇年二月号
二〇二〇年六月　光文社刊

※この作品はフィクションであり、実在する人物・団体・事件などには一切関係がありません。

光文社文庫

ヒカリ
著者　花《はな》村《むら》萬《まん》月《げつ》

2023年10月20日　初版1刷発行

発行者　三宅貴久
印刷　ＫＰＳプロダクツ
製本　ナショナル製本

発行所　株式会社　光文社
〒112-8011　東京都文京区音羽1-16-6
電話（03）5395-8147　編集部
8116　書籍販売部
8125　業務部

落丁本・乱丁本は業務部にご連絡くだされば、お取替えいたします。
ISBN978-4-334-10074-2　Printed in Japan

組版　萩原印刷

探偵さえいなければ　東川篤哉
犯人のいない殺人の夜　新装版　東野圭吾
怪しい人びと　新装版　東野圭吾
白馬山荘殺人事件　新装版　東野圭吾
11文字の殺人　新装版　東野圭吾
殺人現場は雲の上　新装版　東野圭吾
ブルータスの心臓　新装版　東野圭吾
回廊亭殺人事件　新装版　東野圭吾
美しき凶器　新装版　東野圭吾
ゲームの名は誘拐　東野圭吾
ダイイング・アイ　東野圭吾
あの頃の誰か　東野圭吾
カッコウの卵は誰のもの　東野圭吾
虚ろな十字架　東野圭吾
素敵な日本人　東野圭吾
夢はトリノをかけめぐる　東野圭吾
許されざるもの　樋口明雄

サイレント・ブルー　樋口明雄
黒い手帳　久生十蘭
肌色の月　久生十蘭
リアル・シンデレラ　姫野カオルコ
整形美女　姫野カオルコ
ケーキ嫌い　姫野カオルコ
サロメの夢は血の夢　平石貴樹
潮首岬に郭公の鳴く　平石貴樹
スノーバウンド@札幌連続殺人　平石貴樹
立待岬の鷗が見ていた　平石貴樹
独白するユニバーサル横メルカトル　平山夢明
ミサイルマン　平山夢明
探偵は女手ひとつ　深町秋生
第四の暴力　深水黎一郎
灰色の犬　福澤徹三
白日の鴉　福澤徹三
晩夏の向日葵　福澤徹三